KB269339

길 없는 사람들

길 없는 사람들 ①

김정현 장편소설

문이당

작가의 말

나는 일부러 그들을 찾아서 만난 적은 없었다. 아니, 그래야 할 필요조차 없었다. 내가 가는 길목마다 마주치는 그들이 있었기 때문이다. 그중에서도 가장 가슴 아픈 기억은 굶주린 유랑의 길에서도 염치를 지키려던 어린 눈빛이었다. 그것은 절망의 땅에서 피어나는 기적의 꽃이었으며 희망이었다. 그리고 또 하나, 생각의 단절이라는 놀라움이었다. 길이 있으면 이쪽과 저쪽 끝에는 무엇이 있을까 한 번쯤 생각해 보는 것이 인간일 것이다. 그러나 그들은 바로 눈앞조차 내다보지 못하는 청맹과니와 다름없었다. 어떻게 그처럼 인간의 생각마저 단절시킬 수 있는 것인지 참으로 두려웠다. 길이 없는 것은 바로 그런 까닭이었다. 그들에게 생각의 길을 이어 준다면 역사는 스스로 물줄기를 바꾸리라 확신한다.

나는 이산의 아픔을 모르는 남쪽의 전후 세대이다. 그것이 얼마나 큰 행운인지 이 책을 쓰면서 뼈저리게 실감한다. 내가 이처럼 집착하는 것도 바로 그 행운의 누림에 대한 채무감 때문일 것이다.
우리의 북녘 땅끝 두만강변에서 어느 먼 남쪽 나라에 이르기까지 무려 1만 킬로, 2만5천 리의 머나먼 여정. 나는 그들이 걸었을 법한 그 먼 길을 편안한 문명의 이기로 추적했다. 그러나 그것은 인간의 여정이 아니었다. 나는 내 몸이 지쳐 흐느적거릴 때마다 그들의 끈

질긴 생명력과 의지에 차라리 두려움을 느꼈다. 그러나 어쩌면 그들도 이제는 서로를 부여안은 채 먼 동쪽 하늘 가물거리는 별을 바라보며 조용히 그 처절한 그리움을 삭이고 있으리라. 나는 간절히 기원한다. 이제 그들의 앞날에는 고요한 평화만이 깃들기를.

이 책의 1부는 《전야》라는 제목으로 지난 1999년에 출간했다. 그러나 너무 급변하는 국제 정세에 감히 이어 쓸 엄두를 내지 못하였다. 솔직히 내 짧은 식견이 오류일까 두렵기도 했다. 그러나 달라진 것은 외피일 뿐 사정은 더욱 나빠진 것 같다. 그 가장 큰 원인은 진실을 보지 못하기 때문이 아닌가 싶다. 진실을 보지 못하는 것은 미리 정해 놓은 목적을 위해 외면하거나 감정에 치우친 까닭이다.

내가 이렇게 그동안 미뤄 두었던 원고를 2부와 3부로 마무리할 수밖에 없는 것도 나름대로 느끼는 위기감과 긴박함 때문이다. 부디 원하건대 감정에 앞서 이성의 눈으로 먼저 그들을 찾아보았으면 한다.

2003년 6월
베이징에서
김 정 현

하얀 세월

「허, 허, 허, 어허허허…….」

서너 번 한숨인지 웃음인지 모를 거친 숨결을 토해 내던 4040번 김영식이 마침내 망연한 너털웃음을 터뜨렸다. 그 메마른 웃음소리는 마치 40년 동안 막혀 있던 물꼬라도 터뜨린 양 끝없이 이어졌다.

기묘한 광경이었다. 공주교도소 보안과의 특별 면회실. 을씨년스러운 회색 시멘트 바닥에는 군데군데 오래된 얼룩이 배어 있었다. 붙박인 듯 기괴한 장승처럼 우뚝 선 채, 희뿌연 천장에 넋 놓은 시선을 고정한 늙은 사내의 메마른 웃음소리. 그리고 사내의 발치에 매달려 처절한 한이 응어리져 끓어오르는 오열을 억누르지 못하는 세 여인.

사내의 빛 바랜 파란색 수의, 허옇게 머리가 센 노파의 하얀 한복, 거친 세파의 흔적이 역력한 초라한 초로 여인의 어울리지 않는 자주색 낡은 한복, 그리고 세련된 이국적 체취가 느껴지는 중년 여인의 옅은 회색 양장. 모든 것이 너무도 어울리지 않았다.

슬픈 피에로의 흐느낌 같은 몸짓에서 터져 나오는 허탈한 너털웃음을 듣고 있던 유재열 국장이 창가를 향해 돌아서며 혼잣말을 중얼거렸다.

「망할 친구, 고무신은 뭐 하러 저리 뽀얗게 닦았나.」

고무신? 그러고 보니 4040번의 하얀 고무신이 유난히 눈에 띄었다. 아마 회색 시멘트 바닥 위의 그 뽀얀 빛이 몹시 눈에 거슬린 모양이었다. 아니, 눈이 부시기라도 했던 모양이다.

중얼거리며 창가를 향해 등을 돌린 재열이 담배를 꺼내 물자 입회 교도관이 기다렸다는 듯이 다가와 라이터를 꺼냈다. 아마 그도 그 기묘한 광경을 우두커니 지켜보고 서 있기가 몹시 난처했을 것이다. 벌써 26년째 복역하고 있는 환갑의 무기수와 이미 팔순을 넘긴 늙은 어머니의 가슴 찢기는 해후였으니.

교도관이 불을 붙여 준 담배를 한 모금 깊게 빨아들이며 재열이 또다시 혼잣말로 중얼거렸다.

「그래, 창살을 사이에 둔 면회가 아니라 어머니 손을 직접 만져 볼 수 있을 거라고 연락을 했으니…….」

중얼거리는 그를 교도관이 의아한 눈빛으로 힐끔거리며 돌아봤다.

「저 안에는 고무신밖에 없는 거요? 닦지 않아도 되는 운동화 같은…….」

「예? 아…….」

재빨리 4040번의 하얀 고무신을 돌아본 눈치 빠른 교도관이 어색한 웃음으로 머리를 긁적이며 대답을 얼버무렸다. 물론 무슨 대답을 기대하고 했던 질문은 아니었다. 다리조차 제대로 뻗기 힘든 0.8평 공간에서 40년 만에 손목을 잡아 볼 어머니를 위해 그렇게 고무신이나마 닦을 수 있었다는 것은 오히려 축복이었는지도 모르는데…….

지난 26년, 아니 김영식이 월북하던 1948년부터 40여 년 동안 재

열은 언제나 그를 지울 수 없는 상처로 가슴 한쪽에 담은 채 살아왔
다. 더구나 국가안전기획부 1국장으로서 영식에 대한 진한 우정을
생각한다면 이런 정도의 특별 면회쯤이야 진작에 주선할 수도 있었
다. 그러나 재열은 그 자신마저도 이런 특별 면회의 방법으로 영식
을 만나 본 적이 한 번도 없었다. 그것은 영식을 떠올릴 때면 언제나
그의 마음속에서 꿈틀대는 난감한 숙제가 하나 있었기 때문이다.

　전향(轉向). 육군방첩대로부터 시작해 안기부의 전신인 중앙정보
부를 거쳐 오늘에 이르기까지, 재열은 결코 한순간도 자신의 길에 회
의를 품거나 그 정체를 의심해 본 적이 없었다. 그랬기에 그동안의
무수한 공작과 회유를 통해 수많은 대남 공작원과 좌파 분자들을 전
향시키면서도 작은 갈등조차 느끼지 않았던 것이다. 그런데 유독 김
영식에게만은 그럴 수가 없었다. 가끔씩 찾아와 면회를 할 때에도
그저 영치금을 넣어 주고 건강을 묻는 정도의 안부를 나누는 것이
고작이었다. 물론 그것도 매번 교도소장의 특별한 허가가 있어야만
가능한, 그야말로 특혜였다. 또 교도소장은 그때마다 면회실을 통하
지 않은 특별 면회를 권했지만 재열은 그 호의를 거절해 왔다. 그것
은 가족의 면회마저 금지되던 비전향수인 영식에게 언젠가 전향 권
유를 조건으로 한 특별 면회가 허가되었을 때, '나는 아무것도 모르
는 사람이지만 자식에게 무엇을 강요하여 마음을 다치게 할 바에는
차라리 나 스스로 눈을 감고 말겠다'며 거절하던 영식 어머니의 단
호함 때문이었다. 훗날 정기적인 면회가 허용된 뒤에도 어머니는 그
런 까닭에서인지 여태껏 특별 면회만은 의식적으로 피해 왔다.

　길게 타 들어간 담뱃재가 떨어지는 기척에 정신을 차리고 보니 교
도관이 쭈뼛거리며 재열을 바라보고 있었다.

　재열과 눈이 마주치자 교도관은 손목시계를 들여다보고, 다시 고

개를 돌려 면회실 한가운데에 놓인 낡은 책상 위로 어색한 눈길을
보냈다.

낡고 빛 바랜 책상. 그리고 그 위에 덩그러니 놓인 분홍빛 보자기
꾸러미. 이른 새벽 집을 나설 때부터 이곳에 들어와 아들 영식이 나
타난 순간까지 늙은 어머니가 품에서 놓지 않았던 바로 그것이었다.
분명 아들에게 먹일 음식이었다. 통모(通謀)를 위한 이물질이나 독
물(毒物) 따위를 막기 위해 외부 음식물의 반입을 금지하는 교도소
내의 규칙을 모르지는 않았지만 어머니의 유일한 청이었다. 그리고
그분은 어머니였다. 또한 그 꾸러미에 대해 교도소 측의 사전 양해
를 얻지 않았거나 시간에 쫓기는 것도 아니었다. 다만 교도관은 아
직도 한 덩어리가 된 채 너털웃음과 오열을 그치지 않는 기묘한 광
경이 몹시 난감한 모양이었다. 재열이 고개를 끄덕이자 교도관은 비
로소 한숨을 놓는 표정으로 돌아섰다.

「저와 같이 안으로 들어가서 면회를 하시죠. 곁에서 손목이라도
한번 잡아 보시고…… 다른 조건은 없습니다.」

면회 가기 전 재열이 그렇게 말했을 때, 잠시 믿기지 않는다는 표
정이던 어머니는 대뜸 물었었다.

「뭐 먹일 것 좀 싸가지고 가면 안 될까?」

재열이, 그렇게 하시라고 대답하자 어머니는 그것으로 전부였다.
마치 어린아이같이 들뜬 표정으로 환한 미소를 머금고 어느 결에 대
문을 향해 내닫던 그 걸음은 아마 곧장 시장을 찾았을 것이다.

「이제 그만…….」

더듬거리며 교도관이 끼어들었지만 그 기묘한 웃음과 흐느낌은
멈추지 않았다.

「아드님에게 이제 음식이라도 좀…….」

교도관이 이야기를 끝맺기도 전에 늙은 어머니의 흐느낌이 거짓말처럼 멈췄다. 목소리마저 들떠 있었다.

「어이쿠, 참, 내 정신. 예, 먹여야지요, 먹어야지.」

재열은 여전히 창밖을 향해 선 채 아픈 그들의 모습을 외면하고 있었다.

노랗게 물들어 가는 잔디 위로 철 이른 낙엽 하나가 뒹굴며 지나갔다. 느닷없이 뼛속 깊숙이 파고드는 스산한 한기에 오싹 소름이 돋았다. 이제 겨우 9월인데. 여태껏 그런 감상에 젖어든 기억은 별로 없었는데 어느 결에 벌써 인생이 황혼인가.

「허긴, 이제 곧 정년이지.」

혼잣말로 중얼거리는 그의 등 뒤에서 늙은 어머니의 음성이 바쁘게 들려왔다.

「이 사람아, 자네도 와서 같이 좀 들게.」

「아니, 전…… 예, 어머니.」

무심코 사양하며 고개를 돌리던 재열이 얼른 말을 바꾸었다.

눈물의 흔적을 지우고 낡은 책상 위에 찬합 세 개를 펼쳐 놓고 수저를 가다듬고 있는 늙은 어머니. 그 앞에 다소곳이 앉았지만 눈길은 천장을 향한 채로 소리 없는 웃음을 짓고 있는 아들. 그 옆에 망연히 서서 하염없는 눈물을 소리 없이 떨구고 있는 두 여동생…….

그런 황량한 자리에서 혼자 음식을 떠먹는 자식의 서글픈 모습을 어머니는 보고 싶지 않을 것이다. 재열이 얼른 말을 바꿔 영식의 옆자리에 다가가 앉은 것은 바로 그 때문이었다.

바로 아래인 영순은, 26년 동안이나 담장 안에 갇혀 지내 온 오빠보다도 더 거칠어진 모습이 그동안의 삶이 몹시 신산스러웠음을 말해 주고 있었다.

그나마 막내 영애의 모습이 초라하지 않아 영식에게는 큰 위안이 되었을지도 몰랐다. 빨갱이 조카를 둔 덕분에 희망 없는 이 땅에서는 더 이상 못살겠다며 미국으로 이민을 떠난 영식의 큰아버지가 양녀로 입적해 데려갔던 동생이었다. 처음에는 어머니도 반대했었지만, 어린 자식 애써 키워 감옥살이하는 오라비 모습이나 보여 주는 험한 세상을 살게 할 거냐는, 큰아버지의 깊은 정을 믿고 어린 딸과 생이별을 했었다. 그러고는 그 긴 세월 동안 단 한 통의 편지도 전화도 없던, 그래서 모지락스러운 년이라고 입에 욕을 달고 살게 했던 막내딸이었다. 그런데 그 영애가 서울 올림픽에 미국 선수단 임원으로 왔다며 불쑥 집으로 찾아든 것이 바로 3일 전이었다. 어떻게 전화 한 통 없이 그토록 여러 번 옮겨 다닌 집을 수월히 찾았는지. 그래도 마음속에는 언제나 제 어미와 형제가 살아 있었던 모양이었다. 그랬기에 이사할 때마다 매번 미국으로 보냈던 편지들을 고이 간직하고 있지 않았겠나.

세상에 태어나 처음으로 보는 오빠. 집안을 거덜 낸 천하의 몹쓸 놈이라는 큰아버지의 원망이 끊이지 않던 오빠. 그래도 술에 취한 날이면 그렁거리는 눈물을 감추지 못하고, 가여운 놈, 집안의 등불이었는데…… 하며 애달파하던 큰아버지. 영애는 그런 오빠 앞에서 만감이 교차하는 듯 아득한 혼란을 느끼고 있었다.

펼쳐 놓은 찬합마다에는 어머니의 뜨거운 정과 간절한 바람이 가득 담겨 있었다. 언제고 자식이 교도소 문을 나서서 집으로 돌아오면 가장 먼저 끓여 먹이고 싶었던 닭백숙이 한 찬합, 감옥에서 나오면 다시는 감옥에 들어가지 않게 해준다는 하얀 두부가 한 찬합, 또 지겨운 감옥살이를 도무지 끝나지 않게 하는 못된 귀신을 몰아내려는 마음에서 준비한 붉은 시루떡이 한 찬합. 사실 어머니는 새벽까지도 그저께 추석 때 빚어 놓은 송편을 쪄 담을까 하고 있었다. 하지만 급한 것은 못된 귀신을 몰아내고 자식을 세상 밖으로 나오도록 하는 일이라 생각했다. 송편이야 언제라도 빚어 먹일 수 있을 테니.

어머니가 건네주는 수저를 받아 든 재열이 영식을 돌아보았지만 그의 시선은 여전히 처음 그대로 천장에 붙박인 채였다.

「어서 먹자.」

재열의 말을 받아 어머니가 재촉했다.

「그래, 어서 두부부터 냉큼 한 모 먹게.」

영식은 그제야 시선을 떨구지만 멍한 눈길은 여전했다.

어머니가 힐끔 주변을 돌아보더니 우두커니 서 있는 교도관을 향해 어색한 웃음을 지었다. 아마 어머니는 자식에 물부터 흰 모금 마시게 하고 싶은 모양이었다.

「저, 선생님도 좀…….」

순간 재열은 교도관을 향해 터져 나오려는 까닭 모를 충동을 겨우 억눌러 참아야 했다. 그에 대한 노여움은 물론 아니었다. 다만 죄인 아닌 죄인이 되어 누구에게든 고개를 숙이는 늙은 어머니의 초라한 모습에 울컥 분노가 치밀어 올랐던 것이다. 기억 속에 아직도 생생히 살아 있는 젊은 시절의 어머니. 언제나 강단 있고 의연했던, 그래서 영식의 오랜 고집도 어머니의 기질을 물려받은 것이리라 생각하게 했던 어머니.

「아, 아닙니다.」

화들짝 손사래를 치던 교도관이 무슨 생각이 떠오른 듯 얼른 돌아서 면회실을 나갔다.

26년 동안 수감 생활을 하고 있는 영식에게 교도관은 그림자와 같은 존재였다. 여전히 아득한 꿈을 꾸고 있는 듯한 표정의 영식이 깨어난 것도 그가 다시 돌아오고 난 뒤였다.

낡은 양은주전자 하나와 플라스틱 물컵 두 개를 든 그가 돌아오자 영순이 얼른 받아 책상 위에 내려놓았다. 어머니는 교도관을 향해 어색한 웃음을 지어 보이고서야 컵 가득히 물을 따랐다. 그래도 영식은 아무런 반응이 없었다.

쭈뼛거리며 서 있던 교도관이 안타까운 표정으로 그런 영식에게 말을 건넸다.

「저, 사천사십번. 어서 들지 그래요. 어머니께서 기다리시는데.」

그의 소리에 영식이 새삼스레 화들짝 놀랐다.

「예? 아…….」

앞에 놓인 물컵을 들어 단숨에 들이켠 영식이 힐끔 등 뒤의 교도관을 돌아보며 어색한 미소를 지었다.

「저…….」

분명 그에게 음식을 권하려 했음이리라. 그러나 미처 그의 이야기가 입 밖으로 새어 나오기도 전에 싸늘한 재열의 음성이 영식을 가로막았다.

「어서 자네나 들어.」

서릿발같이 차가운 말투에 교도관은 얼른 돌아서 문가로 향했다.

재열은 화가 났다. 영식이 교도관을 두려워하는 것 같지는 않았지만, 마치 길들여진 것 같은 그의 태도가 못내 거슬리고 가슴 아팠던 것이다.

「그래. 어여, 이 사람아.」

두부가 든 찬합을 다시 한 뼘쯤 밀며 채근하는 늙은 어머니의 눈빛이 애가 타는 듯했다.

「오빠, 어서.」

울먹이는 영애의 어눌한 말투도 들렸다.

영식은 교도관이 등을 돌리고 서 있는 문가 쪽을 힐끔 돌아본 뒤에야 늙은 어머니가 건네주는 은수저를 받아 들었다. 그리고 고개를 푹 떨구고 아무 말 없이 두부 한 술을 떠 입 안에 넣었다. 그제야 어머니의 눈가를 스치는 엷은 안도의 빛, 재열은 그 슬픈 눈길에 그만 고개를 돌려 모든 것을 외면하고 말았다.

「나, 북으로 간다. 어머니 좀 부탁한다.」

1948년, 해방 정국 3년의 혼란을 겪으며 마침내 대한민국 정부가 수립되던 그해 8월 15일 대한민국 정부 수립 경축식이 중앙청에서 열리고 한 달쯤 지난 어느 밤이있다. 불쑥 하숙집을 찾아와 밖으로 재열을 불러낸 영식은 마치 여행이라도 떠나는 사람처럼 그렇게 태연스레 말했다.

「뭐! 부……?」

「쉿!」

하마터면 소리를 내지를 뻔한 재열의 입을 영식은 얼른 손으로 틀어막았다. 그리고 재빨리 주변을 두리번거리던 그의 긴장된 모습에서 재열은 비로소 그 결행을 실감할 수 있었다.

「영식아…….」

뭐라 할 말이 떠오르지 않았다. 그렇게 이름만 한 번 부르고 넋 빠진 눈으로 쳐다보는 재열을 향해 영식은 그저 싱긋이 웃어 보일 뿐이었다.

「위험해. 그리고…….」

영식은 재열의 어깨를 와락 껴안았다. 그리고 결연한 눈빛을 번뜩이며 낮고 묵직한 음성으로 단호히 말했다.

「걱정 마. 그리고 나는 돌아온다, 꼭. 우리 통일된 조국에서 다시 만나자. 어머니에게도 그렇게 말씀드려라, 꼭 돌아온다고.」

재열은 쏟아지려는 눈물을 억지로 참아 냈다. 그리고 휑하니 돌아서서 빠른 걸음으로 골목을 빠져나가던 영식의 뒷모습을 우두커니 지켜보았을 뿐이었다. 그날 영식의 단호한 모습이 재열에게는 마치 위대한 투사의 그것처럼 느껴졌다. 그리고 그 눈빛 속의 결연한 의지를 재열은 여태 잊지 못하고 있었다.

영식은 당시 스물한 살의 나이로 보성전문대학(普成專門大學)에 재학 중이었다. 해방 전부터 사회주의 사상에 심취되어 있던 그는 해방 이후 줄곧 지속되어 온 극렬한 좌우 대립의 상황에서 좌익의 길을 걸었다. 그리고 1948년 대한민국 정부가 수립되면서 남로당을 비롯한 좌익계의 모든 정당과 단체가 불법화되자 마침내 월북을 결행했던 것이다. 그 뒤 영식이 남으로 돌아온 것은 두 번이었다. 물론 약속처럼 통일된 조국에서는 아니었다.

첫번째로 영식이 돌아온 것은 1950년 한국전쟁 때였다. 개전 초기, 영식은 당시 인민군 제4사단 소속의 정치군관으로 오산의 고향 마을에 잠시 모습을 나타냈었다. 물론 어머니를 찾기 위해서였다. 그러나 그의 가족들은 이미 남쪽으로 피란한 뒤여서 영식은 아무도 만나지 못하였다. 재열 역시 국군에 입대한 뒤였기에 고향에서는 물론, 전선에서도 영식을 만난 적이 없었다. 다만 전쟁이 끝난 뒤 고향 사람들로부터 영식이 나타났었다는 것과, 그 덕분인지 전쟁 초 다른 지역들에 비해 비교적 공산당에게 당한 피해가 적었다는 이야기를 들은 것이 전부였다.

두 번째로 영식이 돌아온 것은 1962년 겨울이었다. 재열은 당시 전쟁 때부터 근무했던 육군방첩대에서, 1961년의 5·16 군사혁명 정부에 의해 창설된 중앙정보부로 자리를 옮겨 근무하고 있었다.

부서 내의 실무자급이었던 재열이 영식의 소식을 접하게 된 것은 1963년 1월 중순경이었다. 이미 그 전해 12월에 동부 전선을 통해 침투한 간첩 일당이 검거되어 조사를 받고 있다는 사실은 들어 알고 있었지만 그의 소관이 아니었기에 구체적인 사항은 알지 못하고 있었다. 그런 그에게 사건을 조사하고 있던 담당 책임 간부가 불쑥 협조를 요청해 온 것이었다.

「이번 간첩 사건, 유 수사관이 좀 도와줘야겠소. 가능하면 알리지 않으려 했는데.」

「무슨…….」

「혹시 보성전문에 다니던…….」

간부는 몹시 난처하다는 듯 말끝을 흐렸다. 그러나 그의 눈빛은 강한 적대감을 감추지 못하고 이글거렸다. 재열은 그때 벌써 혀끝을 스치는 알싸한 두려움을 느낄 수 있었다.

「김영식이라고 알고 있소?」

단호하던, 그리고 번뜩이던 그 눈빛. 재열은 아득한 나락을 절감했다. 그리고 한동안 휘청거리며 무너지려는 자신을 지탱하는 데에만 온 힘을 기울여야 했다.

모든 것이 끝난 뒤였다. 지하실의 간이침대 위에 널브러진 그 참혹한 몰골. 예상은 하고 있었지만 그토록 처참할 줄은 몰랐다. 그나마도 자신을 위해 어느 정도 추슬러 놓고 준비를 해놓은 듯했다. 갈아입혀 놓은 듯한 어울리지 않는 국방색의 낡은 군복, 대충 씻겨 놓기는 했지만 말라붙은 흔적이 역력한 핏자국.

「영식이, 이봐, 영식이…….」

숨 가쁜 재열의 절규에도 영식은 도무지 반응이 없었다.

「의사! 의사 불러, 이 새끼야!」

마침내, 의식마저 혼미한 영식을 감시하고 있던 요원의 멱살을 잡아 흔들며 재열이 발악 같은 고함을 내질렀다.

두부가 담겨 있던 찬합에는 깨끗이 발라 먹고 남은 닭뼈 몇 점이 가지런히 담겨 있었다. 백숙이 담겼던 찬합마저 다 비워지도록 영식은 그저 고개를 떨군 채 처음 그대로의 모습이었다. 그래도 어머니는 당신 손으로 만든 음식을 이렇게 먹일 수 있고, 또한 아들이 먹어 준다는 사실만으로도 더없이 기뻐 보였다.

「큰아버님 댁은 그렇게 다들 잘 지내세요. 그리고 저는 남편과 같이 스포츠 클리닉을 해요. 아, 그건 운동 선수들의 신체와 체력을 관리하는 그런 의학을 말하는 거예요. 그러니까 의사죠. 외과나 내과, 뭐 그런 것처럼요.」

영식에게 낯선 단어들로 어렵게 설명하던 영애가 멋쩍은 웃음을 지었지만 영식은 이번에도 그저 보일 듯 말 듯 고개만 끄덕일 뿐이었다. 그래도 영애는 또다시 하던 제 이야기를 계속 이었다.

「그래서 이번에 남편과 같이 미국 올림픽 선수단의 일원으로 온 거예요. 서울에 온 것도 처음이고요. 아이는 하나예요. 애니라고 일곱 살 된 딸인데, 남편은 미국인이에요. 이름은 폴이고.」

순간 움찔하고 영식의 손끝이 흔들리는 것을 재열은 놓치지 않았다. 그에게 미국은 아직까지도 그런 반감을 불러일으키는 대상인 모양이었다.

「걱정 마세요. 아주 좋은 사람이에요.」

변명이라도 하듯 턱없이 커진 영애의 음성이 맥없이 갈라져 허공을 맴돌았다.

「예, 오빠. 우리도 봤는데 아주 좋은 사람 같았어요. 그래도 얼마나 다행이에요. 그 어린것이 만리 타국까지 가서 이만큼이나…….」

영애를 거들던 영순은 또다시 설움이 북받쳐 훌쩍거렸다. 그래도 영식은 고개만 끄덕일 뿐이었다.

봇물 터지듯 많은 이야기가 한꺼번에 쏟아졌다. 영애는 그렇게 미국의 큰집 가족들과 자신의 이야기를, 영순은 연방 눈물을 찔끔거리며 서울의 제 가족과 어머니 이야기를. 영순의 이야기는 영식도 이미 모두 들어 알고 있는 사실들이었다. 면회 올 때마다 눈물을 찔끔대며 세세하게 늘어놓던 집안과 가족들 이야기. 백 번 듣고 천 번을 들어도 언제나 그리운 이야기들. 물론 오늘도 영식은 언제나처럼 그렇게 단 한마디의 내답도 없이 묵묵히 듣기만 하였다. 영식인들 왜 하고 싶은 말이 없을 텐가. 누구보다도 수십 수백 배나 많은 말들과 눈물이 가슴 저 밑바닥에 응어리져 있을 텐데.

영식은 그립던 어머니의 품에 안겨 40년 긴 세월 동안 켜켜이 쌓아 둔 한 많은 설움을 뜨거운 오열로 토해 내고 싶었다. 그러나 그럴 수가 없었다. 단 한마디 말조차 꺼낼 수가 없었다. 스스로의 아픔도 감당하기 어려운 어머니의 가슴에 못이 될 것만 같았고 그런 어머니에게 자신은 커다란 죄인이라 여겨졌기 때문이다.

어느 날 밤, 인사조차 없이 바람처럼 훌쩍 떠나 살육의 한복판을 누비며 10년도 훨씬 넘은 세월의 뒤끝에 초라한 수형자의 모습으로 나타났던 영식. 그것이 부모와 형제에게 얼마나 커다란 아픔이 되는지 생각조차 않으면서 오직 혁명의 이름으로 한 점 죄의식마저 느끼지 않았던 지난 세월들.

1심 재판에서 영식이 사형을 선고받던 그날, 아버지는 당신 스스로의 손으로 60년 인생길을 허무하게 마감했다. 더 이상 세상에는 아무런 미련도 없다는 듯 한 줄 유언도 남기지 않은 채. 그것으로 그들 부자가 걸었던 긴 갈등의 세월도 끝이 났다.

영식이 중학교에 들어가 민족과 독립에 눈을 뜨면서 제일 먼저 머리에 떠올린 사람은 바로 아버지 김준석이었다. 그는 당시 경기도 오산의 정미소와 수원 시내의 극장을 함께 경영하던 알려진 재력가였다. 또한 재력만큼이나 수원 일대의 내로라 하는 한량이었던 그는 일본인 관리나 경찰들과 어울려 뜻 있는 많은 이들의 눈총을 샀으며, 특히 1940년에 시행된 창씨개명에 누구보다 앞장선 뒤로는 드러내 놓고 친일 행각을 벌여 원성을 샀다.

그런 아버지의 모습에서 영식은 언제나 견딜 수 없는 모멸감을 느꼈었고, 그에 대한 반항으로 더욱 사회주의 사상에 심취했는지도 몰랐다. 그러나 아버지에 대한 영식의 감정은 그런 단순한 미움이나 경멸만은 아니었다. 아버지에게는 또 다른 일면이 있었던 것이다. 그것은 다름 아닌 영식과 재열에 대한 각별한 배려였다.

같은 마을에 살던 재열의 집안은 의병 활동을 하다 숨진 할아버지 대부터 몰락의 길로 들어섰다. 더구나 아버지 유병운이 일제의 핍박을 피해 만주로 떠난 뒤부터 집안 형편은 더 말할 것도 없었다. 그런 재열의 학업과 집안 살림을 남몰래 도와준 이가 바로 영식의 아버지였다. 또한 그는 자신에 대한 반감을 감추지 못하는 영식에 대해서도 그지없이 너그러웠다. 자신의 아들이 일제 식민 치하에서도 금하는 사회주의 사상에 심취되어 있다는 사실을 눈치 채고서도 아무런 제어를 하지 않았다. 아니, 오히려 아들과 함께 운동하는 일원들이 그의 집을 비밀 아지트처럼 사용한다는 사실을 알면서도 그것을 염려하거나 막기는커녕 보이지 않는 보호막을 쳐주었던 것이다. 아버지의 그런 알 수 없는 이중적인 태도에 대한 영식의 혼란은 가끔 경

외로 나타나기도 했었다.

　아무튼 그런 애증의 대상이었던 아버지가 자신으로 인해 세상을 버렸을 때도 영식은 오로지 분단 현실만을 탓하며 억울해했을 뿐이었다. 그리고 더욱더 혁명과 통일의 의지를 불태우는 것만이 모든 부조리와 아픔을 씻는 길이라 생각했다.

　시루떡 한 조각을 끝으로 영식은 수저를 내려놓았다. 늙은 어머니는 여전히 고개를 떨구고 있는 그의 두 손을 꼭 움켜쥐었다.

　「맛나게 먹어 줘서 고맙네, 이 사람아.」

　혹시라도 그 떨리는 음성이 아들의 마음을 아프게 할까, 어머니는 그만 말을 멈추었다.

　그리고 잠시 뒤, 어머니는 가만히 아들의 두 볼과 이마와 머리를 조심스레 더듬어 만졌다. 아, 살아 있구나. 내 자식이 이렇게 죽지 않고 살아 있음이 분명하구나. 어머니는 그것으로 그만 40년 가슴속의 응어리가 모두 풀어지는 듯했다. 그래, 어디서 무엇을 하든 어떻게 살든 어떠랴. 한 하늘 아래에서 함께 숨 쉬고 있다는 사실만으로도 이렇게 행복한 것을. 어느새 이 자식도 나만큼이나 머리가 하얗게 세었건만, 그래도 먼저 세상을 떠나지 않고 이리 기다려 주고 있으니……. 이젠 죽어도 여한이 없으리라. 천지신명님이시여, 일월성신님이시여, 조상님들이시여, 고맙습니다. 그저 고맙습니다. 이렇게 내 자식을 죽지 않고 살아 숨 쉬게 해주셔서 정말 고맙습니다. 어머니는 그렇게 무릎을 꿇은 채 마냥 빌고 있었다.

　무슨 말을 하겠는가. 단 한마디만 해도 어머니의 두 눈에서 참고 참았던 피눈물이 쏟아져 내릴 것만 같은데, 무엇이라 말해 또 그 눈물을 멈추게 할 텐가. 어머니의 하얀 머릿결도 더듬어 보고 싶었다. 주름진 얼굴도 매만져 영원히 잊지 않도록 가슴속에 담아 두고 싶었

다. 거칠고 메마른 손등도 움켜쥐어 따스한 눈물로 적셔 주고 싶었
다. 벌떡 일어나 무릎 꿇고 큰절 올려 40년 세월의 죄업을 용서 빌고
어머니 가슴속 깊은 한을 달래 주고도 싶었다. 그보다 당장 의자에
앉은 자신에게 매달려 무릎을 굽힌 어머니를 일으켜 세우고 싶었지
만, 그마저도 할 수 없는 것이 안타까웠다.

영식은 알 수 있었다. 부서질 듯, 무너질 듯 위태로운 어머니의 모
습은 지금 한 올 실낱과 같음을. 그러나 어쩔 수 없었다. 스스로 견
디지 못해 거친 숨이라도 내뱉는다면 어쩌면 그것으로 어머니와는
영영 마지막이 될지도 몰랐다.

숨 막히는 고요 속에 얼마가 또 흘렀는지 몰랐다.

「이 사람아, 난 괜찮아. 아버님께서는 자식 가는 길에 부모가 걸림
돌이 되어서는 안 된다고 늘 말씀하셨네. 부모는 그저 자식을 위
한 거름이 되는 데 만족해야 한다고. 난 그 말씀밖에는 아무것도
몰라. 그러니 내 걱정은 말게. 아무런 걱정도…….」

긴 침묵을 깨며 어머니는 그렇게 마지막 순간에도 자식의 길을 지
켜 주려 애썼다. 일어서려던 어머니가 휘청거리자 영식이 처음으로
늙은 어머니의 두 손을 부여잡았다.

「저, 시간이 너무 오래 지나서…….」

문가에 있던 교도관이 손목시계를 들여다보며 다가오자 어머니는
얼른 자식의 손을 뿌리치고는 겨우 한 조각만 떼어 먹고 그대로 남
아 있는 시루떡 찬합을 집어 들었다.

「저, 이걸 이 사람이 좀 가지고 들어가면 안 될까요.」

어머니가 교도관을 향해 애원하는 눈빛으로 말했다. 마치 그 붉은
시루떡을 마저 먹지 않으면 긴 감옥살이의 귀신이 영원히 쫓아다니
기라도 할 것처럼.

이번에는 영식도 교도관을 향해 호소하는 눈빛을 보냈다.

「그렇게 해요.」

재열이 교도관을 향해 나지막이 말했다.

「저, 그건 규정이…….」

「이분은 어머니요.」

난처하다는 교도관을 향해 재열이 굳은 표정을 지었다. 이런 월권은 그로서도 처음이었다. 어머니의 애처로운 눈빛도 그랬지만 그렇게나마 어머니를 흡족하게 보내고 싶어하는 영식의 간절함이 더욱 가슴 저려서였다.

「예, 그럼…….」

「어이구, 고맙습니다.」

마지못한 교도관의 허락에도 어머니는 망설이지 않았다. 영순을 향해 눈짓을 보내자 그녀는 재빨리 가방 속에서 하얀 창호지 한 장을 꺼냈다. 미리 준비해 두었던 모양이었다. 아마 찬합 세 개를 가득 채우는 어머니를 향해 영순은, 다 먹지도 못할 텐데 하고 말했을 것이고 어머니는 고개도 돌리지 않은 채, 싸서 들여보내면 된다고 했을 것이다.

이 자식을 위해 40년 만에 만든 음식인데, 어머니로서 어찌 그만한 욕심이 없었겠는가. 또한 그런 어머니 앞에서 법이 무엇이며, 규정은 무슨 소용이랴. 재열은 펼쳐 놓은 흰 창호지 위에 남은 시루떡을 가지런히 싸는 어머니의 손길을 바라보며 담배를 꺼내 들었다. 그리고 문득 영식에게 눈길을 보냈다.

「자네도 한 대 할 텐가?」

물론 26년간 수형 생활을 해온 영식이 담배를 피울 리 만무였다. 단지 한마디나마 나누고 싶어서였다. 그러나 뜻밖에도 영식의 눈빛은 완강했다. 재열은 순간 아차, 하며 그의 생각을 더듬어 읽었다. 분명 그는 전향을 생각했을 것이다. 40년 만에 처음으로 어머니를 모셔 와 이렇게 전향을 유인하려 하는구나 하는.

재열은 더욱 환한 낯빛으로 서둘러 말했다.

「어젯밤에 우리 선수가 금메달을 또 하나 땄다네.」

「……?」

「유도의 이경근 선수라고, 그 아버지는 히로시마 원폭 피해자야.」

영식도 그제야 재열의 마음을 알아챈 모양이었다.

「잘했구나.」

오늘 처음으로 듣는 영식의 말소리에 어머니도 떡을 싸고 있던 손길을 멈추고 돌아봤다. 재열은 어머니의 얼굴에서 언뜻 환한 미소를 보았다.

영식이 의식을 차린 것은 꼬박 3일 동안의 밤과 낮이 지나고 나서였다. 그때까지도 얼굴조차 제대로 알아보기 어려운 처참한 몰골이었지만 푸른 광채를 번득이며 이글거리던 그 눈이 마침내 깨어났음을 확인시켜 주었다.

「이게 무슨 꼴이냐, 영식아.」

재열은 처참한 고문의 흔적들에 비통함을 감추지 못했다. 그러나 그 어이없는 뜻밖의 해후에도 영식은 냉담했다.

「허, 묘한 곳에서 만났구나.」

비웃는 듯한 표정에서 재열은 오싹 전율을 느꼈다.

「그래, 통일된 조국에서 만나자더니.」

「물론, 통일은 반드시 된다. 그리고 그때는 너와 또 다른 입장이 될지도 모른다.」

「그래. 하지만 지금은 아니야. 우선은 살아야 돼.」

「소용없다. 난 내 생명을 위해 조국을 버리거나, 안락을 위해 혁명을 포기하지는 않는다. 그것은 내 아버지들 세대의 비겁한 유물일 뿐이다.」

「아직도 아버님을 미워하는 거냐?」

「그런 건 아무런 의미도 없다. 진정한 혁명과 통일이 없으면 우리 역사는 언제나 그런 비참한 굴레를 반복할 뿐이다.」

「하지만 통일도 혁명도 민족의 피로 이뤄서는 아무 가치가 없어.」

「혁명을 위해서 작은 희생은 불가피해.」

「그것은 혁명이 아니야. 정치 투쟁일 뿐이야. 소수의 권력과 이익을 위해서 민족을 배신하고 동지를 죽이는.」

「그건 세상 어디나 마찬가지다. 너희도 군사 쿠데타 세력이 정권을 위해 사람을 죽이고 있어. 그리고 나도 이렇게…….」

「영식아, 그러니까 살아남아야 한다. 그래야만 오래도록 싸울 수도 있고 지켜볼 수도 있어.」

「이봐, 재열이. 나는 통일을 꿈꾸는데 너희는 여태 해방도 되지 않았구나. 아직도 그런 미명에서 허우적거리며 양심을 저버리나?」

「그게 어떻게 양심을 저버리는 거야? 너는 지금 공산주의라는, 아니 이념이라는 술에 취해 뭔가 큰 혼동을 일으키고 있어.」

「흥, 넌 헛수고를 하고 있는 거야. 결코 동지를 배신하거나 전향하는 일은 없어. 나를 안다면 더 이상 귀찮게 하지 말게.」

가망이 없었다. 그의 성품을 모르지 않았고, 더구나 경도된 그의 사상은 결코 토론이나 설득으로 바뀔 것이 아니었다. 그러나 재열은 포기할 수 없었다. 어떻게든 최소한 목숨만이라도 살리고 싶었다. 아니, 살려야만 했다. 은인의 자식이어서가 아니라 진정한 벗으로서.

백방으로 방법을 찾아 뛰었다. 기어이는 어머니와 아버지를 만나게도 하였다. 그러나 전향을 권유하는 아버지의 말에도 영식은 단호했다.

「아버지, 전 목숨을 버릴망정 지조를 팔지는 않습니다. 죄송합니다.」

그 단 한마디로 모든 것은 수포로 돌아갔다. 그리고 영식은 그해 가을 1심 선고 공판에서 사형을 언도받았다.

그다음 날 재열은 영식 아버지의 자살 소식을 전해 받았다. 자식을 앞서 보내느니 차라리 스스로 세상을 버리고 싶었을 그분의 뜻을 짐작할 수 있었다. 그러나 그때도 영식은 아무런 흔들림이 없었다. 아니, 오히려 눈물 한 방울 내보이지 않은 채 더욱 투쟁 의지만을 불태울 뿐이었다. 결국 그대로라면 영식을 형장에서 구해 낼 방법은 아무것도 없었다. 그러나 재열은 절대 포기할 수 없었다.

미친 듯이 뛰었다. 실낱같은 기대로 영식의 흔적을 되짚으며 목숨을 건 추적을 계속했다. 그리고 기어이 영식의 2심 선고를 눈앞에 둔 어느 날 그와 연계되었던 간첩망의 일부를 검거할 수 있었다. 물론 재열은 영식의 은밀한 진술이 있었다고 보고했다. 하지만 상부에서 그 보고를 믿을 리 없었다. 그래도 재열은 목숨이나마 끈질기게 구걸했다.

결국 영식은 무기 징역을 선고받았다. 그리고 오늘까지 26년의 긴 수형 생활이 지속돼 온 것이다. 하지만 재열은 그 오랜 세월 동안 영식 앞에서 단 한 번도 전향을 말한 적이 없었다. 그렇다고 그의 붉은 사상을 용인한 것은 아니었다. 다만 기다릴 뿐이었다. '사상의 자유' 운운하는 거창한 담론으로서가 아니라 한뜻을 향해 다른 길을 걸을 뿐인 친구로서, 한 시대의 고뇌하는 동지로서 믿음을 갖고 기다리는 것이었다.

물론 영애는 그 모든 일에 대해 잘 알지 못하였다. 영식이 북으로 떠난 이듬해에 태어난 그녀는 남파된 영식이 검거되어 재판을 받던 그해에 겨우 열네 살의 중학생이었다. 더구나 전쟁이 끝난 이후 일방적인 반공 열기의 사회 분위기 속에서 인민군 장교로 나타났던 월북자 영식에 대한 이야기는 어린 영애에게 상처가 될 뿐이었기에 누구도 그에 대해 자세히 말해 준 적이 없었다. 그러니 오빠의 남파와 검거, 재판 따위의 이야기는 더구나 알 리가 없었다. 그녀는 아버지의 갑작스러운 죽음이 잘 알지 못하는 오빠와 관련이 있다는 정도만 어렴풋하게나마 눈치 채고 있을 뿐이었다.

결국 오빠의 얼굴 한 번 보지 못한 채 큰아버지의 손에 이끌려 미국으로 떠났었다. 그리고 20년이 훨씬 넘어 뒤늦게 어머니와 언니를 찾아온 그녀가 제일 먼저 물은 것은 재열의 소식이었다. 어린 시절, 어머니와 아버지가 친자식처럼 여겼고 그녀 또한 친오빠처럼 따랐던 재열이 그때까지 그녀의 가슴에 고스란히 남아 있었던 모양이었다.

재열 또한 소식을 듣고 그녀를 처음 만났을 때는 어린 시절 그대로의 모습처럼 느꼈었다. 비록 나이 든 태를 감추지는 못했지만 눈물 그렁한 맑은 눈만은 옛 모습 그대로였기 때문이다. 그러나 그녀는 낯선 이방인이었다. 어느 순간은 금방이라도 폭발할 것같이 이글거리다가 어느새 차갑게 식어 반짝이는 이지적인 눈빛에서 재열은 문득문득 서늘한 한기를 느꼈다.

「어떻게 인간으로서 같은 인간에게 그럴 수가 있죠?」

거칠게 술잔을 내려놓으며 영애가 말했다.

「…….」

「이십육 년? 오, 이건 사람에게 할 짓이 아니에요. 짐승이 아닌 사람에게 어떻게 이십육 년씩이나…….」

「영애야, 형량이 무기 징역이었어.」

「아뇨. 오빠는 사람을 죽인 게 아니잖아요. 마피아 두목도 아니고요! 단지, 스스로의 양심에 따랐던 것뿐이에요.」

「그래, 그러나 그것은 간첩 행위였어.」

「간첩? 아니, 오빠는 적국(敵國)을 위해서가 아니라 본인의 양심에 따라 그게 통일을 위한 길이라 생각했던 거예요. 그런 양심수는 즉각 석방되어야 해요.」

「…….」

재열은 스스로 빈 잔에 술을 채워 연거푸 몇 잔을 목구멍 속으로 털어넣었다. 짜릿하게 식도를 타고 흐르는 그 뜨거운 열기에 오히려 끓어오르던 가슴속에서 시원한 찬바람을 느꼈다.

「재열 오빠, 우리 오빠를 도와주세요. 제발, 제발 두 사람은 친구잖아요?」

영애의 눈가에 눈물이 그렁했다.

「그래, 나도 돕고 싶어. 당장에라도 오빠를 감옥에서 나오게 하고 싶어.」

「그런데 왜 여태 안 하셨어요? 무엇이 문제죠?」

「…….」

「전향인가요?」

「…….」

그것은 재열마저도 아직 영식 앞에서 입에 담아 본 적이 없던 말이었다.

「전향……. 재열 오빠, 양심의 자유, 사상의 자유는 인간이 타고난

기본적 권리가 아닌가요? 그런데 어떻게 이 나라에서는 그런 양심과 사상의 변절을 조건으로 내세우죠? 그건 인간에게 죽음보다 더한 굴욕을 강요하는 게 아닌가요? 그렇게 굴욕을 강요해서 마침내 굴복하면 승자의 쾌감을 즐기며 마음껏 조롱하고, 그렇지 않으면 가혹한 죽음으로 내모는……. 그런 게 이 나라, 내 나라 대한민국의 자유고 민주인가요?」

「말이 너무 지나치구나, 영애야.」

재열은 다시 거칠게 술잔을 들어 입 안에 쏟아 부었다.

「지나치다고요? 왜죠? 제 말이 틀렸나요?」

「그래, 네 말에도 일리는 있어. 하지만 여기는 분단된 나라야. 더구나 서로가 총구를 마주하며 살아가는 나라. 비침한 전쟁을 막기 위해, 우리도 어쩔 수 없이 그런 아픔을 감내하고 있는 거야.」

「아픔이라고요? 안기부도 그런 아픔을 알아요?」

「영애야!」

무섭게 쏘아보는 재열의 눈빛에도 영애는 한 치 흔들림이 없었다.

「예. 저도 지금껏 재열 오빠와 같은, 큰아버지의 논리에 익숙해 있었어요. 또 그 먼 미국 땅에서까지 남과 북으로 편을 갈라 으르렁거리는 동포라는 사람들의 유치한 행동에 신물이 나 모든 걸 외면하고 살았어요. 그러면서도 내 마음은 언제나 남쪽에 있었어요. 어머니와 언니와 오빠가, 그리고 고향과 재열 오빠가 있는 이곳 남쪽에요. 하지만 이제는 아니에요. 모두가 똑같은 사람들이에요. 나도 이제는 방관자로 그냥 있지 않을 거예요. 오빠의 석방을 위해 노력할 거예요.」

재열은 그런 급작스러운 영애의 변화가 너무도 놀라웠다.

「너 전공이 뭐라고 했지?」

「…….」

「스포츠 클리닉이라고 했던가?」

「…….」

「영순이었니?」

「예, 그래요. 영순 언니가 어두운 내 눈을 뜨게 했어요. 왜요? 이젠 언니도 잡아서 가둘 건가요?」

어느 결에 그토록 깊어졌나. 재열은 섬뜩한 두려움마저 느끼고 있었다.

영순은 영식보다 세 살 아래였다. 어린 시절, 일제의 눈길을 피해 집안 은밀한 곳에 모여 앉아 무엇인가 깊은 토론으로 밤을 새우던 오빠와 그 친구들. 또 자신과 다른 길을 걷는 자식에 대한 아버지의 이중적인 후원. 해방된 조국에서 훌쩍 북으로 떠난 아들에 대해 한 점 원망도 없이 믿음으로 지켜 온 어머니의 굳은 사랑. 또 전쟁, 혼란, 그 뒤를 이은 오빠의 피검 소식. 그리고 사형을 선고받는 법정에서 보았던 오빠의 의연함. 그런 기억 속의 영순이 발악과 도전으로 점철된 삶을 사는 것은 어쩌면 당연한 일인지도 몰랐다. 그녀는 오빠가 사형을 선고받고 아버지가 스스로 목숨을 끊던 그날부터 철저히 변했다.

2심 법정에서 보이던 그악스러울 정도의 발악을 시작으로, 어둡고 암울했던 유신 체제에서도 영순은 조금도 굽힐 줄을 몰랐다. 제 스스로 먹고 살기 위한 방편이 돼버린 거리의 노점상 투쟁을 비롯하여, 언제부터인가는 양심수 석방과 독재 정권 퇴진의 구호 속에서 그녀의 모습은 빠지지 않았다. 그런 여러 사건들에서 재열이 남몰래 그녀의 구속을 막은 것도 한두 번이 아니었다.

재열은 그렇게 어긋나 버린 영순의 삶에 이제 뒤늦게 영애의 인생마저 더해지는가 하는 암담한 심정으로 그저 묵묵히 술잔만 비워 낼 따름이었다. 아무것도 할 수 없는 무기력한 자신의 현실이 답답했으며, 그토록 열심히 살아온 지난 삶이 무의미하게만 여겨졌다.

짙푸른 산등성이 위에서 오늘도 아내가 기다리고 있었다. 다홍치마 연두저고리는 아마 혼례를 올리던 그날 처음으로 입었던가.

최은실. 고운 여인이었다. 뽀얀 피부, 동그란 얼굴, 웃을 때면 언제나 왼쪽 뺨에만 살그머니 피어오르는 수줍은 보조개. 사과로 유명한 황해북도 황주군 서송리에서 평범한 농민의 딸로 태어난 그녀는 인민군 야전 병원의 간호사로 조국 해방 전쟁에 참전했다가 휴전 후에도 계속 간호군관으로 남아 있었다.

영식이 은실을 만난 것은 1958년 봄이었다. 당시 그녀는 원산시에 소재한 인민군 군의소에서 복무하고 있었고 영식은 그때까지 인민군 소좌로 군에 머물러 있었다. 휴전이 되고 몇 년간 다른 곳에 주둔하고 있던 영식의 부대가 원산시 인근으로 이동한 것이 그 전해 겨울이었다. 그곳에서 영식은 은실과 고향이 같은 부대 상사의 주선으로 인연을 맺었다. 처음 한동안은 통일이 되는 그날 결혼하겠다며 미루어 왔지만, 서른한 살의 나이를 들먹이며 결혼을 재촉하는 상사의 권유보다도 점점 깊어지는 은실과의 사랑에 마음을 굳혔었다.

그날, 곱게 화장하고 다홍치마 연두저고리를 차려입은 아름다운 그녀는 마치 한 폭 그림 속의 선녀와 같았다. 그리고 신혼의 단꿈을 즐겼다. 이제 나는 이 고운 여인을 위해 평생을 살리라. 이 여인과 태어날 내 2세의 평안을 위하여도 기필코 통일은 내 손으로 이루리라. 어서 빨리 그날이 찾아와 그리운 내 어머니에게 이 고운 아내를 보여 드릴 수 있었으면. 영식의 꿈은 오로지 그것이었다.

행복은 이어졌다. 결혼하고 몇 달 뒤, 영식은 인민군 소좌에서 중좌로 진급했으며 함경남도 흥남 인근의 부대로 전출되었다. 물론 아내 은실도 함께였다. 또한 그때부터 그녀는 인민군 군의소의 간호군관이 아니라 함흥의 도립 병원 간호사로 자리 잡았다. 행복한 그들 부부의 고민은 오직 아기가 들어서지 않는다는 것뿐이었다. 그러나 그 고민도 그리 오래가지는 않았다. 결혼 후 3년째 되던 1961년 봄 은실은 마침내 임신을 하였고, 그해 겨울에는 드디어 엄마를 빼닮은 예쁜 딸을 순산했다. 그리고 그것으로 짧은 행복은 끝났다.

영식은 대남 공작원으로 선발되던 때만 해도 그토록 긴 격랑의 세월이 되리라고는 생각지도 않았다. 그저 위험한 임무이기는 하여도 반드시 살아 돌아올 수 있으리라 믿었다. 아니, 사랑하는 아내와 딸을 위해서라도 꼭 살아 돌아오리라 다짐했다. 그리고 아내와 어린 딸을 생각하는 것만으로도 어떤 고난도 이겨 낼 수 있을 것 같은 굳센 용기가 치솟았다.

훈련이 계속됐다. 남한 사회에 대한 교육은 물론이고 사상, 교양, 군사 훈련 등은 이미 군에서 웬만큼 단련된 그로서도 힘에 겨울 정도였다. 점심 식사가 끝나면 거의 매일 체력 강화를 위한 산악 구보가 실시됐다. 훈련장 막사에서 출발하여 함흥시가 내려다보이는 해발 380미터의 오봉산을 돌아 넘어오는 제법 긴 코스였다.

영식은 처음 얼마간은 그녀를 알아보지 못했었다. 공작 요원으로 선발되어 훈련을 시작한 지 한 달이 지난 어느 날이었다. 그날도 변함없이 오봉산 정상에 다다라 겨우 한숨을 돌리고 되돌아 내려오던 길이었다. 산 중턱 구보길에서 멀찍이 떨어진 야트막한 산등성이 풀밭에 다홍치마 연두저고리 차림의 여인이 누군가를 기다리듯 서 있었다. 앞서 달리는 조원들이 그저 한번 힐끗 돌아보았듯이 영식도 처음에는 무심히 지나쳤다. 그러나 다음날에도 여인은 그 자리에 서 있었다. 그리고 또 다음날에도, 그다음 날에도…….

그렇게 며칠이 지난 어느 날인가부터 영식은 문득 그 여인이 사랑하는 아내 은실이 아닐까 하는 생각이 들기 시작했다. 그녀가 어떻게 알고 이곳까지 찾아오랴 하는 생각에 지금껏 상상조차 안 했지만, 은실이 틀림없다는 생각은 자꾸만 더해 갔다. 비록 먼발치이기는 했어도 날이 갈수록 익숙해지는 고운 자태는 분명 그녀였다. 더구나 날마다 그렇게 다홍치마 연두저고리를 입는 까닭도 어쩌면 영원한 사랑을 맹세하던 그날의 기억을 상기하려 함이 아닐지.

해상 훈련을 위해 부대를 떠났다가 3일 만에 돌아온 영식의 조(組)는 그다음 날부터 다시 산악 구보를 재개했다. 그날 점심 식사를 하는 동안 영식은 내내 그녀만을 생각했다. 혹시 3일 동안이나 훈련이 없어 그녀가 다시 나타나지 않는 것은 아닐까. 혹여 갑작스레 몸이라도 아파 오늘은 오지 못한 것은 아닐까. 영식에게 그 여인은 벌써 은실이었다.

그날은 더욱 힘이 솟구쳤다. 처음부터 대열의 맨 앞을 차지하고 뛰던 영식은 드디어 오봉산 자락에 발길이 들어서자 더욱 이를 악물고 속도를 내어 조원들과의 거리를 벌렸다. 그리고 맨 먼저 정상에 다다른 뒤 다시 산 아래를 향하여 구르듯이 달려갔다. 산 한 모퉁이를 돌아서 내려오고, 마침내 그 야트막한 산등성이가 눈에 들어오자 영식은 잠시 두 눈을 감았다. 제발, 제발…….

펄쩍 뛰면 하늘에라도 날아오를 것 같은 기분이었다. 그녀가 있었다. 정말 산등성이 그 자리에 그녀가 서 있었다. 오늘도 변함없는 다홍치마 연두저고리. 한눈에 알아볼 수 있는 그 모습이었다. 영식은 단숨에 그곳까지 날듯이 달려갔다. 눈앞의 여인은 등을 돌리고 서 있었다.

「여보.」

영식은 망설임 없이 그렇게 불렀다.

「여, 여보!」

돌아선 그녀는 틀림없는 아내였다.

와락, 아내는 영식의 품으로 안겨들었다. 소리 없는 흐느낌 속에 가늘게 떨리는 가냘픈 어깨. 영식은 그저 가여울 뿐이었다. 무슨 말을 할 수 있으랴. 될 수만 있다면 이대로 영원히 모든 것이 멈춰 버렸으면 하는 생각뿐이었다.

오래지 않아 산모퉁이를 돌아 내려오는 같은 조의 대열이 보이기 시작했다. 영식은 마음이 다급해졌다.

「그런데 당신이 여길 어떻게?」

「겨우 알 수 있었어요, 병원에 입원한 군관에게 물어서.」

「그래, 고마워요. 괜찮소? 아픈 데는? 아기는? 난 걱정 말아요. 꼭 돌아올 거요.」

「내일도 올게요.」

점점 가까워지는 대열을 돌아보며 그녀가 말했다.

「뭐, 내일도?」

「예. 매일 이 시간에 여기…….」

젖은 눈빛으로 아내는 수줍은 미소를 지었다.

「안 돼요. 위험해요.」

「일없습니다(괜찮습니다). 걱정 마세요.」

「떠나기 전에 만날 수 있을 거요.」

「알아요. 어서 가보세요.」

그녀가 산길 쪽으로 고갯짓을 하며 영식을 재촉했다.

「날마다 여기 오면 안 돼요.」

「알았어요.」

「그런데, 지난 삼 일 동안에도?」

「…….」

대답은 없었지만 영식은 분명히 알 수 있었다. 그녀는 지난 3일 동안에도 내내 이 자리에서 자신을 기다렸을 것이다.

「안 돼요. 언제까지 이리로 오게 될는지 몰라요.」

「알아요. 걱정 말고 어서 가세요.」

아내가 또다시 재촉했다. 조원 중 누군가가, 김 동무! 하고 영식을 부르는 소리가 들려왔다.

「매번 이렇게 만날 수도 없을 기요.」

「저는 일없습니다. 그냥 멀리서 보기만 할 겁니다.」

사실 아쉬움이 더한 것은 영식이었는지도 몰랐다. 그러나 더는 시간을 끌 수가 없었다.

말없이 돌아서는 그를 향해 아내는 환한 웃음으로 손사래를 쳤지만 영식은 그 눈가에 가득한 아쉬움의 흔적을 모르지 않았다.

아내는 그 후로도 날마다 같은 시간이면 언제나 변함없이 다홍치마 연두저고리 차림으로 산등성이 그 자리를 지켰다. 그렇다고 날마다 두 사람이 한가히 정담을 나눌 수 있는 것은 아니었다. 어쩌다가 구보 대열의 인솔자가 없거나 정상에서 잠시 숨을 돌리는 틈에, 그것도 잠깐 동안 얼굴을 보는 정도가 전부였다. 그래도 아내는 단 하루도 거르지 않았다. 날이 궂어 비가 와도, 때로는 영식의 일행이 며칠 동안이나 그곳을 지나치지 않아도 아내는 지치지 않았다.

결국 영식에게 북에 남은 아내의 기억은 그것이 전부였다. 마지막으로 만났던 날에도 아내는 변함없이 산등성이 그 자리를 지키고 서 있었다.

「훈련이 끝나면 만날 수 있을 텐데…….」

「많이 힘드시죠?」

「이 정도야, 아무리 힘들어도 우리 아기에게까지 분단된 조국을 물려줄 수는 없잖소.」

「예에.」

「걱정하지 말아요. 과업을 잘 완수하고 꼭 돌아올 거요.」

「저…… 얼마나 걸릴까요?」

「글쎄, 아마 당의 지시를 따라야겠지요.」

「아기가 아버지에 대해 물으면 뭐라고 말해 주죠?」

「무슨 이야기요? 나는 분명히 돌아올 거요.」

「그래도 혹시 늦어지시면…….」

아기를 낳고부터 아내는 많이 달라져 있었다. 전에는 곧잘 먼저 통일과 혁명을 말하던 그녀였는데 이제는 영식의 그런 이야기가 오히려 달갑지 않다는 반응이었다. 그도 좀 더 살갑게 대하지 못하는 자신이 안타까웠고, 그날따라 아내에게 더없이 안쓰럽고 미안했다. 그런 마음이 영식을 더욱 메마르게 했는지도 몰랐다.

「걱정 말아요. 그리고 소련에 유학 갔다고 말하면 되지 않겠소.」

그것으로 마지막이었다. 다음날부터 영식은 본격적인 공작 훈련을 위해 다른 지역의 초대소로 장소를 옮겨야 했다. 그곳에서 훈련을 받는 내내 그는 오늘도 산등성이 그 자리에서 자신을 기다리고 있을 아내를 생각하며 얼마나 안타까워했는지 몰랐다. 그저 어서 훈련이 끝나고 다시 만날 수 있기만을……. 그러면 진정 정겹고 따스한 말로 그 여린 마음을 위로해 줘야지. 영식은 그렇게 아내와의 해후를 기다렸다.

　그러나 막상 훈련이 끝난 뒤 남파를 앞두고는 비밀 유지를 위해 그 누구와의 접촉도 금지되었다. 그리고 영식은 다시는 아내를 만나지 못하였다.

「여, 여보…… 여보…….」

「사천사십번, 이봐요, 김씨!」

　감방 문을 두드리는 요란한 소리와 함께 들려온 귀에 익은 교도관의 고함에 영식은 퍼뜩 정신이 돌아왔다.

「아니, 여긴…….」

　짙푸른 산등성이, 다홍치마 연두저고리의 아내는 흔적 없이 사라지고 눈앞에 보이는 건 그저 황량한 벽뿐이었다

「하암…… 거기가 어디겠소, 감방 안이지. 쯧쯧쯧.」

　좁은 시찰구 사이로 감방 안을 들여다보는 고단한 얼굴의 교도관이 길게 선하품을 하며 연방 혀를 찼다.

「그래, 오늘 밤에도 부인을 만났소?」

「…….」

「참 좋은 날이구려. 낮에는 어머니를 만나고 밤에는 또 부인을 만나니, 허허…….」

　정년이 얼마 남지 않은 늙수그레한 그에게는 4040번의 작은 소동이 이미 꽤 익숙한 모양이었다. 정든 이웃처럼 푸근한 농으로 선잠에서 깬 영식을 위로한 교도관이 긴 웃음의 꼬리를 남기며 복도 저편으로 걸어갔다.

「휴우.」

　한숨을 내뱉으며 영식은 안타까운 듯 절레절레 고개를 내저었다. 또 꿈이었다. 감옥살이를 시작하고 얼마 지나지 않은 그날부터 나타

나기 시작한 아내는 26년의 세월이 흐르도록 거의 날마다 꿈이 되어 찾아왔다. 그날 산등성이에서 마지막으로 보았던 그 모습 그대로였다. 다홍치마 연두저고리, 뽀얀 얼굴에 수줍은 미소를 띠면서도 눈가에 그늘져 있던 간절한 그리움, 뭔가 가득 할 말을 품고서도 차마 입에 담지 못해 애태우던 작은 입술, 그리고 어서 가라는 것인지 돌아오라는 것인지 알 수 없던 그 손사래. 그러나 하나 달라진 것이 있었다. 영식이 아무리 다가서려 해도 아내는 언제나 그만큼의 거리를 두고 가까이 다가오지 않는 것이었다. 올해가 1988년이니 벌써, 그래, 쉰일곱이 되었겠구나. 가여운 사람, 얼마나 늙었을까. 머리도 하얗게 세었을까. 주름도 많겠지.

영식은 또다시 아랫배에서 사르르 통증을 느꼈다. 또 설사가 찾아온 모양이었다. 지난밤부터 도대체 몇 번째인지 기억나지도 않았다. 하긴, 26년 동안 그렇게 기름진 음식을 먹어 본 적이 없었으니. 처음 닭백숙을 보는 순간부터 영식은 이렇게 될 것을 예감했다. 그러나 먹어야만 했다. 아무리 자신이 힘들게 될지라도 그렇게 깨끗이 비워 주는 것만이 어머니에게 할 수 있는 유일한 효도였기에 그는 맛나게 먹었다. 그리고 기뻐하고 만족해하던 어머니의 눈빛에서 영식 또한 한없는 행복을 느꼈다.

요동치는 아랫배를 움켜쥐고 변기통을 향해 가던 영식의 눈앞이 자꾸만 부옇게 흐려졌다. 산등성이에 서 있던 아내의 고운 모습과 늙은 어머니의 주름진 얼굴이 겹쳐 보였다.

재열은, 오늘은 기어이 말하리라, 말해야 한다고 스스로 수없이 다짐을 했다. 돌이켜보면 참으로 지겹도록 긴 세월이었다. 그 모질고 긴 26년의 세월을 그로서는 무던히도 참고 기다려 온 셈이었다. 단

한 번도 그 바람을 입에 담지 않았던 까닭은 친구로서 믿었기 때문이었다. 언젠가는 스스로 돌아오리라. 분명 어느 날인가는 허허로운 웃음을 지으며 다시 시작하기에는 너무 늦지 않았을까 하며 마음을 열리라 믿고 기다렸던 것이다. 그런데 영식은 끝내 돌아오지 않았다. 마음의 문을 열 준비조차 하지 않고 있는 것이었다.

바로 어제, 그것도 이 자리에서 재열은 그 꽁꽁 얼어붙은 마음을 두 눈과 귀로 확인하지 않았던가. 언제 눈을 감을지 모르는 늙은 어머니가, 얼마나 거칠게 살아왔는지 감옥 속의 그보다 더 초라하게 변해 버린 여동생 영순이, 얼굴 한 번 보지 못했던 어린 동생 영애가 피눈물을 쏟으며 흐느껴도 영식의 생각은 오직 하나, 전향에 대한 두려움뿐이지 않았던가. 그래서 마음으로 던지는 친구의 농담에도 그토록 완강한 거부의 눈빛을 보였던 것이 아닐 텐가.

배신? 그래, 그것은 배신이었다. 부모도, 형제도, 인정도, 양심도, 모두 저 한 사람만의 자존심을 위하여 외면한 그 철저한 이기심이야말로 정녕 배신이 아니던가. 이미 흘러간 긴 세월 동안, 결코 자신의 길이 옳았던 것만은 아니라는 사실을 깨우치지 못한 것도 아닐 텐데.

「사천사십번, 데려왔습니다.」

재열이 앉은 자리에서 문가를 향해 고개를 돌리자 교도관을 뒤따라 막 특별 면회실로 들어서는 영식이 보였다.

「수고했소.」

재열은 건성으로 대답하고 교도관을 향해 나가 있으라는 눈짓을 했다.

「예. 필요하시면 부르십시오.」

교도관이 깍듯이 거수경례를 붙이고 문밖으로 돌아섰다.

영식은 마치 그럴 줄 알았다는 듯 씁쓰레한 미소를 흘렸다. 사실 어제 어머니와 헤어지는 그 순간 이미 오늘을 각오했었다. 이제 마침내 시작되겠구나. 참으로 오래도록 기다린다 했더니만 결국 어머니를 앞세워 시작하는구나.

「앉지.」

재열이 앞쪽의 의자를 고갯짓으로 가리켰지만 영식은 아무런 대꾸도 없이 창문을 향해 고개를 돌렸다. 아마 의식적인 외면이리라.

재열은 울컥 치밀어 오르는 화를 담배 연기로 길게 내뿜었다.

「후우.」

어색한 침묵이 한참 동안 이어졌다.

「담배를 끊어야 할 텐데, 도무지…….」

담뱃불을 바닥에 비벼 끈 재열이 의자에서 일어나 창가로 다가갔다. 이번에는 영식이 등을 돌린 재열에게서 눈을 떼지 않았다.

「어제, 영애를 만났다. 저녁에.」

「…….」

「역시 남매더군. 피는 물보다 진했고. 그렇게 처음으로, 단 한 번 너를 보고서도 몹시 사랑하더구나. 밤늦도록 내게 원망을 퍼부었지. 인간으로서 인간에게 그럴 수는 없다고. 이제 너의 석방을 위해서 남은 인생 모두를 바치겠다고 말하더구나.」

「…….」

「내가 아무리 설명을 해봐야 소용이 없었지. 영순이도 결국 그렇게 되어 버리고 말더니만……. 똑똑하더구나. 전향이란 것은 사상과 양심의 자유만을 파괴하는 것이 아니라 그 사람의 목숨을 빼앗는 것이나 마찬가지라고 내게 가르쳐 주더구나. 너도 그렇게 생각하니? 내가 너의 목숨을 빼앗기 위해, 이렇게 이십육 년의 세월을 기다리고 있는 거라고?」

영식은 여전히 아무런 대꾸도 없었다. 차라리 예전처럼 자기 주장을 펼치며 그를 설득시키려 들기라도 한다면 이토록 답답하지는 않을 것이다. 그랬다면 재열 역시 마음속의 모든 것을 털어내어 호소하며 애원이라도 할 수 있을 게 아닌가. 그러나 영식은 언제부터인가 그렇게 마음의 문을 굳게 닫아걸고 있었다.

재열은 금방이라도 터져 버릴 것 같은 가슴을 더 이상 억누를 길이 없었다.

「흐뭇하겠구나. 또 한 명의 위대한 투사가 나타나서. 영순이가 그렇게 뒤를 이은 투사가 되더니, 또 이번에는 영애마저……. 모두들 그렇게 행복을 잃어버려도 너희는 책임이 없다고 말하겠지. 모는 책임은 혁명을 거부하고 통일을 방해하는 보수 반동 세력에게 있는 거라며. 하지만 백 번을 양보해서 설령 그렇다 할지라도 너희는 비겁한 방관자야. 혁명? 통일? 후후 하하하…… 웃기지 마라. 너희가 혁명을 하고, 통일을 이룬다고? 부모와 형제와 핏줄의 삶에서마저 웃음을 앗아 가는 너희가? 그게 무슨 혁명이고 그런 통일이 무슨 의미가 있어? 그보다는 먼저 사람을 아껴야지. 나를 사랑하고, 너를 사랑하며, 핏줄과 가족과 인간을 사랑하는, 바로 그런 게 진정한 혁명 아닌가? 너희가 꿈꾸는 혁명과 통일은 도대체 뭐야?」

벌겋게 충혈된 눈빛으로 재열은 끓어오르는 노여움을 감추지 않았다.

「…….」

「그만큼 피를 보았으면 됐지. 그만큼 눈물을 흘리게 했으면 이제는 그만 끝내야지. 도대체 뭘, 얼마나 더 바라는……」

「그만 해.」

낮게 가라앉은 영식의 음성이 재열을 가로막았다.

「영애를 한 번 더 만나게 해다오.」

이번에는 재열이 창밖에 시선을 둔 채 아무런 대답도 하지 않았다.

「부탁이다. 돌아가기 전에, 제발 만날 수 있게 해줘. 나도 이제 더 이상의 눈물은 견딜 수가 없다.」

돌아서려던 재열이 움찔하며 그대로 멈추었다.

「영순이만 해도 내게는 무거운 짐이었다. 그런데 영애까지…….」

「그럼 어머님은?」

「…….」

「어머님은 그렇게 평생의 짐으로 떠안고 가셔도 아무런 상관이 없다는 말인가?」

「어머니…… 그래, 나는 어제 어머니의 뒷모습을 지켜보며, 어쩌면 다시는 뵐 수 없는 게 아닐까 몹시 두려웠다. 하지만 마지막으로 돌아서서 빙그레 웃으시던 그 모습에서 마음을 놓았지.」

「…….」

「혹시, 어젯밤에 앓아 눕지는 않으셨나?」

「앓아 누우신 건 아니지만, 기력을 많이 잃으신 듯 보였어.」

재열의 등 너머로 들려오는 대답에 영식은 가만히 고개를 끄덕였다.

「그래, 그랬겠지. 올해 어머니 연세가 몇이나 되셨지?」

「여든둘이시지.」

「여든둘. 그래 여든둘이시지. 참 모진 인생, 질기기도 하시구나. 앞으로 몇 년은 더 사셔야 할 텐데…….」

이 무슨 이야기인가. 몇 년이라니? 놀란 재열이 휙 고개를 돌리자 어느새 영식의 두 눈에서 굵은 물방울이 주르르 두 볼에 흐르고 있었다.

「그래도 어머니께서 큰 봉변을 당하지는 않으셨지?」

영식이 처연한 미소를 지으며 물었다.

「…….」

「먹는 것이나 입는 것은 그래도 자유롭고 넉넉한 편이시고?」

재열은 그제야 영식이 무엇을 말하는지 알아들을 수 있었다.

「또 영순이도 그런대로 자유롭고? 물론 자네가 많이 돌봐 줬겠지
만 말일세.」

재열이 주머니를 뒤적거려 담배를 찾았다.

또다시 긴 침묵이 이어졌다. 그리고 얼마가 흘렀을까.

「재열이…….」

메마른 영식의 음성이 벽을 타고 돌아왔다.

「난 말일세, 아직도 꿈을 꾼다네.」

「……?」

「어제는 물론이고, 벌써 오랫동안 매일 밤 꿈을 꾸고 있다네. 새파
랗게 풀이 자란 북쪽의 어느 언덕에서, 다홍치마와 연두저고리를
입은 아름다운 여인이 나를 기다리며 서 있는 그런 꿈일세. 그것
은 내가 마지막으로 보았던 한 사람에 대한 또렷한 기억인데, 지금
껏 오랜 세월이 흘러도 그 사람은 아무런 변함이 없다네. 다만 하
나, 이제는 내가 아무리 애써도 도무지 다가설 수 없다는 것이 다
를 뿐이네. 그리고 그 여인에게는 예쁜 딸도 하나 있다네. 아마 그
여인이 그렇게 밤마다 나를 찾는 까닭은, 그렇게라도 내가 없으면
도저히 살아 숨 쉴 수 없는 그런…… 아마…… 허허허, 사랑 때문
일 걸세.」

아, 그랬었구나. 재열은 벌써 후회하고 있었다. 더 기다려야 했는

데. 평생이라도 말없이 기다려야 했는데. 그것은 미처 생각지도 못한 일이었다. 그에게도 가슴 아픈 사연이 있다는 걸. 끝내 목숨을 걸어서라도 지켜 줘야 할 누군가가 있다는 것을. 그리고 그에게도 뜨거운 가슴이 있어 그 사랑을 그리워한다는 것을 미처 생각지 못했던 것이다.

　얼마나 그리웠을까. 밤마다 얼마나 진한 가슴앓이를 하며 눈물짓고 잊으려 애썼을까. 아무리 그리운 어머니 품에 안겨 통곡하고 싶어도 차마 버리지 못할 그 무엇이 있었기에 그토록 외면하고 허탈한 웃음만 내뱉어야 했던 처절한 아픔. 평생토록 그 한을 어떻게 달래고 어찌 영원토록 잊을 수 있겠는가. 운명이라고 하기에는 너무도 안타까운 분단의 상처였다.

「그만 돌아가도 되겠나?」

　영식의 허탈한 음성에는 어떤 감정도 배어 있지 않았다. 그저 몹시 지친 듯이, 아무런 기운도 없는 공허한 음성이었다. 재열은 영식이 얼마나 힘들여 그 말을 했는지 모르지 않았지만 애써 외면하고 있었다.

「이제는 자주 못 볼 걸세.」

「……?」

「곧 정년일세.」

「정년?」

「그래, 벌써 우리 나이가 예순하나 아닌가.」

「예순하나…… 그렇군, 벌써 예순하나가 되었군.」

「모든 게 허무하지?」

「허무? 허허, 허무라…… 그래도 자넨 그런 걸 생각할 여유나마 있으니 다행일세.」

「그래, 그나마도 행복한 셈이지.」

「그래, 이젠 뭘 할 건가?」

「글쎄, 한동안은 무료하겠지.」

「자식들은?」

재열이 돌아서서 영식과 마주 보았다. 생각해 보면 이렇게 편안히 마주 본 것도 무척 오래된 옛일이었다. 언제나 보이지 않는 긴장 속에서 서로 눈길을 피해야 했던 지난 세월들. 결국 그렇게 서로 외면하며 아쉬운 세월만 허송했던 것이 아니었나. 그 마음속에 들어 있는 진정한 아픔은 미처 알지도 못한 채 저 스스로 그린 화폭 속에만 빠져.

「그러고 보니 정말 낳이 늙었구먼.」

「허허, 그건 자네 또한 마찬가질세.」

「그런가? 허허, 허긴, 그럴 테지.」

「큰놈이 사내였나?」

「그래. 지금은 외국에 있어, 대사관에.」

「장가는?」

「갔지. 손녀도 봤네.」

「외손주는?」

번쩍이는 영식의 눈빛에는 어느새 아득한 그리움이 가득 담겨 있었다.

「아직…… 학교에 있겠다고 여태 결혼도 안 했어.」

「그래, 그렇구먼.」

재열은 문득 스치는 그 실망의 눈빛에서 진한 아픔을 읽을 수 있었다. 몹시 그리워하고 있구나. 오죽이나 그리웠으면 친구의 딸을 통해서나마 자식을 견주어 보고 싶었을까. 누구를 원망해야 하는지도 모르는 이 처참한 현실. 그럼에도 아무것도 할 수 없는 또 다른 아픔. 재열은 그처럼 내 길이라 확신하며 걸어왔던 지난 세월이 지금 이 순간만큼은 모두 광대 노릇처럼 여겨졌다.

「딸아이 이름이 지숙이라 그랬던가?」

「그래, 지숙이지. 김, 지, 숙.」

탈 출

1992년 6월, 함경북도 새별군 신건리 인근의 두만강 유역 그곳은 한반도의 최북단인 서쪽의 온성군과 함께 두만강과 접해 있는 새별군에서도 가장 동북쪽에 위치한 작은 마을로, 그리 멀지 않은 동쪽의 은덕군을 지나 선봉군에 이르면 곧바로 동해를 볼 수 있고, 북쪽으로는 중국 훈춘(琿春) 시의 징신(敬信)과 마주 보며 국경을 이루는 곳이었다.

그 새별군의 룡북 로동자구에 살던 권장혁이 이곳 신건리 두만강 유역에 도착한 것은 어제저녁 어스름 무렵이었다. 그는 벌써 서른여섯 시간 가까이나 꼼짝도 않은 채 몸을 숲 속에 숨기고 강변 쪽만을 유심히 노려보고 있었다. 장대비가 억수같이 쏟아지고 있었다. 비는 사흘 전, 망설이는 자신을 향해 더욱 결연한 눈빛으로 재촉하던 아버지를 뒤로하고 돌아서던 그때부터 내리기 시작했다.

사실 평범한 걸음이었다면 룡북 로동자구에서 신건리까지 사흘이나 걸려야 할 까닭이 없었다. 더구나 룡북에서 멀지 않은 고건원 로동자구에서는 함북선의 신건역까지 철도도 연결되어 있었다. 그러나 장혁은 오히려 먼 길을 돌아서 와야만 했다. 하긴 처음부터 이곳 두만강변을 목적지로 삼은 것은 아니었다. 낯익은 사람들과의 대면을 피하느라 숲길을 이용해 동남쪽의 룡현리로 돌아 들어가, 다시 두만강으로 흘러드는 오룡천을 먼발치에 두고서 그 물길을 따라 걸어온 곳이 여기 신건리의 두만강변이었다.

그렇게 사람의 눈길을 피해야 하는 조심스러운 길이었던지라 꼬박 사흘 동안에 장혁의 허기를 채워 준 것이라곤 떠나올 때 아버지가 마련해 준 미숫가루 몇 봉지와 쏟아져 내리던 빗줄기가 고작이었다. 그럼에도 배고픔이나 빗속에서의 한기 따위는 느낄 겨를조차 없었다. 그것은 다시는 돌아올 수 없는 길이라던 아버지의 말씀이 아니더라도 떠나오던 다음날 아침, 그가 사라졌다는 것이 발각되는 그 순간부터 이미 죽은 목숨이나 다름없었기 때문이었다.

「썅, 더럽게 쏟아지누만.」

「그러게 말이야. 이젠 강을 건너래도 못 건너갔어.」

「그럼, 저 물살에 살아남았으면 살아 보라지.」

「그러게. 자, 자, 빨리 들어가자우.」

멀지 않은 곳에서 나지막이 주고받는 목소리가 들려왔다. 칠흑 같은 어둠 속에서 경비대원의 손전등 빛 두 줄기가 빗속을 헤치고 멀어지는 것을 지켜본 장혁은 팽팽한 긴장과 함께 깊은 숨을 몰아 내쉬었다. 드디어 결행의 시간이 다가온 것이었다.

어젯밤에도 이 무렵이었다. 밤새 강변 가까이에서 몸을 숨기고 국경 경비대원들의 움직임을 눈여겨보았다가 날이 밝을 무렵 다시 산 중턱의 숲 속으로 돌아가 진종일 강변 쪽을 지켜보며 결행의 시간을 노리고 있었다. 물론 낮 동안에는 아무런 움직임도 없었다. 그러나 강 건너 쪽에서는 보이지 않겠지만 불과 1백여 미터 간격으로 큰 나무나 풀숲 곁의 강둑을 파고 감춰 놓은 경비 초소는 그 경계의 눈초리가 여간 삼엄한 것이 아니었다. 해가 진 뒤의 경비는 더욱 철저했다. 어둠이 깔리면서부터는 초소별로 일정한 시간에 맞추어 30분 간격으로 순찰을 돌았다. 그러나 새벽 세시경인 지금부터는 약 한 시간가량의 틈이 있었다.

장혁은 그들이 멀어졌다고 생각되는 때부터 다시 10여 분을 기다렸다. 그리고 조심스레 풀숲을 헤치며 엎드린 채로 강둑을 향해 무릎걸음을 옮기기 시작했다. 그나마 빗줄기가 굵어 풀 스치는 소리를 감춰 준다는 것이 얼마나 다행스러운지 몰랐다.

낮 동안 산 중턱에 숨어서 보았던 두만강은 그동안에 내린 비로 벌써 강둑 아래까지 물이 차 있어 둑만 넘어서면 곧바로 물속으로 뛰어들 수 있었다. 만약 이 굵은 비가 없어 하얀 모랫바닥이 강 중심까지 펼쳐져 있었다면 장혁은 결행을 미룬 채 산속 은거 생활을 해야 되었을지도 모르는 일이었다. 아버지가 결행을 재촉한 까닭도 아마 묵직하게 가라앉은 하늘과 곧 장맛비가 시작될 거라는 일기 예보 때문이었을 것이다. 아버지 생각에 문득 눈앞이 흐려 왔지만 장혁은 모질게 머리를 뒤흔들어 생각을 떨쳐 냈다.

「아무런 생각도 말거라. 국경을 넘기 전까지는 모든 사람이 다 너의 적이다. 그곳에 가면 아직도 이 아비를 기다리고 있을 너의 큰아버지와 고모가 있다. 오직, 그 생각만 하거라. 절대 용기를 잃어서는 안 된다. 아비 생각은 그다음에, 그다음에 천천히 하거라.」

장혁은, 눈물을 감추느라 먼 산 너머로 눈길을 돌린 채 억지스레 모진 음성을 쏟아 내던 아버지의 마지막 이야기만을 생각하고 또 생각했다.

드디어 강둑 아래였다. 이제 바로 눈앞의 둑만 무사히 넘으면 자유를 향한 가장 큰 고비는 넘기는 것이었다. 장혁은 다시 한 번 조심스레 강둑을 살펴보며 두 귀를 곤두세워 주변의 인기척에 온 신경을 집중했다.

아무런 인기척도 없었다. 그 흔한 풀벌레 소리조차 없이 오직 흙바닥에 부딪쳐 튀어 오르는 빗줄기의 거친 소리와 굵은 빗방울에 여린 풀이 내지르는 비명 소리만이 들릴 뿐이었다.

장혁은 강둑에 배를 바짝 붙인 채 천천히 기어오르기 시작했다. 질퍽한 흙의 감촉 따위는 애초에 느껴질 리 없었다. 둑의 높이도 불과 3미터 남짓이었고 시간도 충분했다. 그런데 쏟아지는 비를 온몸으로 맞으면서도 장혁은 자꾸만 입술이 메말라들었다. 불쑥 누군가가 나타나 총구를 겨누며 거칠게 발길질을 해댈 것만 같았다.

「아버지, 아버지…….」

그렇게 속으로 중얼거리는 장혁의 뿌연 눈앞에 툭하고 터지듯이 갑작스레 훤한 허공이 드러났다.

하마터면 탄성이 입 밖으로 새어 나올 뻔했다.

국경이었다. 눈앞의 두만강을 건너면 바로 자유를 향한 첫발, 영원한 희망을 찾아 나서는 출발점이 아니던가. 비록 지금은 불빛 한 점 볼 수 없는 적막한 어둠뿐이었지만 장혁에게는 그곳만이 유일한 보루였다.

그는 재빨리 몸을 움직여 강둑을 넘었다. 그런데 둑 아래로 미처 절반도 내려가기 전에 벌써 두만강의 물길이 다리를 휘감아 왔다. 장혁은 재빨리 몸을 움직여 다시 강둑 위로 고개를 내밀었다. 하지만 결코 거친 물살이 두려워서가 아니었다. 아버지, 이제는 영영 다시 보지 못하게 될지도 모를 가여운 아버지를 향한 자식으로서의 마지막 미련이었다.

작은 불빛 한 점 찾을 수 없는 무거운 침묵뿐이었지만, 그래도 저 멀리 어두운 하늘 아래로 어렴풋한 연두봉의 윤곽이 보이는 듯했다. 해발 647미터. 두만강으로 흘러드는, 바로 자신이 자유를 찾는 이 길을 따라 내려온 오룡천의 한 지류가 시작되기도 하는 산. 가여운 아버지가 한쪽 다리마저 잃어 가며 마지막까지 삶을 허비했던 룡북탄광의 맥이 되는 한 많은 연두봉.

장혁은 강둑에 엎드려 이마를 댄 채 가만히 가슴속으로 아버지를 부르며 뜨거운 눈물을 소리 없이 쏟아 냈다.

「섯, 누구야? 꼼짝 마랏!」

「움직이면 쏜다!」

왼편 초소에서 티져 니온 벽력 같은 고함 소리에 오른편 초소에서도 맞고함을 터뜨렸다.

그러나 장혁은 재빨리 둑 아래로 고개를 내리고 조심스레 온몸을 움직여 강물을 향해 거꾸로 기어 내려갔다.

「간나새끼, 쏜닷!」

「멈추라, 당장 쏘갔어!」

고함 소리는 계속 이어졌지만 장혁은 이미 강물 속에 온몸을 담근 채 가만히 그 고함의 끝을 기다리고 있었다. 결코 자신을 발견한 고함 소리는 아닐 것이었다. 경비대원들은 지난밤에도 그렇게 무작정 어둠을 향해 여러 번 고함을 쳤다.

「야, 그쪽 초소, 어케 된 거가?」

「아, 간나새끼들이 되돌아 뛰었다.」

「그래? 그럼 수고했다.」

「그쪽도 수고했다.」

역시 무작정 위협하기 위해 고함친 것일 뿐이었다. 그러나 뻔히 알고 있는 장혁에게도 그것은 위협이 되었다. 몹시 긴장해 있었던 것이다. 뒤늦은 긴 한숨과 함께 장혁은 전신의 기운이 한꺼번에 빠져나가는 듯한 느낌이었다.

「흐, 흡.」

장혁의 입에서 급박한 비명이 터져 나왔다.

이번에는 물살이었다. 강물이 불어났으니 물살이 거친 것이야 당연하겠지만 그 정도가 예사롭지 않았다. 더구나 평소에도 두만강은 수면 위의 잔잔함과는 달리 물밑의 유속이 거칠고 빠르기로 유명한 터였다. 그렇다고 무작정 강둑에 의지해 시간만 흘려보낼 수는 없는 노릇이었다. 장혁은 마침내 한 번 길게 심호흡을 들이쉬고 강물 속으로 몸을 던졌다.

권장혁. 그는 1961년, 지금은 영광군으로 이름이 바뀐 함경남도 오로군 상중리에서 아버지 권오철과 어머니 리순임 사이의 외동아들로 태어났다. 그리고 1974년 주민 요해 사업(주민 성분 구분 사업)에 따른 아버지의 직장 재배치로 지금 살고 있는 함경북도 새별군으로 이주하기 전까지는 내내 그곳에서 자랐다. 영광군은 북으로는 신흥군과 장진군, 동으로는 함흥시, 남으로는 함주군, 그리고 서로는 평안남도 대흥군과 면해 있는 함경남도 중부 지역의 작은 군이었다. 또한 그 상중리 어귀를 거치는 성천강은 함경산맥 금패령에서 발원해 영광군 소재지를 지나 다시 흥봉 인근에서 황초령에서 흘러 내려온 흑림천과 합류해 함흥시를 거친 뒤, 마침내 동해로 흘러드는 강바닥의 물매가 급하기로 이름 높은 강이었다. 장혁은 어린 시절 그 강가에서 거친 물살을 거스르며 동무들과 헤엄을 배우고 익혔었다.

그러나 역부족이었다. 아무리 열심히 자맥질을 해대도 노도와 같은 두만강의 물살은 장혁의 뜻을 도무지 받아들이려 하지 않았다.

이젠 장혁도 지쳐 버려 캄캄한 강물 위를 떠내려 오던 나무토막 하나에 몸을 의지한 채 그저 다시 조선이 아닌 중국 쪽의 국경에 다다르기만을 간절히 바랄 뿐이었다. 하지만 그 또한 쉬운 일은 아니었다. 거친 물살이 요동을 칠 때마다 움켜 안은 나무토막을 따라 물속과 물 위를 번갈아 맴돌며 목 안으로 밀려 들어오는 검은 강물과 오물을 되받아 내기를 수십 번.

「아버지…… 아버지…….」

장혁은 가슴속으로 아버지를 몇 번이고 되뇌어 불렀다. 자꾸만 아득히 멀어져 가려는 의식의 끈을 놓지 않으려고, 그렇게 수없이 아버지를 부르며 두 눈을 부릅떴지만 밀려드는 검은 물살에는 어쩔 수가 없었다.

「웨엑.」

또 한 번 물속으로 뒤집혔다 나온 장혁은 막히는 숨통을 트느라 허우적거리는 바람에 움켜 안고 있던 나무토막마저 놓치고 말았다. 격랑 속에서 무엇인가 잡아야 한다는 생각으로 발버둥쳤지만 그보다 먼저 암흑의 세상이 전신으로 밀려 들어왔다. 아, 이젠 끝이구나. 죽음이란 바로 이런 것이로구나. 장혁은 차라리 편안하다는 느낌을 떠올리며 모든 것을 체념했다. 그리고 깊은 수마의 늪으로 서서히 빠져들기 시작했다.

「어이쿠! 이, 이게 뭐요?」

「와 그리오?」

「여, 여기, 사, 사람이 있소.」

「뭐이야?」

두만강 연안에다 나룻배를 묶어 놓고 고기잡이를 하거나 어쩌다가 들르는 관광객의 뱃놀이 사공 노릇으로 생계를 꾸려 가는 황씨네 부부였다. 며칠째 내리는 비가 간밤에도 무섭도록 퍼붓기에 혹시 뭍으로 끌어 올려 묶어 두었던 나룻배가 상하지는 않았을까 궁금하여 새벽 참에 빗속을 헤치며 나선 길이었다.

「아직 살아는 있구먼.」

부인의 비명 소리에 놀라 뛰어온 황씨가 얼른 사내의 콧등에 얼굴을 대어 보고는 안도의 낯빛으로 말하였다.

「기래요? 그럼 빨리 집으로 옮기기오.」

「그래야갔소. 자, 좀 거들라우.」

부인의 도움을 받아 축 처진 사내를 등에 업은 황씨가 재빠른 걸음으로 집을 향해 내달렸다.

처음은 아니었다. 전쟁이 끝나고 얼마 뒤, 조선에서 무슨 투쟁인가가 벌어지면서 적지 않은 사람들이 이 두만강을 건너왔다. 그리고 근년 들어 다시 하나 둘 늘기 시작해, 강을 건너는 행렬이 제법 길어졌다. 몇 달 전에도 스물 몇 살 먹은 한 청년이 건너왔었다. 그는 무척 배가 고프다고 말했다. 그리고 근 보름을 황씨 집에서 묵으며 실컷 포식을 한 다음에 다시 강을 건너 조선으로 들어갔다. 그 보름 동안에 청년의 눈에는 내내 근심이 가득했고, 왜 그러느냐는 황씨의 질문에 고향의 부모님과 어린 동생들 생각 때문이라며 눈시울을 적셨다. 그때 황씨는 돌아가는 청년의 손에 적지 않은 먹을거리와 몇 푼의 중국 돈을 들려 보냈다.

그런데 오늘 아침의 이 사내는 마치 깊은 잠을 자러 강을 건너온 사람처럼 여겨졌다. 강을 건너다 의식을 잃어 물을 많이 먹은 데다 고열까지 겹쳤으니 금방 깨어날 것 같지는 않았다. 그래도 황씨의 눈에는 너무 오래 잠만 자는 게 아닌가 하는 걱정이 들 만큼 사내의 얼굴은 지극히 평온했다.

175센티미터쯤 될 것 같은 키에, 나이는 30대 초반쯤 되어 보였다. 조선에서 넘어오는 거의 모든 사람들이 그렇듯, 이 사내도 마른 체구에 퀭하니 들어간 눈두덩이 처절한 배고픔을 한눈에 드러내 보였다. 그러나 젖은 옷을 갈아입히느라 벗겨 본 사내의 골격은 보기보다는 건장했다. 또 찬찬히 뜯어본 얼굴도 준수했다. 짙고 굵은 눈썹, 진한 쌍꺼풀, 오뚝한 콧날에 꽉 다문 입술이 사내의 강한 의지를 엿보게 했다.

「꿈을 꾸고 있는 모양이구먼.」

내내 사내의 얼굴을 물끄러미 들여다보고 있던 황씨가 저녁 비설거지를 하러 일어서며 혼잣말처럼 중얼거렸다.

장혁은 정말 꿈을 꾸고 있었다.

그곳은 따뜻한 남쪽이었다. 높고 크되 그리 험하지는 않고, 함부로 다가설 수 없는 웅장한 기상이 가득한 반면, 한발 떨어져서 우러르면 다시 없는 포근한 산. 그 소백의 산자락을 병풍처럼 두른 아늑한 마을 앞으로는 넓은 들판이 펼쳐져 있었고, 들판 한가운데로는 맑은 냇물이 그림처럼 흐르고 있었다.

봄이었나 보다. 마을 뒤 야트막한 산비탈에는 사과꽃, 배꽃, 살구꽃, 복숭아꽃 들이 지천으로 깔려 저마다 아름다움을 뽐내었고, 너울거리며 꽃 사이를 노니는 수많은 나비들의 날갯짓은 마치 뒷동산 아지랑이와 같은 나른함을 안겨 주었다. 또한 그곳에는 어머니도 있었다. 한복을 곱게 차려입고 한가로이 냇가를 거니는 여인, 장혁은 한눈에 그녀가 어머니임을 알아보았다.

이 얼마 만인가. 왈칵, 눈물부터 솟구친 장혁은 미처 어머니! 하고 외쳐 부르기도 전에 내달려 단숨에 여인의 품으로 안기었다. 오, 아들아, 내 아들아! 어머니는 품에 안겨 온 아들을 두 팔로 꼭 껴안으며 왔구나, 이제야 왔구나, 먼 길을 돌아서 내 아들이 왔구나. 마치 춤이라도 추듯 덩실거리며 노래했다.

아, 따스하다. 이것이 바로 어머니의 품이구나. 다시는 떠나지 않으리라. 행복이여, 따스한 이 행복이여. 정녕 꿈이 아니기를, 행여 꿈이거든 영원토록 깨지 않기를.

「여태도 몸이 몹시 뜨겁소.」

장혁의 머리 위에 얹은 물수건을 갈아 주던 황씨 부인은 못내 걱정스러운 눈빛이었다.

「꿈에서 깨어나는 게 영 싫은 모양이구먼.」

「예? 그거이 무슨 말씀이오?」

「거 자세히 보라우. 아주 평온한 게, 마치 꿈꾸고 있는 사람 같아.」

「기래요? 그렇게 보니 그런 것 같기도 하지만서두…….」

부인은 그래도 염려스러운 듯이 다시 장혁의 이마 위에 가만히 손을 얹어 보았다.

「잔걱정 말구 어서 밥이나 먹으라우. 골격이 아주 딴딴한 게 인차(곧) 일어날 수 있을 거야.」

「그렇게만 된다면 다행이겠지만, 쯧쯧쯧.」

「먹일 죽이라도 좀 쑤어 놓은 게야?」

「예. 쌀죽이랑 고깃국이랑 좀 끓여 놓았소.」

「고깃국? 빈속에 일없을까?」

「지난번에도 일없지 않았소?」

「그랬었나?」

「예…… 아, 참.」

몇 술 밥을 뜨던 부인이 뒤늦게 무슨 생각이 난 듯 여기저기 주머니 속을 뒤지더니 무엇인가를 꺼내 황씨 앞으로 밀어 놓았다.

「이 뭐이가?」

「돈요, 중국 돈.」

「뭐이야, 중국 돈?」

「옷을 빨려고 보니까 주머니 속에 오십 위안이 들어 있었소.」

「그래?」

손에 든 돈과 장혁을 몇 번 번갈아 돌아보던 황씨가 알 듯 모를 듯 야릇한 표정으로 연방 고개를 갸우뚱거렸다.

「옌볜(延邊) 어디에 친척이라도 있는가 보구먼 그래요.」

「아니야.」

「아니면…… 그럼?」

「쉿.」

황씨가 조심스럽게 손가락을 세워 입술에 갖다 대며 주변을 두리 번거렸다.

이번에는 악몽이었다. 아니, 너무도 지긋지긋해서 이제는 두 번 다시 생각하기조차 싫은 바로 그곳이었다. 그러나 그 꿈 또한 장혁에게는 거부할 수 없는 운명이었다. 바로 그곳에 아버지 권오철이 살아 있기 때문이었다.

권오철, 북에서 불리는 아버지의 이름은 '해방 전사'였다. 그것은 스스로 북쪽 땅에 남아 해방이 되었다는 뜻으로, 국군 포로를 지칭하는 말이었다. 그러나 그것은 선전용일 뿐, 차라리 '조국 해방의 배신자'라 불러야 옳을 것이었다. 그는 1950년 6월 25일의 위대한 조국 해방 전쟁에서 미제의 앞잡이인 괴뢰 군인으로 인민군을 향해 총구를 겨누었던 것이다.

1953년 강원도 금화 지구 전투에서 포로가 된 권오철은 한동안 인민군 후방 부대로 편성되어 전선 곳곳의 후방 복구 사업에 투입되었다가, 휴전 뒤인 1955년 겨울 함경남도 영광군의 한 탄광에 채탄공으로 배치되었다. 그리고 1960년 당시 서른 살의 나이로 결혼을 하고, 이듬해에 아들 장혁을 얻었다.

그는 참으로 오랫동안 지난한 핍박 속에서 고단한 삶을 꾸려야만 했다. 마을을 에워싼 철조망 바깥으로는 단 한 발짝도 벗어날 수 없는 감옥 같은 시절도 있었고, 그야말로 암흑인 탄광 막장에서 힘겹게 평생을 보내야만 했다. 그런 최하층 계급의 신분으로 분류된 자신을 향한 차별과 학대는 그래도 견딜 수 있었다. 하지만 하나뿐인 자식마저 '해방 전사'라는 아비의 신분으로 인해 대학은 물론 인민군 입대마저 거절당하는 수모는 견디기 어려웠다. 그렇지만 누구를 붙잡고 항의를 하거나 애원할 수조차 없었다. 그저 캄캄한 밤하늘만 우러르며 이글거리는 분노를 삭일 뿐이었다.

그러나 그는 울지 않았다. 아들 장혁이 열세 살 되던 1974년, 그의 아내 리순임이 아스피린 한 알 써보지 못한 채 결핵으로 세상을 떠나고 다시 더 먼 북쪽의 새별군 룡북탄광으로 쫓겨갈 때도, 2년 전 막장이 무너져 이레 만에 겨우 목숨을 건져 나와 자신의 다리 하나가 없어져 버린 것을 알았을 때조차 그는 눈물 한 방울 흘리지 않았다.

그에게는 결코 포기할 수 없는 한 가지 모진 소망이 있었다. 만약 그에게 그 소망마저 없었다면 아마 진작에 스스로 세상을 버렸을 것이었다. 그의 소망은 오직, 하나뿐인 자식만은 따뜻한 남쪽 아비의 고향으로 보내는 것이었다. 그곳에는 내 자식 하나 정도는 돌봐 줄 형제가 있으며, 함께 어우러져 통곡하고 기뻐할 핏줄도 있으니. 그리고 그 그리운 어머니와 아버지도 비록 무덤이나마 찾아가 만나 보게 할 수 있을 테니.

스물둘의 젊디젊은 나이에 금방 돌아올 사람처럼 반듯한 작별 인사조차 없이 부모님 곁을 떠나온 뒤로 안부 한 번 전하지 못한 불효 자식의 사무친 한을 뒤늦게라도 전해 드리고 싶었다. 이렇게 핏줄 하나는 건져서 마지막 불효는 면했다고 변명하면서. 그것이 오직 하나뿐인 그의 모진 소망이었다.

「이제 좀 정신이 드는 거요?」

악몽에 허우적거리던 장혁은 머리맡에서 들려오는 소리에 번쩍 눈을 떴다.

「꼬박 하루를 앓았구먼그래.」

「여, 여긴?」

「허허, 걱정 마오. 여긴 중국 땅이오.」

황씨가 넉넉한 웃음을 지어 눈앞의 사내를 안심시켰다.

「예에, 고맙…….」

장혁은 그만 왈칵 쏟아지는 눈물에 말문이 막혔다.

「허허, 괜찮소. 그래, 어디 원정리 쪽에서 넘어왔소?」

「아, 아니…….」

장혁은 여전히 말을 잇지 못하고 고개만 내저었다.

「그럼 어디메서 온 거요? 웅기 사람이 아니오?」

「예, 전 신건리쯤에서…….」

「뭐이요? 신건리? 아니, 거긴 새별군이 아니오?」

화들짝 놀라는 황씨는 도저히 믿을 수가 없다는 표정이었다.

「예. 그, 그럼 여기가 도대체?」

「여긴 팡촨(坊川)에서 멀지 않은 곳이오.」

「팡촨? 팡촨이 어딥니까?」

「어디긴 어디요? 팡촨 건너가 웅기 아니오?」

「예?」

이번에는 도리어 장혁이 믿기지 않는다는 표정이었다. 웅기라면 지금은 선봉군으로 이름이 바뀐 조선과 중국과 러시아 3국의 국경이 맞닿는 동해 쪽 지역의 옛 명칭이 아니던가.

「그럼 그 멀리서 예까지 헤엄을 쳐서 왔다는 말이오?」

「아닙니다. 저는 징신을 향해 건너다 그만 물살에 휩쓸려서……」

「징신? 거긴 여기서도 한참을 가야 하는 곳이오. 자동차로도 거의 한 시간은 걸릴 거요.」

「어이구, 이제 깨어났소?」

아침상을 차려 들어오는 부인을 돌아보며 황씨는 더욱 밝은 웃음을 지었다.

「이 사람 진짜 천운이구먼그래. 물길 백 리를 떠내려 오고도 이렇게 살아났으니까.」

흰죽과 고깃국. 밥상 위에는 당연한 것처럼 여겼던 산나물은커녕 옥수수 한 톨 떠 있지 않았고, 며칠을 굶었을지 모르는 장혁의 공복을 생각해 황씨 부인이 끓여 내온 하얀 쌀죽과 무를 듬뿍 넣고 끓인 맑은 쇠고깃국이 차려져 있었다. 그 밖에도 생선이며 된장찌개며 콩자반에 물김치, 두부조림, 기름간장…….

「빨리 드시고 기운 차리오.」

황씨 부인의 다정한 음성에 장혁은 또다시 왈칵 눈물이 솟았다. 아버지가 생각났다. 장혁의 기억 속에 이런 하얀 이밥과 고깃국은 그저 그림 같은 이야기로만 남아 있을 뿐이었다. 더구나 한 끼 밥에 이토록 많은 반찬이라니. 언젠가, 고향에서는 내 생일을 맞으면 어머니께서 하얀 이밥과 쇠고기가 듬뿍 든 맛있는 미역국을 끓여 주셨는데…… 하시며 먼 남쪽 하늘 아래의 산등성이로 눈길을 돌리시던 아버지. 아마 그날은 어머니가 돌아가신 후 처음으로 맞은 장혁의 생일이 아니었던가 기억되었다.

장혁은 굵은 눈물을 뚝뚝 떨어뜨리면서도 주린 배로 허겁지겁 눈앞의 음식을 그러넣고 있었다. 별것도 아닌 음식을 그렇게 맛나게 먹어 주니 기쁘기야 했지만, 그래도 황씨나 그 부인으로서는 차마 눈 뜨고 볼 수 없는 처량한 광경이었다.

「체하겠수다.」

「물도 좀 마셔 가며 드시우.」

목이 멘 황씨의 음성에 부인이 나섰지만 역시 두 눈에는 눈물이 그렁했다.

「예, 예.」

장혁은 곁눈질도 없었다. 그저 건성으로 대답만 할 뿐 무엇에 쫓기기라도 하는 사람처럼 채 두 번을 씹기도 전에 목 안으로 삼키느라 바빴다.

순식간이었다. 어느 틈에 밥상은 국물 한 점 남김없이 깨끗이 비워졌다.

「좀, 더 드시겠소?」

「아, 아닙니다.」

안쓰러워하는 부인의 권유에 장혁은 마음과는 달리 그래도 체면을 차렸다.

「그래, 좀 소화가 되고 나면 더 드시우.」

「예, 예, 고맙습니다.」

「괜찮수다. 그보다…… 그래, 혼자서 넘어왔소?」

황씨는 어제부터 궁금했던 터라 그것부터 물었다.

「그렇습니다.」

「식구들이 몇이나 되는데?」

「아버지와 단둘입니다.」

「그럼 어머니는?」

「벌써 오래전에 돌아가셨습니다.」

「그렇구먼. 그럼 아버지 혼자 두고서?」

장혁은 그만 푹 고개를 떨구었다. 어찌 아버지를 버려 두고 혼자
서만 이 길을 나서고 싶었으랴. 차라리 평생을 그렇게 살더라도 아
버지와 함께하겠다며 처음에는 완강히 거부했었다. 하지만 아버지
는 그런 장혁보다도 몇 배나 더 결연했다. 어차피 함께 떠나도 죽을
목숨, 혼자 남아도 죽을 목숨. 하나뿐인 다리로 자식의 앞날에 무거
운 짐이 될 바에야 차라리 먼저 스스로 목숨을 끊겠다며 비장한 실
행에 나선 적이 한두 번이 아니었다. 그때마다 장혁은 간절히 애원
했었다. 세상에 태어나 살며 그래도 아버지가 있어 그 모진 굴욕을
견디어 왔는데 이제 와서 아버지를 버리고 혼자서만 잘 살라면 그게
아무리 낙원인들 무슨 소용이 있겠냐며, 차라리 이대로 같이 살자고
목놓아 울었었다. 그때 처음으로 아버지가 울었다. 가야만 한다고.
무슨 수를 써서라도 반드시 가야만 된다고. 아비 대신 반드시 찾아
가야 할 할머니와 할아버지가 계시다고. 그래서 아비 가슴속 응어리
진 한도 전해 주고, 죽지 않고 이렇게 핏줄로 다시 태어나 돌아왔노
라며 무릎 꿇고 대신 빌어 줘야 한다고. 그날 아버지가 쏟던 눈물은
차라리 핏물이었다.

「몸이 성치 않으신가 보구먼?」

「탄광에서 일하시다가 한쪽 다리를 잃으셨습니다.」

「저런, 쯧쯧…… 다시 돌아가야겠구먼.」

「예, 돌아갑니다. 반드시 돌아갑니다.」

장혁은 벌겋게 핏발 선 두 눈을 부릅뜬 채 마치 약속이라도 하듯 결연히 말했다.

그 비장함에 황씨는 일순 가슴 저 밑바닥에서 무엇인가 치밀어 오르는 듯한 서늘한 전율을 느꼈다.

「암, 그래야지. 그럼 지린 성(吉林省)에 친척이라도 있는 거요?」

「없습니다.」

황씨는 역시 자신의 짐작이 맞았다는 것을 알 수 있었다. 조선의 경제 사정이야 이미 웬만큼 들어서 알고 있었고, 또 그로 인한 탈북 행렬도 점점 늘어나고는 있었지만, 지금 눈앞의 이 젊은이는 단순히 그런 배고픔에 의한 결행이 아니었다.

「그럼 우선은 옌지(延吉)로 가야겠구먼. 자, 받소.」

황씨가 주머니에서 꺼낸 것을 장혁에게 건넸다.

「이게 뭡……?」

미처 말을 끝내지도 못하고 장혁은 빼앗듯이 그것을 낚아챘다. 돈, 중국 돈이었다. 아니, 그것은 아버지의 눈물이며 핏방울이었다. 아마 아버지는 오랫동안 이 결행을 준비했던 모양이었다. 떠나던 날 오후, 어디서 어떻게 구했는지 모르는 중국 돈 50위안을 건네주며, 아마 옌지까지 가는 차비는 될 거다만 아무리 해도 이것밖에는 구할 수가 없었다, 미안하구나, 하시던 아버지.

그런데 돈 뭉치를 살펴본 장혁이 그것을 다시 황씨에게 내밀었다.

「이건 제 돈이 아닙니다.」

「무시기 말씀이오? 그건 댁 돈이오.」

「그렇소. 내가 옷을 빨다가 보니까 들어 있었소.」

황씨 부인도 정색하며 나섰다.

「아닙니다. 아버지가 주신 건 오십 위안뿐이었습니다.」

황씨는 그제야 의미를 알아듣고 부인을 돌아보며 빙그레 웃었다.

「넣어 두오. 내가 조금 보탰소.」

「아니, 그걸 왜?」

「내 아들놈이 남쪽에서 배를 타지. 그래서 가끔 용돈을 보내와.」

「일없습니다, 관두십시오.」

장혁은 거절했다. 목숨을 건져 주고 까닭 없이 신세를 진 것만도 고마운데 돈까지 받는다는 것은 절대로 있을 수 없는 일이었다. 지금껏 살아오면서 아버지가 아닌 누군가로부터 이런 호의는 받아 보지 못했고 생각조차 할 수 없던 일이었다.

「괜찮네. 먼 길 가려면 아무래도 돈이 있어야지. 더구나 자네는 함부로 다닐 수도 없잖은가? 그리고 정 마음에 걸린다면 후에 아버지를 찾아갈 때, 그때 갚으면 되고.」

황씨는 어느새 장혁에게 자연스레 말까지 낮추고 있었다. 아마 그에게는 장혁이 친자식처럼 여겨졌는지도 몰랐다.

「그렇게 하오.」

「옌지에 누구 아는 사람은 있고?」

부인에 이어 황씨가 얼른 이야기를 돌렸다.

「아닙니다. 없습니다.」

「중국말은?」

「할 줄 모릅니다.」

「허어.」

난감한 표정의 황씨가 부인을 돌아보며 걱정을 이었다.

「투먼(圖們)에서도 기차를 타고 가기에는 아직 위험할 기야? 천안문 사건 수배자들을 잡으려고 아직도 공안(公安)들이 득실거릴 텐데…….」

「그러게 말입니다.」

「버스는 일없을까?」

「버스도 마찬가지겠지만, 그래도 검문소 전에서 내려 좀 돌아가는 수가 있지 않소.」

「그렇지만 검문소가 어디에 있는지 어떻게 알고?」

「기거야 같이 타는 사람에게 물어보기라도 하면 안 되겠소?」

황씨 부부의 이야기를 듣고 있던 장혁은 조바심이 일었다. 가야 할 길이 멀고 먼데, 첫번째 관문인 옌지까지도 그토록 위험하다니, 애가 탈 수밖에 없었다.

「저, 옌지까지는 여기서 얼마나 걸립니까?」

「자동차로도 거저 하루 온종일 걸리지. 그렇지만 임자는…….」

「걸어서는 얼마나 걸립니까?」

「뭐, 걸어서?」

「어이구, 그건 안 됩니다. 여기서 옌지까지가 얼마인데.」

황씨보다 그 부인이 더욱 펄쩍 뛰었다.

「아닙니다, 전 일없습니다.」

「그건 안 되오. 뭣보다도 여긴 국경 지역이라서 공안이나 해방군들의 경비가 심해.」

「그렇습니다. 아무리 그래도 투먼까지는 가야 할 텐데…….」

황씨를 바라보며 말하는 부인의 눈빛이 간절해 보였다.

「그래, 아무래도 내가 투먼까지는 같이 가야갔구먼. 거기부터는 그래도 좀 덜 위험할 거야.」

망설이던 황씨가 결심한 듯 말하자 부인의 낯빛이 밝아졌다.

「그렇게 하오. 안 그래도 투먼에 다녀오신 지 꽤 오래되었는데.」

「아닙니다, 일없습니다.」

「어차피 나도 투먼에 갈 일이 있어. 그러니까 아무 걱정 말고 며칠 푹 쉬며 몸 간수나 잘하오. 옌지까지만 가는 것도 아닌 것 같은데, 어디메를 가드라도 거저 몸이 건강해야지.」

장혁의 완강한 사양에도 황씨는 기어이 투먼까지의 동행을 고집했다. 태어나서 처음 느껴 보는 뜨거운 정에 장혁은 마치 꿈을 꾸고 있는 것은 아닌가 선뜻 믿기지 않았다. 사람이란 이렇게도 살아갈 수도 있는 거구나. 언제나 감시하고 경계하며, 때로는 자신마저 스스로 비판하며 살얼음판을 밟듯이 부지해 온 목숨이었는데. 감히 타인의 안전을 염려해 이토록 고심한다는 것은 더구나 생각조차 해보지 않은 일이었다. 눈물이 날 것도 같은데 가슴만 뭉클할 뿐, 오히려 머릿속은 모든 것이 뒤범벅되어 그저 혼란스럽기만 하였다.

위험한 인연

국가보위부 제3국(예심국) 2과장인 리형철 대좌가 함경남도 보위부 청사로 돌아온 것은 그날 오후 네시경이었다. 그는 며칠 전부터 김지숙이라는 서른한 살의 여자를 찾으라는 특별한 임무를 부여받아 평양에서 이곳 함흥까지 직접 내려왔으며, 오늘도 그녀의 소재를 추적하다 지금 막 청사로 돌아오는 길이었다. 이렇게 특정인을 찾아 평양에서 지방까지, 그것도 과장급 간부가 직접 출장을 내려오는 일은 간첩이나 중요한 정치범 사건에서도 아주 특별한 경우에나 있는 일이었다. 하지만 지금 그가 찾고 있는 김지숙이라는 여자는 정치범은 물론 간첩도 아니었으며 오히려 혁명 열사의 딸로, 찾는 즉시 평양으로 데리고 가야 했다.

「어떻게…….」

정문으로부터 미리 연락을 받은 도 보위부 부부장(副部長)이 현관까지 내려와 형철을 맞으며 조심스레 눈치를 살폈다. 하지만 형철은 그에게 눈길조차 주지 않고 차갑게 내뱉었다.

「일단 들어갑시다.」

「예, 그럼…….」

대답하고서도 잠시 우두커니 서 있던 부부장이 마땅찮은 표정을 감추지 않은 채 앞장선 형철의 뒤를 따라 자신의 방이 있는 2층 계단을 오르기 시작했다.

아무리 중앙에서 내려온 과장급 간부라 할지라도 명색이 같은 보위부의 도 부부장인 자신에게 그렇게 함부로 대할 수는 없는 일이었다. 더구나 나이도 서른밖에 안 돼 보이는 새파란 애송이가 아니던가. 하지만 지금 도 부부장의 입장에서는 그런 태도나 예우 따위를 따질 처지가 아니었다. 그가 도 보위부장실로 곧바로 들어가거나 평양으로 곧장 돌아가지 않은 것만도 고마워해야 할 형편이었다.

사실 처음 중앙으로부터 김지숙과 그 가족을 찾아서 보고하라는 지시 문건을 받았을 때만 해도 문제가 이토록 확대되리라고는 미처 상상도 못했었다. 그저 혁명 열사 유가족의 형편을 뒤늦게 보고받으려는 것으로 생각하고 함경남도 사회안전국 주민등록과를 통해 현재의 거주지와 가족 사항 등을 조사했었다. 그 결과 지숙의 어머니 최은실은 이미 4년 전인 1988년 겨울 함흥시 외곽의 오봉산 기슭에서 원인을 알 수 없는 동사체로 발견되었으며, 그 집안의 유일한 생존자라 할 수 있는 딸 지숙도 1983년 고려약학대학을 졸업하고 함흥의과대학병원 약제실에 배치받아 근무하던 중, 어머니가 죽은 지 2년이 조금 넘은 1991년 1월경에 어디론가 사라져 지금까지 행방이 묘연하다는 것이었다. 물론 함흥시 사회안전국에서도 그동안 주소지인 동흥산 구역 담당 안전원을 통해 그녀의 종적에 관심을 기울이고는 있었지만, 그저 어려운 배급 형편으로 외가가 있는 황해북도 송림시나 다른 친척들의 집을 오가리라는 정도로 가볍게 여겼었다. 그런데 무슨 까닭인지 갑자기 중앙의 과장급 간부가 직접 함흥까지 왔으니 그들로서도 여간 당혹스러운 일이 아니었다.

「그 지숙 동무가 직장에서 사라진 지가 벌써 일 년이 훨씬 넘었는데, 어떻게 여태껏 중앙에 보고도 하지 않았습니까?」

「죄송합니다. 저희는 그저 사회안전부 쪽에서 별다른 보고가 없었기에⋯⋯.」

부부장은 형철의 싸늘한 표정을 보자 마치 독사 대가리라도 마주하고 있는 듯한 섬뜩한 느낌이 들었다. 역삼각형의 얼굴에 그리 작지도 않으면서 찢어질 듯 치켜 올려진 날카로운 눈매하며, 180센티미터나 되는 장대 같은 키에 연방 실룩거리는 입술이라니.

「그게 말이 된다고 생각하십니까, 부부장 동지?」

「죄송합니다. 저희는 그저 배급 형편이 어려우니까 친척집을 오가는 것이 아닌가 생각하고 있었습니다.」

「친척집을 오가요? 그럼 그 지숙 동무의 집을 한번 확인해 보기나 했습니까?」

「그건 지난번에 지시 문건을 받고서⋯⋯.」

「아니, 그래, 그게 사람이 살고 있는 집입니까? 도대체 보위부원들은 무얼 하고 있었기에 아빠트 안에 숟가락 하나 없이 문짝, 유리창까지 모조리 없어지도록 모르고 있었습니까?」

「거저 죄, 죄송⋯⋯.」

「지금 그렇게 죄송만 찾아서 될 때가 아닙니다. 이건 아주 심각한 문젭니다.」

「⋯⋯.」

각종 보급품은 물론이고 식량 사정까지 서서히 나빠지기 시작한 것은 꽤 오래전의 일이었다. 그에 따라 이미 2년 전부터 어느 정도의 주민 이동은 공공연히 묵인되고 있는 실정이었다. 안전원이나 당

일꾼은 물론 심지어 보위부원까지 연결된 뇌물의 고리가 있기도 했지만, 생존 차원에서 움직이는 식량 구입 행렬을 무작정 막기만 할 수는 없는 일이었다. 더구나 김지숙과 같이 혁명 열사 유자녀의 신분이라면 사실상 통제로부터 어느 정도 자유로운 처지였으니 굳이 식량 사정으로 인한 이동이 아니라 할지라도 묵인되는 실정이었다.

「그럼 이 여성 동무 친척들에 관한 조사는 어떻게 됐습니까?」

「그, 그건 지금 우리 보위부원들이 하고 있습니다.」

당장 뭐라 말은 없었지만 일그러지는 형철의 표정으로 보아 결코 무사히 넘어갈 일이 아님을 부부장은 직감할 수 있었다.

한참 동안 골똘한 생각에 잠겨 있던 형철이 다시 매서운 눈을 번쩍였다.

「혹시, 이 여성 동무 친척이 중국에서 살고 있다는 소식은 들은 적이 없습니까?」

「그런 이야기는 전혀…….」

부부장은 얼결에 부인하고 나섰지만, 사실 그런 사항에 관해서는 관심조차 둔 적이 없었다.

「그런데 김지숙 동무의 나이가 서른한 살이나 되었는데 왜 여태 결혼하지 않고 혼자 살고 있는 겁니까?」

미심쩍다는 듯이 눈빛을 반짝이던 형철이 다시 부부장을 향해 물었다.

「아, 그건 혹시 특별한 연애 관계라도 있나 해서 확실히 알아봤습니다. 그런데 그 동무가 꽤 미인이라서 직장에서도 여러 사람이 소개를 했지만, 어머니가 살아 있을 때는 지숙 동무가 보통 사람의 딸이 아니라며 번번이 남자 쪽에 퇴짜를 놓았다고 합니다. 또 어머니가 죽은 뒤에는 김지숙 동무가 별로 말도 없고 사람들을 피해서, 직장에서도 더 이상 어쩔 수가 없었다고 합니다. 특별한 남자 관계는 분명히 없었습니다.」

「알았습니다. 그럼 나는 일단 평양으로 돌아가겠습니다.」

「지금 당장 말입니까?」

「예. 시간이 바쁩니다.」

「그래도 여기까지 오셨는데 저녁에…….」

부부장은 자리에서 일어서는 형철의 손을 잡으며 은근한 눈빛을 지어 보였다. 아무래도 지금의 상태로는 뭔가 좋지 않은 후환이 돌아올 것이 불을 보듯 뻔한 일이었다.

「지금 그렇게 한가한 때가 아닙니다.」

형철은 여전히 냉랭했다. 머쓱한 부부장은 슬그머니 잡았던 손을 놓았지만 그렇다고 자세한 까닭도 모른 채 중앙의 처분만을 기다리며 앉아 있을 수는 없는 노릇이었다.

「그런데 도대체 그 여성 동무는 무슨 일로?」

「그건 차차 알게 될 겁니다.」

「아니, 동무, 보라우요. 그래도 뭔가 자세한 내용을 알아야 이쪽도 어떻게 손을 써볼 거 아닙니까?」

「…….」

간절한 그의 태도에도 형철은 입을 다물었다. 부부장의 입장을 모르는 것은 아니었지만, 섣불리 까발려 소문이 나돌게 할 일이 아니었다.

국제사면위원회에서 김영식의 문제가 처음 공식화되었을 때만 하더라도 이렇게까지 심각해지리라고는 예상하지 못했었다. 그러나 미국에 살고 있는 김영애라는 그의 여동생이 국제사면위원회는 물론이고 국제올림픽위원회, 국제적십자회 등을 통해 지숙을 찾아 나서자, 이쪽도 만일의 경우에 대비해 미리 준비해 두지 않으면 안 되었다. 그래서 뒤늦게나마 지숙과 그의 가족들을 찾아 평양으로 이주시킬 계획을 세우고 찾았지만 이미 지숙은 함흥에서 사라지고 없었던 것이다.

「이보시라요, 리 동무. 나도 보위부원입니다. 그것도 명색이 도 보위부 부부장이야요. 아무리 그래도 뭐라고 한마디 귀띔 정도는 해 줄 수 있는 거 아닙니까?」

애처로워 보일 정도로 억지를 부리는 부부장의 위엄에 형철은 가소로운 듯 코웃음을 쳤다.

「이보시라요, 부부장 동지. 이건 중앙에서 관장하는 외교 문제입니다, 외교.」

「예? 외교 문제라구요?」

「난 이만 가겠습니다.」

형철이 냉랭한 바람을 일으키며 돌아섰다.

더 붙잡아 놓기는커녕 환송조차 못한 채 얼어붙은 듯이 제자리에 붙박인 부부장은 마치 넋이 나간 사람처럼 보였다.

부부장은 그깟 혁명 열사 유자녀 한 사람을 위해 중앙에서 함흥까지 간부급 인사가 직접 파견된 이유를 그제야 알 것 같았다. 비전향 장기수 리인모 노인은 이미 진작부터 공화국 영웅으로 떠들썩하게 추앙받고 있지만, 김영식은 그 이름조차 거론된 적이 없었다. 그는 남조선 혁명 투쟁에서 전사한 것이 아니라 적들에게 검거되어 여태껏 남조선 감옥에서 영웅적인 옥중 투쟁을 벌이고 있는 것이 분명했다. 그래서 그의 송환을 대비해 가족들을 찾고 있는 것이리라. 그러나 부부장은 다시 고개를 갸우뚱했다. 송환, 그것은 결코 말처럼 쉬운 일이 아니었다. 더구나 김영식은 리인모 노인과는 애초부터 차원이 달랐다.

　리인모 노인은 포로였다. 공식적인, 그것도 미제와 그 괴뢰인 이승만 정권의 북침으로 인한 전쟁에서 포로가 된 인물로, 당연히 송환을 요청할 수 있었다. 그러나 김영식은 그런 공식적인 인물이 아니었다. 그는 전쟁이 끝나고 한참 뒤 대남 공작원으로 선발되어 남파되었다가 검거된, 남조선이 말하는 소위 ‘간첩’이었다. 그런 그의 존재를 인정한다는 것은 지금까지 고수해 왔던 공화국의 주장과는 달리 간첩 행위를 자인하는 격이니, 아무리 그가 남조선 감옥에서 영웅적인 투쟁 행위를 해왔다고 할지라도 그의 존재를 인정할 수는 없는 노릇이었다. 그래서 남파되는 모든 공작원은 유사시 사용할 각종 자살용 도구들을 반드시 소지하는 것이 아니던가. 그런데 뒤늦게 그의 딸을 찾아 평양으로 데려가겠다는 것은 도저히 이해할 수 없는 일이었다. 그렇다면…….

　부부장은 비로소 그간의 실수를 만회할 수 있는 활로가 눈앞에 그려지는 듯했다. 또한 리형철이 거론한 중국에 거주하는 김지숙의 친척 여부도 엉겁결에 부인하기는 했지만, 현재로서는 그 가능성이 가장 높았다. 이미 오래전부터 국경 지역의 많은 인민들이 압록강과 두만강을 건너 중국 조선족 마을을 오간다는 것은 공공연한 비밀이었으니 말이다.

　중국 옌볜 조선족 자치주의 옌지 시. 그곳은 헤이룽장(黑龍江) 성, 랴오닝(遼寧) 성과 함께 중국 동북 3성에 속하는 지린 성의 조선족 자치주 주도(州都)로서, 그곳을 중심으로 한 인근 도시에는 약 1백만 명이 넘는 조선족 동포들이 일찍이 조선 중기부터 일제 치하의 한 많은 항일 도정에 이르기까지 수많은 응어리를 보듬은 채 삶의 뿌리를 이어 가고 있었다.

그 옌지 시의 런민 로(人民路) 49호에 있는 야루장 빈관(鴨綠江賓館). 7층 건물에 모두 서른세 개의 고급 객실을 갖춘 이 호텔은 수년 전에 조중(朝中) 합작 투자로 건설되어 지금은 옌지 시의 몇 안 되는 고급 호텔 중 하나로 이름이 알려져 있다. 물론 그곳에서는 북조선으로부터 배치되어 온 접대원이 각종 서비스를 제공하고 있으며, 중국인은 물론 일본인, 서양인, 심지어는 그들이 괴뢰 정권이라 부르는 남조선의 관광객까지 고객으로 받아들이고 있었다.

장태국. 그는 명목상으로는 호텔 내의 각종 시설 및 자재, 운송 등을 관리하는 후근부(後勤部)의 경리(經理 : 책임자)였지만, 실제 지위는 호텔 내에서 근무하고 있는 모든 북조선 관리원들의 동태를 감시하면서, 옌지 시와 지린 성 일대의 조교(조선 국적의 중국 거류민)를 중심으로 비밀 정보 조직을 운영하여 첩보 활동과 외화벌이를 병행하는 국가보위부 소속의 보위부원이었다. 그런 그가 함경남도 국가보위부 부부장으로부터 모종의 긴급 협조를 요청받은 것은 바로 3일 전이었다.

그와는 원산고등중학교 동기동창이기도 한 부부장의 요청은 대단치 않았다. 그가 관할하는 함흥시에 거주하던 김지숙이라는 여자가 1년 전쯤 사라졌는데, 중국으로 탈출한 것 같으니 가능한 한 빠른 시일 내에 검거하여 조국으로 송환해 달라는 내용으로, 그녀의 사진과 함께 중국에 거주하는 이모의 주소도 통지해 보냈던 것이다. 물론 장태국은 곧바로 수하의 조교들을 풀어 그녀의 이모 집을 염탐했고, 마침내 김지숙으로 보이는 30대 초반의 젊은 여자가 가끔 그 집을 방문한다는 사실도 알아냈다. 그리고 조금 전, 드디어 근처에서 은신하고 있던 조교들로부터 그녀가 이모 집을 방문했다는 사실을 보고

받고 집에서 나오는 즉시 납치하여 이곳으로 데려오도록 지시해 두었던 것이다.

「도착했습니다.」

인터폰을 통해 뒷문의 경비원이 보고했다.

「알았어. 곧 올라가지.」

장태국은 서랍 속에 넣어 두었던 부부장의 서신을 꺼내 책상 위에 펼쳤다. 그가 그것을 다시 꺼낸 것은 서신 말미에 연필로 적혀 있는 부부장의 은밀한 부탁 때문이었다.

'만약 조금이라도 문제가 발생할 염려가 있을 때는 은밀한 방법으로 처리토록 하고 호상간 그 비밀을 유지합시다.'

의미심장한 내용이었다. 더구나 그는 적지 않은 금액의 미국 달러까지 동봉해 오지 않았던가. 무슨 까닭인지는 몰라도 부부장은 이 여자의 제거를 원하는 것처럼 느껴졌다. 하지만 그로서는 다른 나라에서까지 자신의 손에 불필요한 피를 묻히고 싶지는 않았다.

접대원 숙소 등의 명목으로 객실을 만들지 않은 7층 복도 한쪽 끝에는 장태국이 비밀스러운 업무를 처리하는 제법 큰 밀실이 마련되어 있었다. 여자는 그 밀실 한구석에 의자와 함께 포승으로 묶여 있었고 그 등 뒤로 세 명의 조교가 나란히 서 있었다.

여자는 보기 드문 미인이었다.

「네가 함흥시에 사는 김지숙이 맞니?」

장태국이 여자의 앞에 놓인 푹신한 가죽의자에 등을 붙이면서 물었다.

「아, 아닙니다. 저, 저는 조선족입니다. 이름은 하혜령입니다.」

지독한 공포감을 감추지 못하는 여자가 기어 들어가는 목소리로 부들부들 떨며 대답했다. 말을 마치자마자 이내 퍽 하는 둔탁한 마찰음과 동시에 여자는 의자와 함께 시멘트 바닥 위로 나뒹굴었다.

「이 쌍년, 얻다 대고 거짓말이가!」

미처 비명도 내지를 겨를 없이 연이어 날아든 발길질에 그녀는 그만 까무룩 정신을 잃어 가는 듯 보였다.

「그만.」

한 손을 들어 발길질을 멈추게 한 장태국이 몹시 안타까운 표정을 지으며 혀를 찼다.

「네가 함흥시에 살던 김지숙이 맞지?」

장태국이 다시 처음처럼 느릿한 말로 물었다.

의식이 없는 것인지, 여자는 아무런 대꾸도 하지 않았다.

「네 사진도 여기 있어. 그리고 네가 잡힌 곳은 이모 집이 아니가, 그렇지?」

「…….」

대답은 없었지만 여자는 체념한 듯 조용히 고개를 숙였다.

「그럼, 그래야지. 그런데 중국에는 언제, 왜 왔니?」

「…….」

「또 매를 맞아야 말을 하겠니?」

그 말이 떨어지자마자 여자를 둘러싼 사내들의 발길질이 또다시 무자비하게 이어졌다.

「놔라, 이 새끼들아!」

금방이라도 숨이 넘어갈 듯 하얗게 질려 헐떡이던 여자가 갑자기 표독스럽게 고함을 내지르며 허리를 곧추세우더니 장태국을 노려봤다. 주춤한 사내들도 발길질을 멈춘 채 그녀를 지켜봤다.

「다니러 온 거야! 이모 집에 다니러 온 거라구! 돌아가면 그만이지, 왜 때리는 거야! 난 혁명 열사 유가족이야! 아버지는 혁명 열사로 죽고, 어머니마저 죽었어. 그래서 외로워서 이모를 보러 온 거야!」

푸른 안광까지 번득이며 발악하던 여자는 두 볼에 굵은 눈물방울을 주르륵 떨구었다.

「뭐? 혁명 열사 유가족?」

선뜻 믿기지는 않았지만 그래도 떠오르는 무엇인가가 있어 장태국은 은근한 목소리로 물었다.

여자는 그만 왈칵 목이 멘 오열을 터뜨렸다.

「흐흑, 그렇습니다. 나는 혁명 열사 유가족입니다.」

「혁명 열사 유가족이라면 무슨……?」

「아버지가 대남 공작원으로 넘어가 남조선에서 죽었습니다.」

「뭐야? 언제?」

「내가 태어난 다음 해인 천구백육십이년에…….」

「아, 잠깐. 풀어 줘. 그리고 너희들은 나가 있어.」

여자의 말을 가로막으며 장태국이 주변의 조교들을 향해 지시했다. 뜻밖이었다. 그리고 여자의 당찬 태도로 보아서는 남파된 공작원의 딸임이 분명했다.

포승줄을 풀어 준 조교들이 나가자 장태국이 그녀 앞으로 한 걸음 다가앉았다.

「천구백육십이년도라 했니?」

「그렇습니다. 어머니 말씀으로는 제가 태어난 다음 해에 남쪽으로 가셨으니까.」

「어머니는?」

「사 년 전에 돌아가셨습니다.」

「그럼 그동안은 어디에서 살았니?」

「내내 함흥시에서 살았습니다.」

「아버지 이름은 뭐야?」

「김영식입니다.」

「김영식…….」

그로서는 이름을 알 까닭이 없었다. 또한 그가 비전향 장기수로 남조선 감옥에 아직까지 살아 있다는 것은 더구나.

「그런데 중국에는 언제, 왜 넘어왔니?」

「너무 외로웠어요. 그리고 배급도 점점 나빠졌고. 그전에도 옌지에 사는 이모가 여러 번 다녀갔어요. 그래서 작년에…….」

사정은 충분히 알 것 같았다. 그런데 왜 갑자기 함남 보위부에서 이 여자를 찾아 나선 것인지, 그리고 부부장의 은밀한 부탁은 또 무엇을 의미하는지, 장태국은 아무래도 간단한 조사가 끝나는 대로 직접 부부장과 통화해서 알아봐야겠다고 생각했다.

투먼 시. 도시 외곽 동남쪽을 흐르는 강폭이 그리 넓지 않은 두만강을 사이로 조선의 함경북도 온성군 남양 로동자구와 마주하는 중국 변방의 작은 도시였다. 그러나 두만강을 경계로 하는 중국과 조선의 국경 도시들 중에서는 제법 규모가 큰 곳이었으며, 북녘 땅에 살던 사람들에게는 별천지였다.

장혁에게도 마찬가지였다. 조선인민공화국, 특히 그가 철든 뒤로 18년 동안 살았던 새별군에서는 꿈에서조차 볼 수 없던 그런 신기한 모습들뿐이었다. 아무렇게나 모여서 웃고 떠들고 다투고, 공안이라 불리는 안전원들이 있는 가운데에서도 태연스레 트럼프놀이를 하는가 하면, 장마당 곳곳은 울긋불긋 화려한 물건들로 가득 넘쳐나고, 거리에는 남새(야채)며 과일이며 고기며 온통 먹을거리로 가득했다.

규모와는 상관없이 이토록 활기로 가득한 도시를 그는 아직 한 번도 본 적이 없었다. 그러나 사람들 얼굴마다 가득한 생기를 보면서도 장혁은 조금도 들뜨지 않았다. 그것은 아직 제대로 실감이 나지 않는다거나 가야 할 먼 길에 대한 염려 때문이 아니었다.

투먼에 도착한 장혁은 곧바로 황씨의 손에 이끌려 하이관(海關: 세관) 쪽을 둘러봤다. 물론 월경(越境)한 그의 처지로는 바로 조선으로 넘어가는 투먼 대교에 근접할 수는 없었지만, 먼발치에서나마 강 건너 남양 로동자구의 낯익은 모습은 분명히 볼 수 있었다.

황씨가 무슨 뜻에서 자신을 그곳으로 데려갔는지 장혁은 알 수 없었다. 그러나 이제 다시는 돌아갈 수 없는 곳이 되어 버린 땅. 장혁은 눈시울이 아릿했다. 정말 이제는 잊어야 하는 것인가? 정녕 영원히 돌아갈 수 없는 것인가? 그러나 그는 반드시 돌아가야만 했다. 그곳에는 아직도 아버지가 살아 숨 쉬고 있었기 때문이다. 돌아가리라, 반드시. 기어이 언젠가는 되돌아가 아버지를 꼭 구출해 오리라. 그렇게 가슴속 굳은 다짐을 거듭하며 장혁은 한참이나 눈물을 뿌렸다.

점심 시간이 지나면서부터 한가해지던 식당 안은 이제 창가 쪽에 자리 잡은 장혁과 홀 안쪽 테이블에 모여 앉은 서너 명의 한족(漢族) 만이 남아 있었다. 장혁은 금방이라도 자신의 모습이 눈에 띌 것 같아 불안하기는 했지만 어지간히 취한 듯한 그들의 말투에 다소 마음을 놓을 수가 있었다. 지금 그가 머물고 있는 리두 반점(麗都飯店)은 대로변에 자리 잡은 제법 규모가 큰 중국 요리점으로, 가능한 한 조선족을 만나지 않기 위해 일부러 황씨가 찾아든 곳이었다.

버스 정류장은 그곳에서 한 블록 떨어진 도심 한가운데의 상상 로(向上路)에 자리 잡고 있었다. 걸어서도 불과 5분 남짓되는 거리였다. 그리고 여기서 한 시간쯤만 더 머물다가 시간에 맞춰 정류장으로 가 버스를 타면 국경과는 멀어지는 것이었다. 이곳에서 옌지까지 가는 길목의 검문소 위치도 황씨가 이미 아는 이에게 물어서 자세히 알려 줬다. 물론 장혁은 검문소에 도착하기 전 버스에서 내려 산길이나 강을 따라 우회하여 다음 정류장에서 다시 버스를 탈 것이며, 혹시라도 임시 검문소 같은 예상치 못한 위험에 닥칠 때는 벙어리 행세라도 해서 어떻게든 위기를 넘겨 볼 생각이었다. 사실 황씨와 함께 팡촨에서 투먼까지 오는 도중에도 이미 두 번이나 검문소를 지났지만 그때마다 황씨와 함께 나란히 앉은 덕분인지 별다른 검문 없이 무사히 지나쳤다.

장혁은 조금 전 훈춘으로 돌아가는 버스 시간에 맞춰 먼저 정류장으로 떠난 황씨를 떠올렸다. 장혁은 그를 처음 보았을 때 자신의 아버지보다 훨씬 젊으리라 생각했는데, 알고 보니 아버지보다 겨우 한 살 아래였다. 그래서인지 그는 마치 친아버지인 양 다정했고 장혁을 자식처럼 여겨 줬다.

몇 번인가 서둘러 떠나려 했지만 그때마다 황씨는 펄쩍 뛰며 장혁을 주저앉혔다. 그리고 이제 먼 길을 갈 사람이 몸이 부실해서는 안 된다며 지난 열흘 동안을 꼬박 장혁에게 매달렸다. 두만강에서 직접 그가 잡아 올린 생선을 끓여 오는가 하면 어느 날 저녁에는 닭알(달걀)을 얻기 위해 집 안에서 기르던 씨암탉까지 잡아 뽀얗게 고아 내오기도 했다. 덕분에 장혁의 얼굴은 그 열흘 사이에 몰라보게 좋아졌다. 또한 오늘 아침 함께 집을 떠나올 때는 자신의 아들이 입던 옷이라며 깔끔한 회색 반소매 셔츠와 면으로 된 푸른색 바지까지 한 벌 마련해 주었다. 그뿐인가, 황씨는 잠시 전 이곳 리두 반점에서 문 앞까지라도 배웅하려는 장혁을 위험하다며 주저앉힌 뒤 몇 번이나 조심하라는 당부를 거듭했다. 그리고 정류장을 향해 길을 건너면서도 연방 그가 앉은 창가를 돌아보며 손을 흔들었다.

「허억!」

우두커니 창밖에 시선을 고정하고 있던 장혁은 놀라 기함할 뻔했다. 분명 조국, 아니 북조선 사람이었다. 장혁이 앉은 창가 바로 아래 도로변에 막 멈춰 선 검은색 승용차와 그 안에서 내려서는 사내들. 장혁이 중국에 넘어와서 본 멋진 차림새와는 달리 그들의 생김새는 분명한 조선 사람이었다.

장혁은 마치 용수철처럼 튕겨 자리에서 일어났다. 어디로 피해야 할 것인가. 이미 만일의 경우에 대비해 반점 위생실(화장실) 앞의 작은 창고 같은 곳을 봐두기는 했지만 막상 일이 닥치자 그곳도 불안했다. 비짝 타 들어오는 입 안이 갈증으로 장혁은 물부터 한 모금 마시고 싶었다. 그러나 사내들은 벌써 반점 안으로 들어서고 있었다. 더 생각하고 망설일 겨를이 없었다.

「허엄.」

태연스레 헛기침까지 하며 장혁은 짐짓 화장실에라도 가는 사람처럼 걸음을 내디뎠다. 그렇지만 벌써 그의 두 다리는 힘이 빠져 후들거렸고 얼굴빛은 백랍처럼 굳어졌다.

「어서 오세요.」

반기는 주인의 음성과 출입문이 열리는 소리가 위생실로 향하는 통로의 문이 닫히는 소리와 거의 동시에 들렸다. 금방이라도 권총을 빼어 든 사내들의 발길이 자신을 쫓아올 것만 같았다. 장혁은 미리 봐두었던 위생실 앞의 작은 창고 같은 곳의 어둠 속으로 재빨리 몸을 감추었다.

반점의 구조는 단순했다. 직사각형 모양의 홀은 도로 쪽으로 나 있는 출입문과 반대편의 계산대를 중심으로 좌우 두 칸으로 나뉘어 있었고, 계산대 옆 위생실 쪽의 문을 열면 통로를 따라 왼편으로는 음식을 조리하는 주방과 그 끝에 창고 같은 작은 공간이, 오른쪽으로는 요리사나 종업원이 머무는 작은 방과 남녀 위생실이 각각 순서대로 위치해 있었다. 그러므로 장혁이 들어가 은신한 작은 공간과 남자 위생실은 정면으로 마주하고 있는 셈이었다. 위생실은 남녀 공히 안쪽에 작은 수세식 변기가 하나씩, 문 쪽으로는 남자의 경우는 소변기와 세면대가 나란히, 여자의 경우는 세면대만 놓여 있었다.

장혁은 어둠 속을 두리번거려 주변을 살폈다. 안쪽 깊숙한 곳에 차곡차곡 쌓여 있는 밀, 쌀 따위의 포대들, 그 앞쪽의 나무상자, 양철 깡통, 큼지막한 대바구니, 종이 상자 등에 나뉘어 담긴 남새와 양념들. 또한 한쪽 구석에는 홍두깨 모양의 굵은 나무 몽둥이도 세워져 있었고, 바닥에는 대저울과 낡은 주방용 식칼 따위 등도 눈에 띄었다.

그렇게 미처 한숨을 돌리기도 전이었다. 삐걱 하고 통로 쪽의 문이 열리는 소리와 함께 두어 사람의 발소리가 저벅저벅 울리더니 이내 두런거리는 그들의 음성이 들려왔다.

「조국을 배신한 도주자인데 코를 꿰어서 끌고 가지 않고…….」

장혁은 재빨리 눈앞에 보이는 낡은 식칼 한 자루를 주워 들었다.

「어차피 이제는 다 온 걸 뭘 그래.」

「허긴, 그런데 누구기에 이렇게 급하게 송환하라는 거야?」

「혁명 열사 유자녀라잖아.」

「흥, 혁명 열사 유자녀? 아니, 말로만 듣고 그걸 어떻게 믿니?」

「아니야. 그건 지도원 동무가 확인을 해본 모양이야.」

「그래? 그런데 혁명 열사 유자녀가 도망은 왜 했니?」

「그거야 나도 알 수 없지.」

「그나저나 저 에미나이, 혁명 열사 유자녀라고 별일 없이 살려 둘까.」

「무슨, 지도원 동무도 여차하면 소리 없이 처치해도 상관없다고 하지 않았어?」

「에미나이, 얼굴은 빤빤하더구먼.」

「왜, 군침이 도니?」

「그딴 소리 말라. 그리고 군침이 당기면 또 뭣 하겠어. 벌써 국경 인데.」

아마도 사내들은 보위부원들로 중국으로 월경한 혁명 열사 유자 녀인 여자를 검거하여 조선으로 송환 중인 모양이었다. 장혁은 그네 들의 대화를 엿들으며 그래도 자신은 그들이 찾는 대상이 아니라는 사실에 깊은 안도의 한숨을 내쉬었다.

「함흥에서는 사람을 보냈겠지?」

「그럼. 벌써 국경에 도착해서 눈 빠지게 기다리고 있을 거야.」

「쯧쯧, 에미나이…….」

「와, 그냥 보내기 아깝니?」

「야, 그딴 농담 말라.」

사내들의 객쩍은 농담이 멀어지자 일단 안심했지만 사내들이 나 누었던 이야기로 보아 검거된 여자는 송환과 동시에 사형, 아마 그것 도 공개 총살형이 아닐까 짐작되었다. 장혁은 동병상련의 애처로움 을 느꼈다.

살며시 문을 열고 통로를 살폈지만 인기척은 없었다. 장혁은 창고 에서 나와 조심스럽게 홀로 향하는 문 쪽으로 다가갔다. 다행히 통 로 끝 낡은 비닐 커튼 사이로 들여다보이는 주방에서는 뒤늦은 손님 들의 음식 장만에 요리사 한 사람만이 바쁘게 움직이고 있었다.

장혁은 마저 닫히지 않은 문틈으로 살며시 눈을 들이밀었다. 그들은 홀 한가운데의 작은 원탁 테이블에 둘러앉아 있었다. 잠시 전 위생실에서 두런거리던 이들로 짐작되는 두 사내는 등을 진 채였고, 정면에는 또 다른 중년의 사내 한 명과 여자가 고개를 떨군 채 앉아 있었다.

테이블 위에는 그사이에 조리가 되었는지 김이 피어오르는 요리 접시가 두어 개 놓여 있었다. 사내들은 젓가락질하는 틈틈이 무엇인가 자신들만의 이야기를 은밀히 나누었다. 무슨 이야기의 끝인지 사내들이 왁자한 웃음을 터뜨렸다. 그러고 보니 그들 앞에는 바이주(白酒)도 한 병 놓여 있었다. 아마 국경을 넘기 전에 기름진 중국 음식으로 배를 채워 둘 모양이었다. 도주자를 송환하며 그렇게 술까지 마시는 경우란 거의 없을 테지만, 그 대상이 겨우 가냘픈 여자 한 사람이라는 사실이 그들을 그렇게 느긋하게 만든 듯했다.

여자는 여전히 고개를 떨군 채였다. 그러나 헝클어진 머리는 가벼운 떨림에도 물결처럼 출렁거렸고 그 사이로 드러나는 가냘픈 어깨선은 매우 측은해 보였다.

「자, 먹어라.」

굵은 목소리의 중년 사내가 갑작스레 그녀의 양팔을 테이블 위로 끌어올렸다.

「놔요.」

앙칼진 음성과 함께 그녀의 눈이 차갑게 번뜩였다. 아니, 번뜩인 것은 눈빛이 아니라 쇠고랑이었다. 그녀는 재빨리 테이블 아래로 손목을 감추었다. 수갑을 차고 있었던 것이다.

「처먹어라.」

「놔.」

「이, 간나!」

사내가 다시 그녀의 손목을 강제로 테이블 위에 끌어올렸고, 그 순간 거칠게 반항하는 그녀의 손길에 테이블 위의 접시 하나가 건너편 사내의 얼굴로 튕겨져 날아갔다.

「어, 어…….」

「이, 썅!」

「아악!」

퍽 하는 둔탁한 소리와 찢어지는 비명 소리가 한꺼번에 울리며 그녀가 바닥으로 나둥그러졌다.

한순간이었다. 장혁이 막 뛰쳐나가려던 그때, 등을 보이고 있던 사내가 얼굴 가득 요리를 뒤집어쓴 채 위생실을 향해 돌아섰고, 장혁은 움찔 걸음을 멈추고 재빨리 창고 안으로 몸을 숨겼다.

「에잇, 썅간나년.」

요란하게 닫히는 위생실 문 소리와 거친 사내의 욕설을 들으며 장혁은 손에 들고 있던 식칼을 바닥에 팽개쳤다. 짧은 식칼 하나로 셋이나 되는 보위부원 사내들과 맞서기에는 아무래도 힘에 부칠 듯 싶었던 것이다. 황급히 두리번거리는 그의 눈에 어둠 속 창고 벽에 기대어 세워진 홍두깨 모양의 굵은 나무 몽둥이가 들어왔다.

깊이 생각할 겨를이 없었다. 죽음도 두렵지 않았다. 벗어날 수 없는 숙명인 양 묵묵히 견디어 왔던 지난 31년. 그러나 이제는 그 무지막스러운 폭력의 억압에서 스스로 떨쳐 벗어나고 싶었다. 지난 며칠 동안, 사람이 사는 진정한 세상을 보고 느끼며 이제는 단 하루를 살아도 사람처럼 살고 싶다고 들끓던 욕망이 분출된 것인가.

「뭐, 뭐이가?」

세면대 위에 머리를 숙인 채 얼굴 가득 뒤집어쓴 오물을 씻어 내고 있던 사내가 노크도 없이 우당탕 열리는 문 소리에 놀라 고개를 돌렸다.

「개간나…….」

야차(夜叉)가 살아 있었다면 아마 그러했으리라. 벌겋게 핏발 선 그 두 눈에서는 증오와 저주와 살의가 넘칠 듯이 가득했고, 부서질 듯 앙다문 이빨 사이로는 못다 삭인 분노의 흔적인 듯 허연 거품이 부글부글 비어져 흘렀다.

「허……억.」

미처 비명조차 내지를 겨를도 없는 순식간의 일이었다. 장혁의 손에 들린 굵은 나무 몽둥이가 사내의 면상을 그대로 찍어 올렸고, 분수처럼 뿜어져 나온 검붉은 피는 한순간에 위생실 바닥을 벌겋게 물들였다.

다시, 막힌 숨통을 트지 못해 꺽꺽거리며 바닥 위에 웅크려 뒹구는 사내의 등짝 위로 장혁의 사정없는 몽둥이질이 몇 차례 더 퍼부어졌다. 그리고 마침내 사내가 아무런 기척 없이 바닥 위에 널브러졌을 때는 장혁 또한 온몸 가득 붉은 핏덩이를 뒤집어쓴 살인귀의 모습이었다.

「이 간나새끼들!」

장혁의 발악 같은 고함 소리에 그때까지 그녀에게 매질을 가하고 있던 홀 안의 두 사내가 고개를 돌렸다.

「어, 어, 이 반동…….」

그러나 사내들은 겨우 권총을 꺼내기 위해 품속으로 손을 가져갔을 뿐이었다. 이미 이성을 잃은 장혁의 광란은 마치 벼락이라도 내리치듯 단 한 차례의 몽둥이질로 사내들의 머리통을 벌겋게 피로 물들여 홀 안에 널브러뜨려 놓았다. 허옇게 흘러나온 뇌수와 피범벅이 된 그 참혹함 앞에서도 장혁은 들끓는 분노가 삭여지지 않았던지 쓰러진 사내들의 머리통에 우악스러운 몽둥이질을 멈추지 않았다.

한참이 지난 후, 마침내 거친 숨결로 헐떡거리며 우두커니 멈춰 선 그의 두 눈은 핏빛 불꽃으로 이글거렸다.

「갑시다.」

지숙은 정신이 드는 모양이었다. 몽둥이를 황급히 바닥에 내팽개친 장혁이 쓰러진 지숙의 어깨를 잡아 일으켰다. 그러나 그녀는 아직도 이 기막힌 상황이 믿기지 않는다는 눈빛이었다.

「빨리!」

우두커니 자신을 바라보고 서 있는 여자에게 장혁은 다시 한 번 다급하게 고함쳤다.

「어, 어디를……?」

막상 장혁도 대답해 줄 말이 없었다. 그렇지만 지금은 한 치의 여유도 없었다.

「이봐요. 그쪽은 조국으로 송환되면 즉시 총살이오. 내가 위생실에서 저놈들이 하는 이야기를 다 들었소.」

그제야 그녀도 자신의 현실이 느껴진 모양이었다. 흐릿한 눈빛이 밝아 오며 출입문으로 향하려던 그녀가 주춤 멈추더니 쓰러진 중년 사내의 호주머니를 뒤지기 시작했다.

「뭐 하는 겁니까?」

문가에서 돌아보며 말하는 장혁을 향해 그녀는 자신의 손목을 들어 보였다. 장혁도 그제야 여자의 손목에 수갑이 채워진 사실을 깨달았다. 그러나 그녀는 장혁이 돌아서기 전에 벌써 사내의 주머니 속에서 열쇠를 찾아 꺼내 들었다.

처음에는 수갑을 찬 여자에 대한 사내들의 매질을 그저 난폭한 공안의 폭행이거니 생각하고 우두커니 지켜보던 주인과 손님들도, 벌어진 상황에 기막힌지 그저 멍하니 입만 벌린 채 어찌할 바를 모르고 있었다.

「고, 공안…….」

그들이 정신을 차린 것은 화장실에 쓰러져 있던 사내가 피투성이가 된 채 엉금엉금 홀로 기어 나오며 공안을 찾은 뒤였다.

그곳이 어디쯤인지, 어디로 가야 하는지도 알지 못하였다. 진작부터 헐떡거리던 그녀는 이제 걸음조차 제대로 내딛지 못하고 있었다. 장혁도 이제는 막다른 숨이 턱에까지 차올라 한 발 내디딜 기운조차 없었다. 해는 아직도 중천이었지만 더 이상 견딜 수가 없었다.

장혁이 먼저 개울가 풀밭 위로 쓰러지듯 드러눕자 그녀도 기다렸다는 듯이 조금 떨어진 바위 곁에 허물어져 내렸다. 터질 듯 가쁜 숨소리가 허공에서 뒤엉키고, 내리쬐는 햇살에 눈앞은 샛노랬다.

「어디로 가는 겁니까?」

호흡을 다잡은 그녀가 먼저 장혁을 돌아보며 물었다. 아직도 이마에 맺힌 땀방울이 햇살에 반사되어 반짝였다.

「모르겠습니다.」

「예?」

「미안합니다. 나는 여기가 어딘지도 잘 모릅니다.」

튕기듯 벌떡 일어나 등을 돌려 외면하며 정말 미안한 듯 고개까지 숙여 대답하는 그 모습이 순박해 보였다. 핏빛 눈발 번뜩이며 미친 광풍 같던 반점에서의 흔적은 이미 어디에도 없었다.

설핏 그녀의 눈가로 마른 미소가 스쳤다.

「넘어온 지 얼마나 됐습니까?」

「예?」

「강을 건너오지 않았습니까?」

「아, 예. 이제…… 열흘 조금 넘었습니다.」

더듬거리는 남자의 눈빛에서 그녀는 알 수 없는 호의를 읽었다.

「그래요.」

고개를 끄덕이며 잠시 생각에 잠겼던 그녀가 장혁을 향해 또렷한 눈빛을 반짝였다.

「이 길은 옌지로 가는 길입니다.」

「그런데 여기를 잘 압니까?」

「아닙니다. 오는 길에 안내판을 봤습니다.」

「그럼 중국말도?」

「조금 합니다.」

「예에.」

어색한 침묵이 잠시 이어졌다.

그녀는 남자가 궁금했다. 그렇게 불쑥 자신의 일에 끼어들어 위험을 자초한 까닭도 그랬지만, 뭔가 텅 비어 버린 것 같은 고요한 눈빛이 더더욱 궁금했다.

「이제 그만 출발합시다. 여기도 위험할 텐데.」

자리를 털고 일어난 남자는 여전히 먼 하늘가에서 시선을 거두지 않은 채, 그녀에게 말했다.

「옌지로 갈 겁니까?」

장혁은 그제야 여자를 돌아봤다. 순간 그의 표정이 난처한 듯 변했다.

「저, 옷을 먼저…….」

그녀는 얼른 자신의 옷차림을 훑어보았다. 노란 꽃무늬의 남색 블라우스와 짙은 청색의 폭 넓은 치마가 온통 검붉은 핏물로 얼룩져 있었다.

「일없습니다. 어차피 산길을 타고 올라야 할 텐데.」

그녀는 대수롭지 않다는 듯 말했다.

「그럼 얼굴이라도…….」

「그쪽도 마찬가집니다.」

이번에는 귀찮다는 듯이 쏘아붙였지만 발길은 벌써 개울을 향해 내려서고 있었다. 잠시 멋쩍은 표정을 짓던 장혁도 이내 여자의 뒤를 따라 개울로 내려갔다.

「옌지에는 누구 아는 사람이라도 있습니까?」

수건도 없이 얼굴의 물기를 훔쳐 내며 그녀가 물었다.

「아니, 없습니다.」

「그런데 왜 옌지로 가는 겁니까?」

「꼭 옌지로 가야 하는 건 아닙니다.」

「그럼 어디를 가는 겁니까?」

「베이징(北京)까지…….」

「베이징? 거기는 왜?」

하지만 장혁은 선뜻 그 까닭을 말할 수는 없었다.

그녀가 잠시 무언가 생각하는 눈치였다.

「그럼 댁은 이 개울을 따라 곧장 가시오. 그러다가 개울이 갈라지는 곳에 이르면 서쪽 물길을 따라 또 계속 가시오. 그러면 옌지가 나올 겁니다.」

장혁은 어이없었다. 갑작스레 이렇게 일방적으로 갈라지자는 것은 무슨 의미인가. 장혁의 심중을 재빨리 읽은 그녀가 다시 말했다.

「이보시오, 나는 옌지에 살다가 잡힌 겁니다. 그런데 그렇게 보위부원을 세 사람이나 때려 죽여 놓고서 어떻게 또다시 옌지로 갑니까. 그야말로 화약을 지고 불 속으로 뛰어드는 격이지.」

「아…….」

그들이 옌지에서 출발했다는 사실을 몰랐던 장혁으로서는 미처 생각지 못한 일이었다. 그보다 그는 이제 살인자가 된 것이었다. 더구나 그 상대가 조선의 보위부원이었으니, 중국 공안마저 발칵 뒤집힐 것은 불을 보듯 뻔한 일이었다.

갑자기 무거운 두려움이 전신을 엄습했다. 창백하게 변하는 장혁의 안색을 본 그녀의 얼굴도 굳어졌다.

「나는 여기서 다른 길로 룽징(龍井)에 갈 겁니다.」

분명히 그녀는 목전의 위험을 피해 나갈 다른 길을 말하고 있었다. 그러나 장혁은 그곳이 어디인지 아직 알지 못했다 아버지나 황씨가 말해 주던 그 길목 어디에선가 들어 본 적은 있었지만 직접 자신이 거쳐야 할 도시가 아니라는 생각에 그저 무심히 들어 넘겼던 것이다.

「룽징이라면?」

「옌지에서 남쪽으로 허룽(和龍) 가는 방면에 있습니다. 그곳도 조선족들이 많이 살고 있는데 우선은 거기서 여비도 준비하고 어디로 가야 할지 길도 알아봐야겠습니다.」

「거기서도 베이징에 갈 수가 있는 겁니까?」

「물론이죠. 그런데 베이징에는 왜 그렇게 가려는 겁니까?」

「그건…….」

이번에도 장혁이 머뭇머뭇 대답을 피하자 그녀는 더 이상 재촉하지 않았다.

「아무튼 창춘(長春) 같은 큰 도시나 지린 성을 벗어난 다른 곳으로 빨리 피해야 합니다.」

장혁은 든든했다. 무엇보다도 그녀가 중국말을 할 줄 알았고, 진작에 중국으로 넘어와 이곳 지리에도 어느 정도 익숙한 듯했기 때문이었다. 더구나 고의는 아니었지만 이제는 그녀 또한 다시 조선으로 넘어갈 수 없는 처지가 되어 버린 셈이었다. 물론 이미 그전부터 죽은 목숨이나 마찬가지였지만.

장혁은 벌써 저만큼 앞서 걸어가는 그녀의 뒷모습을 지켜보며 인연이란 이런 것을 말하는가 싶었다.

서울의 꿈

「나는 평생 정치학이라는 학문에만 매달려 후학 양성에 전념해 왔습니다. 그렇게 나 스스로 선택한 길을 오래도록 걸어오며 때로는 학문의 성취에 만족을 느끼기도 하였고, 특히 후학들의 발원에는 말할 수 없는 희열을 맛보기도 했습니다. 그러나 반면 그동안 많은 갈등과 자괴와 번민으로 오랜 밤들을 불면으로 뒤척였음을 고백하지 않을 수 없습니다. 그것은 내가 진정한 진리라 믿어 가르치기를 마다하지 않았던 나의 믿음과 학문이 오로지 책과 상아탑 안에서만 진리였을 뿐, 교문을 벗어난 현실에서는 국가와 민족의 이익을 우선해야 할 근원적 원리마저 무시하는 변질된 권력이었다는 것을 깨달았기 때문입니다. 하지만 나는 믿었습니다. 그리고 기다렸습니다. 괴리감은 좁혀질 것이다. 또한 피의 수반을 필연으로 하는 일순의 변혁보다는 점진적 개혁이 진정한 정치의 길이기에 우리는 기다려야 한다. 그러나…….」

가슴을 토해 내는 듯한 열띤 그의 음성과는 달리 6척 거한 윤기태 박사의 표정에는 그 어떤 변화도 일어나지 않았다. 재열은 언젠가

때늦은 대학원에서 들었던 그의 강좌에서도 지금과 마찬가지였던 표정이 떠올라 슬며시 웃음지었다.

「이거 뭐야? 내일 조간신문 헤드라인 아니야?」

「그러게. 아무래도 먼저 데스크에 날려야겠는데.」

「기다려 봐. 그렇게 쉽게 정치판에 뛰어들 분이 아니잖아.」

「맞아. 지난번 총선 때도 이 총재가 신당 발기인 명단에 함부로 이름을 넣었다가 혼났었지.」

「그래. 그리고 선거가 이제 육 개월도 안 남았는데 이렇게 갑자기 나서서 언제…….」

재열은 옆에 둘러선 젊은 정치부 기자들의 설왕설래가 못마땅한 듯 눈살을 찌푸리며 슬그머니 자리에서 일어났다. 하기야 6개월도 채 남지 않은 대통령 선거에 아직 후보자도 결정되지 않은 혼란의 정국이었으니, 이렇게 공식적인 모임에서 정치를 들먹인다는 자체가 그런 추측을 불러일으키기에 충분했다. 그러나 상대는 윤기태 박사였다. 더구나 지금 그렇게 억측을 늘어놓는 기자들의 대부분도 그의 제자가 아니던가. 재열은 씁쓸한 입맛을 다시며 다시 단상의 윤 박사에게 시선을 돌렸다.

「강단을 떠나서 지낸 지난 몇 년 동안 나는 참으로 깊은 고민에 빠지지 않을 수 없었습니다. 이제 나는 무엇을 할 것인가. 집안의 서재를 학교의 연구실로 여기며 또다시 현실을 외면한 채 평생토록 걸어온 그 길을 답습할 것인가. 물론 진리를 탐구하는 학문의 길 또한 사회를 썩지 않게 하는 소금의 구실로 그 의미가 깊기는 하지만, 나는 마침내 이제 이 길을 걸으리라 결심했습니다. 그것은 중국의 동북 지역을 비롯한 러시아의 연해주, 중앙아시아의 카자흐스탄, 우즈베키스탄, 또 가까이 일본의 재일 교포에서부터 미국,

캐나다, 브라질, 독일 등 전 세계 곳곳에 뿌리를 내리고 있는 수많은 동포들에게 한민족으로서의 자긍심을 잃지 않도록 하는 민족혼을 일깨워, 이른바 범세계적인 한민족공영체(韓民族共榮體)의 꿈을 가꾸는 일입니다. 다행히 이런 작은 뜻에 여야를 막론한 정치권은 물론이요, 학계, 경제계, 종교계, 재야 등…….」

「안녕하세요, 부이사장님.」

불쑥 한 여인이 재열에게 다가와 속삭이듯 인사를 했다.

「아, 최 여사.」

베이지 상의와 연한 쑥색 스커트는 평소의 그녀답지 않게 은은한 분위기를 자아냈다. 그녀는 재열과 파티 석상에서 몇 번 인사를 나눈 적이 있고 국제 보석 무역을 한다는 미국 국적의 최정숙이었다.

「뒤쪽으로 자리를 옮길까요?」

그녀가 손에 든 오렌지주스 잔으로 출입문 쪽을 가리켰다. 재열은 특별한 인연은 없었지만 서먹한 행사장에서의 가벼운 호의인지라 별다른 뜻 없이 그녀의 뒤를 따랐다.

「윤 박사님의 남북 문제에 관한 접근이 좀 색다르시죠?」

「남북 문제요?」

재열은 전혀 알지 못하는 일이었다.

「모르셨어요?」

그녀는 의외라는 표정이었다.

「예. 전혀.」

「어머, 가까운 친구분이시라고 들었는데?」

「예. 오래전부터 친구였죠.」

「그럼 방향이 틀려서 말씀을 안 하셨나?」

그녀의 표정에 짓궂은 장난기가 어렸다.

「…….」

「부이사장님께서도 남북 문제에 관심이 지대하시다구요?」

「무슨, 그저 일반적인 관심이죠.」

「아니던데요. 제가 듣기로는 구체적인 프로젝트로 연구하시는 일
이…….」

윤 박사의 연설이 끝난 모양이었다. 갑작스럽게 들려오는 박수 소
리에 그녀의 이야기가 끊겼다. 알 수 없는 일이었다. 재열은 그 일에
관해서는 아직 윤 박사에게도 말해 준 적이 없었다.

「또 뵙죠.」

그녀는 가볍게 목례를 하고 단상 쪽으로 걸음을 옮겼고, 재열은
그대로 문가에 서서 그녀의 뒷모습을 지켜보고 있었다.

4년 전, 국가안전기획부를 퇴직하며 미국계 연구 기관인 동아시아
평화재단에 부이사장으로 자리를 마련한 것도 오랜 기간 동아시아
여러 지역을 담당하며 미국 정보 기관과 많은 교류를 나눈 덕분이었
다. 그리고 이제 두 번째의 임기가 끝나는 연말경에는 부설 군사문
제연구소 소장으로 자리를 옮겨 지금까지 해오던 비밀 프로젝트
'KU-2000'에 관한 집중적인 연구를 시행할 계획이었다. 그런데 아
직 한국 정부조차 알지 못하고 있는 남북 문제 관련 'KU-2000' 프
로젝트를 그녀가 알고 있는 듯한 눈치였으니 재열은 자못 그녀의 정
체가 궁금해졌다.

아무튼 이런 장중한 규모의 공식 행사는 그에게 거북했다. 평생
음지에서 일해 온 습관 때문인 것 같았다. 재열은 오늘의 주빈인 윤
박사에게 인사나 나누고 서둘러 돌아가야겠다고 생각했다.

「이거 자네 같은 국제적인 인사는 몰라도 나 같은 샌님에게는 영
갓 쓰고 양복 입은 기분이구먼그래, 허허허…….」

윤 박사는 재열을 발견하자 먼저 성큼 다가와 멋쩍은 너털웃음을
터뜨렸다.

「그러게. 나도 거북한데, 웬일이야, 자네가 이렇게 거창한 행사
를?」

「어떡하나. 주최 측이 원하는 건 연구보다 행사인걸.」

「주최 측이라니?」

「명색이 재단 법인 아닌가. 한민족국제문제연구재단. 난 그 연구
소 소장이고, 허허허…….」

「예산이 많이 필요한 모양이지?」

「만만치 않아. 그런데 어떤가?」

「뭐가?」

「자네 이번 연말이면 임기 만료 아닌가?」

「그렇기는 한데, 왜?」

「어때, 나하고 함께 통일 문제를 연구해 보는 게?」

결코 가볍게 던지는 말이 아니었다. 윤 박사는 진지했다.

「글쎄…….」

재열로서는 한마디로 거절하기도 난처한 처지였다. 평생을 서로
마음으로 의지해 온 친구였고, 또 부탁이라고는 이것이 처음인 셈이
었으니.

「자네가 나를 좀 도와줬으면 좋겠는데. 설마 자리에 연연하는 것
은 아니겠지만, 그게 예우라면 설관(設官)을 해도 상관없고.」

「이 친구가…….」

「두 분은 이런 자리에서도 밀담이세요?」

최정숙이었다.

「오, 최 여사. 고맙소, 이렇게 성대한 행사를 마련해 주다니.」

재열은 그녀의 등장이 반가웠다. 덕분에 난처한 대답을 피할 수 있었으니.

「천만에요. 재단 이사 자리에 비하면 약소하죠.」

재단 이사. 그러고 보니 재열이 그녀를 만났던 곳은 모두 각종 단체의 후원회와 같은 공식적인 파티에서였다. 더구나 그녀는 매번 그런 단체의 중심 인물이었다. 한미 양국 정부가 실제적으로 지원을 하는 동아시아재단, 통일원 산하의 통일문제연구소 이사회, 국제정치학회, 군사전략문제연구소 등. 재열은 어쩌면 그녀는 사교를 위한 단순한 회원이 아니라 국제 정치, 특히 동아시아 문제에 깊숙이 관련된 보이지 않는 에이전트일지도 모른다는 생각이 들었다.

「아 참, 윤 박사님, 여기 유 선생님도 재단에 모시지 그러세요?」

그녀는 잠시 전 재열과의 대화는 까맣게 잊은 듯이 말했다.

「글쎄, 그렇지 않아도 지금 그 문제를 상의하고 있었는데 마땅한 자리가…….」

「재단 이사회에 자리를 만들면 되죠. 어차피 이사장도 명목상인데 부이사장 자리를 만들어 실제적인 운영을 맡기시면서…….」

「그래, 그거 좋은 방법이구먼.」

반색하는 윤 박사를 바라보며 재열은 이 모든 것이 미리 짜인 각본이 아닌가 생각했다.

「이 친구, 아직 임기도 끝나지 않은 사람에게 왜 이래.」

재열은 마치 유보라도 하는 사람처럼 완곡하게 말했지만 분명한 거절의 의미라는 것을 윤 박사는 모르지 않았다.

「그래? 그럼 그때 가서 또 생각해 보세. 잠깐…….」

서운한 빛을 감추지 못하던 윤 박사가 단상 앞에 모여 서 있는 낯익은 정치인들을 향해 걸음을 옮겼다.

「연구는 잘 진행되고 있나요?」

윤 박사가 멀어지기를 기다렸던 최정숙이 다시 재열을 향해 고개를 돌렸다. 빠른 변신이었다. 아니, 그것은 차라리 공개적인 양면 게임이라 해야 옳을 것이었다.

「연구는 무슨, 그저 퇴직한 공무원이 자리만 차지해서 봉급이나 받는걸요.」

「역시 아직도 음지시군요.」

「허허.」

재열은 쓸쓸하게 자조적 웃음을 흘렸다. 그녀가 말하는 '음지'란 안기부의 부훈(部訓)인 '음지에서 일하고 양지를 추구한다'는 의미였다.

「아, 그리고…… 김영식 씨와도 친구시죠?」

「……?」

「윤 박사님께 들었어요.」

이번에는 그녀도 멋쩍은 미소를 지었다. 지나치게 상대를 깊이 알고 있는 듯한 데 대한 미안함이었을 것이다.

「미국에 있는 김영애 씨도 잘 알아요.」

「예에.」

점점 알 수 없는 여인이었다. 그런데도 뜻밖인 것은 당돌한 그녀에게서 거부감보다는 오히려 까닭 모를 신뢰가 느껴진다는 것이었다. 아마도 그녀의 눈빛 때문인 듯했다. 맑고 깊은 눈빛. 한평생 평범하지 않은 일을 해오며 수많은 사람들을 만나고 경계했지만, 그처럼 맑고 깊은 눈빛을 대한 기억은 그리 많지 않았다. 처음 그녀를 소개받았을 때에도 재열은 그 생각을 했었다.

여든여섯. 생각하면 그 세월을 살아 내기가 몹시 지루하기도 했을 것 같은, 참으로 긴 여정이었다. 이제는 양지바른 툇마루에 앉아 지루한 해바라기나 하며 공연한 투정으로 아래 손(孫)들을 힘들게 할 만도 하건만, 복은 타고난 팔자인지 아무리 더듬어도 그리 큰 죄업을 쌓은 것 같지는 않은데 박복(薄福)도 감히 비길 데가 없었다.

열아홉 꽃 같은 나이에 얼굴 한 번 보지 못한 김씨 성 가진 경기도 오산 땅 정미소집 아들에게 시집와 청춘이니 뭐니 하는 팔자타령 한 번 해보지 못한 채, 쫓기듯 휘둘려 살아온 삶이 거의 70년이었다. 초례 치른 친정 신방에서 꿈같은 며칠을 보내고 꽃가마 타고 시집으로 오던 그날 이후 1년 만에 아들을 낳았고, 또 3년 뒤에는 어미를 닮아 예쁘기가 더없다는 딸도 얻었다. 그리고부터 슬슬 덮치기 시작한 검은 먹장구름.

만주사변에서 승리한 왜놈들의 수탈이 점점 심해지자 그때부터 남편은 무슨 생각에서인지 총독부다, 경찰이다, 헌병이다 하며 갖은 왜놈 고관들과의 교우를 넓혀 갔고, 주색 난봉에 관한 온갖 민망한 소문들이 나돌기 시작했다. 처음에는 마치 그녀 자신이 바람이라도 피운 것처럼 부끄러워 몸둘 바를 몰랐지만 차츰 무디어지기 시작했다. 물론 원망스럽고 서운한 마음이 들었던 적도 있었다. 그러나 그보다는 행여 자식들의 귀에 그 소문이 들어가면 어쩌나 노심초사하기에 바빴다. 어느 날 몹시 술에 취해 와, 나는 개요, 하지만 자식들에게 한 가지 힘은 되어 줄 거요, 그리고 절대 거치적거리지 않을 거요, 하며 처음으로 굵은 눈물을 떨구던 남편은 그 밤 내내 무의식 속의 노래처럼, 미안하오, 미안하오……를 되뇌었다.

하지만 그것은 차라리 행복이었다. 찌지직거리는 스피커로 들릴 듯 말 듯 흘러나오던 천황의 목소리와 함께 찾아온 해방의 만세 소리는 집 마당에 모여서 함께 방송을 듣던 동네 사람들에 의해 간난(艱難)으로 변하였다. 친일이니, 매국노니, 악질 지주니……. 소용돌이 치는 격변의 상황 속에 갖은 비난과 멸시가 쏟아졌다. 그러나 돌이켜 보면 그때까지는 그래도 행복했다. 보성전문학교에 다니는 훤칠하고 잘생긴 건장한 아들이 아버지의 그늘을 걷어 내고 굳건히 곁에 있었으니 말이다. 그때 아들은 이미 같은 주의자(主義者)들 사이에서 꽤 알려져 존경받고 있다는 것을 어머니는 눈치로 알고 있었다.

아들, 남편보다 열 곱은 믿음직하고 든든하던 하나뿐인 아들. 그러나 어머니의 불행은 그 아들로 인해 또다시 이어졌다. 어느 날 편지 한 장 없이 홀연히 사라졌다가 전쟁통에 나타났었다는 그 소문도 어머니는 믿으려 하지 않았다. 오로지 당신의 눈으로 직접 보고 듣기 전에는 그 무엇도 믿지 않으려 했음이리라. 그러나 악몽처럼 아들은 기어이 담 높은 감옥 속에서 나타났다. 그리고 30년이 흘렀다.

어둠의 빛이 완연했다. 4년 전, 영식에게 뽀얀 닭백숙 한 그릇과 두부 한 모, 시루떡 몇 조각을 먹이고 난 이후부터 갑자기 기력이 쇠약해지기 시작했다. 아마 오랜 세월 마음속에 담아 기다려 온 간절한 소원 하나는 이루었다는 안도감 때문인 듯했다.

「어머니, 저 왔습니다.」

두 눈을 뜬 채인데도 아무런 기척이 없었다.

「듣기는 하는데…… 아무것도 안 보이나 봐요.」

영순이 안타까운 듯이 말했다.

「어머니. 저, 재열입니다.」

「재열이?」

초점 없는 허망한 시선으로 어머니가 고개를 돌리는 시늉을 해 보였다.

「아이고, 그래도 재열 오빠는 아들 같은 모양이우.」

「우리 애비는?」

영순의 탄식에 어머니의 음성이 이어졌다.

「예, 잘 있습니다.」

하긴, 아무런 소식이 없으면 아직 살아 있다는 것일 테니 잘 있다는 대답도 틀린 말은 아니었다.

「내가 눈을 감고 죽어야 할 텐데.」

「무슨 말씀이세요, 어머니. 오래 사셔야죠.」

「내가 눈을 감고 죽으면 애비가 나오려나.」

「…….」

「애비 딸자식 이름이 뭐라고 그랬지?」

어머니는 4년 전 재열을 통해 영식에게 자식이 있다는 이야기를 들은 그날부터 영식에 대한 호칭을 '이 사람'에서 '애비'로 바꾸었다.

재열은 중앙정보부 지하실에서 조사를 받던 그때 이미 영식의 결혼 사실을 알고 있었다. 그러나 어머니에게는 고통만 더할 뿐이라는 생각에 미처 말하지 않았었다. 하지만 그날 어머니의 눈물과 영식의 눈물을 한꺼번에 본 뒤에는 더 이상 감추지 않았다. 이제는 어머니에게 오히려 위안이 될 수도 있겠다는 생각에서였다. 그리고 갈 수 없는 곳이기는 하지만 그래도 핏줄 하나는 남겼다는 그 사실은 정말 꺼져 가는 등불 같던 어머니에게 꽤 위안이 되었다. 누군가를 생각하며 죽도록 그리워한다는 것은 때로 모질게 버틸 수 있는 마지막 힘이 될 수도 있는 것이니.

「예, 지숙이라고 했습니다.」

「그래, 지숙이, 그 애 소식은 좀 알아봤나?」

「알아보고는 있습니다만…….」

「꼭 좀 알아봐.」

「예.」

「아들이었으면…….」

고개를 바로 하는 어머니의 입에서 흘러나온 탄식이었다. 아마 대를 걱정하고 있음이리라.

「어휴, 엄마, 걱정 마세요. 요사이는 딸자식으로도 대를 이을 수 있게 법을 바꾼대요.」

어머니는 눈마저 감아 버렸다.

「글쎄, 오빠를 보고 나서부터는 그놈의 대 이을 걱정이 부쩍 심해졌어요.」

영순은 그저 못마땅한 기색이었다.

「당연하지. 연세가 얼마시냐. 모른 척해라.」

「휴우, 망할 놈의 세상. 그저 아들, 아들…….」

「별다른 연락은 없었고?」

「연락은 무슨 연락이에요. 삼십 년 동안 그놈의 편지 한 장 없었는데. 오빠도 독하죠. 저러다 이제 영영 오빠 얼굴 못 보시는 거 아닌지 모르겠어요. 벌써 석 달이나 면회를 못 가셨는데.」

영순이 찔끔거리며 눈물을 훔쳐 냈다.

「일어나지도 못하시니?」

「아니에요. 저러다가도 면회만 간대면 벌떡 일어나세요.」

「그런데 왜?」

「치장 다 하고 나서, 글쎄 거울만 들여다보면 안 가겠대요. 오빠 걱정한다고…….」

재열은 가슴이 무거웠다. 누구의 탓으로 돌릴 수도, 어디에다 원죄를 물어 뒤틀린 역사의 수레바퀴를 바로잡을 수도 없는 기막힌 현

실. 타고난 시대의 운명으로만 치부하기에는 너무도 처절한 희생이
었다. 30년을, 그것도 한 평도 안 되는 줍디줍은 독방에서……. 희
생은 어디 그뿐인가. 어머니는 자식의 손 한번 마음대로 잡아 볼 수
없고, 아무리 그리워도 내처 달려가 만날 수도 없었다. 그래서 끝내
는 가슴에 한으로 남아 두 눈조차 감지 못한 채 영원한 이별을 해야
할지도 몰랐다.

　재열은 잠든 듯한 어머니에게 다가가 살며시 손을 잡아 보고는 자
리에서 일어섰다.

「재열 오빠…….」

문가에 선 영순이 머뭇거렸다.

「왜?」

「저, 지난번처럼 오빠 한 번 더 볼 수 없을까요?」

4년 전의 그 특별 면회를 말하는 눈치였다.

「글쎄, 왜?」

「엄마가 자꾸 전쟁 때 이야기를 하세요.」

「전쟁?」

「예. 그때 피란을 떠나지 말고 기다렸으면 오빠를 만날 수 있었을
텐데 하시면서, 갈치조림 말씀을 자꾸만 하세요. 오빠가 그걸 좋아
했는데 지난번에 못해 먹였다고. 아무래도…….」

영순은 또 눈물을 떨구었다.

「그래, 한번 알아보자.」

「아무래도 얼마 못 견디실 것 같은데, 못내 마음에 걸리시나 봐요.」

「그래.」

　재열은 재빨리 돌아섰다. 그리고 서둘러 발길을 내디뎠다. 아직도
영순은 문가에서 자신을 지켜보고 서 있을 것이다. 재열은 온몸을

휘감는 써늘한 한기와 함께 가슴속에서 뜨겁게 솟구치는 울음을 삼키며 골목을 빠져나왔다.

최정숙이 재열을 찾아온 것은 7월의 태양이 뜨겁게 내리쬐던 정오 무렵이었다.

「점심을 좀 얻어먹을까 해서 찾아왔는데요.」

햇살보다 더 눈부시게 화려한 차림이었다. 꽃과 열매, 나뭇잎 무늬가 큼지막하게 들어 있는 파란색 폭 넓은 스커트에 하늘색에 가까운 회색 조끼. 그리고 스커트 중간쯤까지 내려오는 푸른색 계열의 재킷. 재열은 조끼에 달린 두 가지 모양의 단추가 모두 열 개라는 것을 금방 알아냈다.

그녀는 무심코 빌딩 안의 레스토랑으로 향하려는 재열에게 가고 싶은 식당이 있다며 광화문 쪽으로 데려갔다. 그곳은 몹시 남루하면서도 특이한 곳이었다. 낡고 오래된 건물들이 즐비한 골목에 슬레이트로 지붕을 얹어 공간을 만든, 이를테면 골목집이었다.

「최 여사가 이런 곳도 아십니까?」

「뜻밖이죠? 저도 윤 박사님 덕에 알았어요.」

그리고 보니 윤 박사의 연구소도 근처였고 벌써 그 식당 주인과도 안면이 있는 듯 보였다.

「그래, 뭘 드시겠소?」

「여긴 잔치국수가 별미예요.」

「그래요? 그럼 그걸로 합시다.」

그녀는 적당한 온기의 멸칫국물에 몇 가지 고명이 얹혀 재빠르게 나온 국수 한 그릇을 아주 맛있다는 듯이 순식간에 비웠다. 그리고 차나 한잔 하자며 서둘러 자리에서 일어섰다. 뭔가 할 말이 있는 눈치였다.

　이번에도 재열은 그녀의 뒤를 따랐다. 그녀가 앞장선 곳은 재열의 사무실에서도 그리 멀지 않은 경복궁이었다.

「느낌이 어떠세요?」

그녀가 자동판매기에서 커피가 든 종이컵을 꺼내 들며 물었다.

「무슨 느낌을 말하는 거요?」

「이를테면 한낮의 고궁, 여자, 산책, 의혹…… 뭐 그런 것들에 대한 느낌요.」

재열은 그제야 자신이 그녀의 나이조차 궁금해하지 않았다는 사실을 깨달았다. 굳이 관심을 갖지 않으려 한 것은 아니었다. 아무리 넉넉히 봐줘도 오십은 못 되었을 것 같다고 생각했다.

「느낌을 그렇게 오래도록 생각하세요?」

「아니, 그런 건 아니오.」

「그럼 뭘 생각하셨죠?」

「글쎄, 난 최 여사가 내게 뭔가 할 말이 있지 않을까 생각했소.」

그녀는 멋쩍다는 듯 어깨를 으쓱했다. 그리고 이내 차분한 표정이 되어 커피를 한 모금 마셨다.

「그래요, 드릴 말씀이 있어서 찾아뵈었어요.」

「…….」

「언짢게 듣지 않으셨으면 고맙겠어요. 전, 김영식 씨 일을 돕고 싶어요.」

전혀 뜻밖이었다. 그녀가 무슨 까닭으로, 아니 그보다 도대체 무슨 방법으로. 그것은 결코 어떤 개인적인 차원에서 해결될 성질의 문제가 아니지 않은가. 그동안에도 '인권'이라는 명제로 많은 국제 단체들이 발벗고 나섰고, 더 나아가 국가 차원의 외교적 문제로까지 거론되었지만 쉽사리 실마리를 찾을 수 없었던 일이었다.

「물론 직접적으로는 김영애 씨를 돕는 것이지만 결국은 김영식 씨의 문제죠.」

「도대체 난 무슨 이야기인지……?」

「아, 전혀 모르고 계셨던 모양이군요.」

이번에는 그녀가 뜻밖이라는 표정을 지었다.

「……?」

「김영애 씨가 북쪽에도 여러 방면으로 호소를 하고 있어요. 국제사면위원회는 물론이고 국제올림픽위원회, 국제적십자연맹 등을 통해 김영식 씨의 딸과 부인 최은실 씨를 찾고 있죠. 또 최근에는 김일성 주석에게 직접 호소문을 보내기도 했고 방북 비자도 신청했어요.」

「국제사면위원회는 무슨 관련이오? 설마하니 그쪽에서 최은실 씨나 김지숙에게 무슨 박해를 가하지는 않을 텐데?」

「물론 그렇겠죠. 하지만 김영애 씨가 국제사면위원회를 통해 그쪽에 원하는 건, 북에 억류되어 있는 남쪽의 누군가와 교환을 해서라도 오빠가 감옥에서 석방되도록 해달라는 거죠.」

「북으로의 송환을 말하는 거요?」

「그렇죠.」

난처한 일이었다. 물론 오빠를 석방시키고자 하는 그녀의 입장은 이해할 수 있었다. 하지만 그렇다고 북송까지 감수하겠다는 것은 오히려 남쪽의 영식에게 불리한 결과를 초래할지도 모르는 일이었다. 더구나 김영식의 문제는 북쪽도 그렇게 선뜻 나설 수 있는 입장이 아니었다. 만약 그들이 김영식의 송환을 공식 요청한다면 결국 그것은 자신들의 간첩 행위를 스스로 인정하는 결과일 테니 현실적으로도 불가능한 일이었다.

「최 여사 생각은 어때요?」

「굉장히 순진한 발상이에요.」

「그렇소.」

「또한 최은실 씨와 김지숙 씨를 찾으면 오히려 그녀들을 궁지에 빠뜨리는 일이 될 수도 있을 텐데요.」

「아마 그럴 거요. 오히려 남파된 김영식이라는 존재를 부인하기 위해 철저히 은폐시킬지도 모르죠.」

「예. 그래서 제가 나서 볼까 하는 거예요.」

「어떻게 말이오?」

「그들 모녀를 잘 보호해 달라는 거죠. 가능하다면 평양으로 이주를 시켜 그야말로 혁명 유자녀로 우대하면서.」

「아마 지금도 혁명 유자녀 대우는 하고 있을 겁니다. 어쩌면 이미 평양에서 살고 있는지도 모르고요. 그쪽은 그런 일에 대해서는 철저한 편이니까.」

「물론 그렇겠죠. 그렇지만 지금 상황에서는 뭔가 별도의 조치가 없으면 위험하게 될지도 몰라서요.」

「그래요. 좋은 생각이기는 하지만 그게 가능하겠소?」

「장담할 수는 없죠. 하지만 저쪽도 만일을 대비해서 살려 둘 필요는 있을 테니까, 고위층을 통한다면 또 모르죠.」

「고위층? 길은 있소?」

담배를 꺼내 문 재열이 라이터의 불꽃을 가리느라 고개를 숙인 채로 물었다. 물론 그것은 의식적인 외면이었다. 그녀도 그것을 눈치 챈 모양이었다. 설핏 그녀의 입가로 뜻 모를 미소가 스쳐 갔다.

「있겠죠, 중국을 통한다면.」

　재열은 그녀와 등지고 멀리 경회루 쪽을 향해 섰다. 그의 눈동자가 빠르게 번뜩였지만 그 어느 곳에도 지켜보는 시선은 없었다.

「그렇다면 차라리…….」

　담배 연기가 그의 입에서 길게 내뿜어졌다. 그는 마치 그 연기 속에 입술을 감추기라도 하려는 듯 빠르게 이야기를 끝냈다.

「탈북시키는 건 어떻겠소?」

「그건 위험 부담이 큰데요?」

　마치 예상하고 있었다는 듯, 그녀는 별로 놀라는 기색도 아니었다.

「물론 그렇소. 하지만 나라면…… 그쪽을 택하겠소.」

　그녀는 아무런 반응도 없이 그저 묵묵히 눈앞에 있는 나무의 끝만 올려다보았디.

「내가 할 일은 무엇이오?」

　재열은 벌써 일을 진행시키고 있었다. 그것은 마치 아직 내려지지 않은 그녀의 결정을 강요하는 것처럼 느껴지기도 했다.

「좋아요. 그럼 김영식 씨의 북쪽 최종 주소를 알려 주세요.」

「그것뿐이오?」

「그럼 여기서 알 수 있는 게 뭐가 더 있나요?」

「그렇군…….」

　재열은 잠시 망설였다. 그러나 반드시 말해 두어야 할 일이었다.

「그런데 경비는?」

　그녀가 아주 투명한 미소를 지으며 수줍은 듯 얼굴을 붉혔다.

「그건 관두세요. 어느 재단인가에 기부할 후원금이면 충분해요.」

　재열은 그 까닭을 묻고 싶었다. 그러나 벌써 등을 돌린 그녀는 출구 쪽으로 걸음을 옮기고 있었다. 재열도 느린 걸음으로 그녀와의 간격을 좁히지 않으며 뒤따랐다.

앞서 걷던 그녀가 멈춰 서 있다가 재열과 어깨가 나란해지자 다시 발걸음을 내디디며 물었다.

「저에 대해서 아무것도 알아보지 않으셨나 보군요?」

재열이 힐끔 그녀를 돌아보았다. 그녀는 아무런 표정도 없었다.

「내가 미리 알아 둬야 할 특별한 어떤 것이라도 있소?」

「그렇지는 않아요.」

「그런데 왜?」

「대개의 사람들은 그렇게 하더군요. 불신인지 능력의 과시인지는 몰라도요.」

「그럼 최 여사는 어느 쪽이오?」

「예?」

「나에 대해서 꽤 많이 알고 있는 것 같던데?」

이번에는 그녀가 재열을 돌아보았다. 그러나 그 역시 무표정한 얼굴이었다.

「알고 싶어도 많이 알 수 없는 분이더군요.」

「그럴 만한 무슨 까닭이 있소?」

「그냥 관심이라고 생각해 두세요.」

「허허, 참 알 수 없는 일도 다 있소. 이제 인생을 정리해야 할 나 같은 사람에게 무슨 관심이 있는 건지.」

「다시 시작할 수는 없다 해도 살아오신 것의 결과는 있으니까요.」

「……」

어차피 삶에 있어 무조건이란 있을 수 없는 일이지만 역시 까다로운 조건인 듯했다. 재열은 한편 너무 섣불리 받아들인 것이 아닌가 여겨지기도 했다. 그러나 이미 주사위는 던져진 뒤였다. 물론 마음만 먹었다면 진작에 그녀의 신분쯤은 알아볼 수도 있었을 것이다.

그러나 지금껏 살아오면서 국가와 관련되지 않은 사적인 일에 그런 방법으로 스스로의 믿음을 미리 확인해 본 적은 한 번도 없었다. 그것은 상대에 대한 믿음이 아니라 자신에 대한 믿음이라 생각했기 때문이다.

「미리부터 너무 부담 갖지는 마세요.」

「결국 내가 빚을 지기는 한 거로군요?」

재열은 자신을 향하는 그녀의 시선을 외면한 채 말했다.

「하지만 결국은 선생님 방식대로 갚으실 것 같은데요.」

재열은 걸음을 멈추고 그녀를 돌아다보았다.

맑게 미소짓는 그녀의 투명한 눈빛에 수줍게 감춰진 장난기가 어려 있었다.

「허, 허허허…….」

재열은 웃었다. 그것은 걸어 두었던 마음속 빗장을 활짝 열어젖히는 편안한 웃음이었다.

할 수만 있다면 영원히 그렇게 마음의 문을 열어 두고 투명하게 웃으며 살고 싶었다. 그러나 세상은 지금껏 잠시도 그를 자유롭게 놓아둔 적이 없었다. 언제나 주변은 적이었다. 한순간이라도 긴장을 놓으면 금세 날 선 비수가 날아들 것 같았다. 이제 그는 그 음지를 벗어나고 싶은 것인지도 몰랐다.

여정의 시작

　멀리 굽이치는 하이란 강(海蘭江)을 가운데 두고 온통 초록빛 들판이 그림처럼 펼쳐져 있었다.

「이렇게 너른 평야는 처음 보죠?」

땀으로 얼룩진 그녀의 얼굴에도 오랜만에 안도의 빛이 떠올랐다.

「이렇게 푸르고 너른 들은 처음입니다.」

「저기가 바로 룽징입니다.」

　산을 내려가 멀리 보이는 룽징 시내에까지 이르려면 아직도 반나절은 더 걸어야 할 것 같았다. 그래도 그녀는 마치 고향에라도 온 사람처럼 들떠 보였다.

　투먼에서 룽징까지 자동차로 두어 시간 남짓이면 충분할 길을 꼬박 사흘이나 걸려 도착했다. 그날 무작정 어딘지도 모르는 길을 따라 두만강과 반대쪽으로만 내달려 투먼 시내를 벗어났던 그들은, 그 밤부터 다시 룽징으로 가는 길목인 스징(石井)을 향해 길을 잡았었다. 산인지 들인지도 분간이 안 되는 어둠 속의 길이었다. 때로는 돌부리에 걸려 넘어지기도 하고, 논두렁인지 밭두렁인지도 모를 곳을 지나다 흙탕물 범벅이 되기도 하면서, 그저 투먼에서만 멀어지자고 정신없이 걸었다. 그나마 그녀가 1년 넘게 옌볜에서 생활했던지라 어림짐작만으로도 룽징으로 가는 방향을 잡을 수 있었다.

첫날은 꼬박 하루를 굶으며 밤을 도와 걸었다. 그리고 이틀째의 저녁 무렵에는 어느 산 중턱 강냉이밭을 지나던 그녀가 채 익지도 않은 강냉이 몇 개를 따 허겁지겁 허기를 달래었다. 미처 어둠이 그림자를 가리지 못하고 뉘엿뉘엿 노을이 밀려드는데 그녀는 잠시 쉬어 갈 듯 밭두렁에 등을 기대더니 스르르 깊은 잠에 빠져들었다. 몹시 고단했던 모양이었다. 점점 짙어 가는 석양에 물들어 수줍은 홍조를 띠듯 불그스레 익어 가던 그녀의 지친 얼굴. 장혁은 가여운 마음 가운데에서도 참 곱다는 생각을 떨쳐 버릴 수가 없었다. 장혁은 곁에 쭈그려 앉아 잠든 그 얼굴을 얼마나 오랫동안 지켜보았는지 몰랐다.

이튿날 스징에 이르러서는 곧바로 인가로 향할 것 같던 그녀가 걸음을 멈추었다. 그때도 장혁은 그저 그녀의 하는 양을 지켜만 보았다.

그런데 갑자기 그녀가 그냥 가자면서 돌아섰다. 장혁은 혹시 요깃거리라도 사려다가 뒤늦게 수중에 돈이 없음을 알고 돌아서는 것이 아닌가 생각했다.

「저, 내게도 중국 돈이 있습니다.」

그러나 그녀는 그저 힐끗 돌아보았을 뿐 아무런 대꾸도 없었다.

「여기…… 이쯤이면 되겠습니까?」

장혁이 주머니 깊숙한 곳에 갈무리해 두었던 10위안짜리 지폐 한 장을 꺼내 그녀에게 내보였다.

「이보시오, 정신 차리시오.」

그녀가 차갑게 내뱉었다.

「……?」

「벌써 공안이 수사령을 내려 놓았을지도 모르는데 어떻게 마을로 들어갑니까? 배고픈 것은 룽징에 도착할 때까지 견딥시다.」

딴은 그랬다. 그러나 너무도 차가운 그녀의 태도에 장혁도 부아가 치밀었다.

「룽징에도 수사령을 내려 놓았기는 마찬가지일 것 아닙니까?」

「거기에는 그래도 아는 사람들이 있습니다.」

「아는 사람이 더 위험한 거 아닙니까? 서로들 감시할 텐데.」

「뭐요, 감시요?」

잠시 냉소의 눈빛이던 그녀가 다시 매몰찬 음성으로 내뱉었다.

「이보시오, 내가 아는 사람들은 그런 사람들이 아니오.」

장혁은 번뜩 여기는 조선이 아니라는 사실을 떠올렸다. 그는 너무 오랫동안 감시 체제의 생활에 젖어 있었던 것이다. 그러나 이곳에는 조선에서와 같은 인민반 제도 따위는 없다고 할지라도, 사람을 죽인 죄인의 처지로는 무사할 것 같지는 않았다.

「무슨 말씀인지는 알겠습니다. 하지만 아무리 그렇더라도, 우리들 처지에서는 사람들의 눈을 피해야 하는 것 아닙니까?」

「…….」

「더구나 벌써 이틀이 지났는데 그동안 보위부원들이 가만히 있었겠습니까? 그쪽이 갈 만한 데라면 그저 눈이 빨개서 찾아 헤맬 텐데.」

「그놈들이 알 수 없는 데가 있습니다.」

「그런 곳이 룽징 시내에 있습니까?」

장혁은 여전히 불안한 눈빛이었다.

「그렇습니다. 시내에 있습니다.」

「시내를 그저 그렇게 막 쏘다녀도 되겠습니까?」

「어두워진 다음에는 상관없습니다.」

「그럼 그 사람 집으로 곧바로 찾아갈 겁니까?」

그녀가 잠시 망설였다. 지나친 듯싶기도 했지만 장혁의 말에도 일리는 있었던 것이다. 자신은 이미 함부로 움직일 수 있는 처지가 아니었다.

「그래도 일단 룽징까지는 서둘러서 가봅시다.」

그녀는 다시 풀이 죽어 어깨를 늘어뜨렸다.

한여름의 뜨거운 햇살 아래, 넓고 푸른 룽징 벌엔 사람이 드물었다. 내처 걸음을 서두른 그녀와 장혁은 해가 마저 떨어지기 전에 룽징 시내가 눈앞에 보이는 어느 한적한 농가 배밭에 몸을 숨길 수 있었다. 그들은 어서 해가 지고 어둠이 내리기만을 기다렸다.

「이제 가봅시다.」

깜빡 졸았던 모양이었다. 장혁은 나직한 그녀의 음성에 번쩍 눈을 떴다. 어느 결에 대지는 석양의 붉은빛에 물들어 어스름으로 서서히 변해 가고 있었다.

「더 있다가 어두워지면…….」

장혁은 아직도 남아 있는 노을빛이 마음에 걸렸다.

「지금이 좋습니다. 더 어두워지면 사람들이 많지 않아서 오히려 더 눈에 띕니다.」

그녀가 힐끔 장혁의 옷차림과 자신의 옷매무시를 훑어보았다. 사흘 동안이나 정신없이 걸어오며 땀과 빗물에 젖었다 말랐다 해서 후줄근한 차림새였지만 다행히 핏자국은 남아 있지 않았다.

「대충 먼지라도 털고 갑시다. 머리도 좀 매만지고.」

자신의 치맛자락을 툴툴 털며 그녀가 말했다.

「예? 아, 예…….」

장혁은 그렇게 여인을 따라 자신을 다듬는다는 것이 공연히 멋쩍었다.

「자, 이제 태연스레 따라오시오.」

손바닥으로 얼굴을 쓰다듬고 머리를 매만진 그녀가 다시 한 번 자신의 옷매무시를 훑어본 뒤 먼저 배나무 사이를 빠져나갔다.

그녀는 룽징 시의 지리에 비교적 밝아 보였다. 배밭을 빠져나와 농가에서 벗어나는 동안에는 익숙하게 마을 뒷길을 찾았고, 다시 넓은 황톳길을 지날 때는 도로변 뒷골목길을 찾아 사람들을 피하였다.

밝은 전등불 빛이 번쩍거리는 시내를 눈앞에 두고 룽먼 교(龍門橋)에 들어섰을 때였다.

「나란히 걸읍시다.」

그녀가 걸음을 늦추며 재빨리 말했다.

엉거주춤 걸음을 멈추는 장혁을 돌아보며 그녀가 다시 한 번 재촉했다.

「아, 빨리요.」

장혁은 그제야 재빨리 다가가 그녀와 어깨를 나란히 했다.

다시 걸음을 내딛는 그녀는 아무런 감정도 없는 듯했다. 그러나 장혁은 설레었다. 이렇게 여자와 나란히 붙어 걷는다는 것, 그것도 아득히 잊어버리고 있었다가 어느 한순간에 금방 설레는 감정까지 되살아나게 하는 그런 여인과 함께 걷는다는 것은 감히 상상조차 할 수 없던 달콤함이었다. 장혁은 순간이나마 내내 휩싸고 있던 그 두려운 피의 현장까지도 까맣게 잊을 수 있었다.

다리를 건너며 곧바로 왼쪽 둑길을 향해 길을 바꾼 그녀가 바쁜 걸음을 재촉하며 연방 뒤를 힐끔거렸다. 영문을 모르는 장혁도 그녀를 따라 뒤를 두리번거리기는 마찬가지였다.

「저쪽에 재판소가 있었습니다.」

한참 만에 걸음을 늦춘 그녀가 가쁜 숨을 고르며 장혁에게 까닭을 설명했다.

「예에.」

장혁은 뒤늦게 가슴이 철렁했다.

두어 블록쯤 떨어진 곳에서는 젠터우 가(建投街)와 룽징 가의 밝은 불빛이 번쩍거리고 있었다. 그러나 그녀는 철길을 건너서도 여전히 어두운 뒷길만 찾아 걸었다. 오른편으로 룽징 중학교가 보이는 민성(民聲) 가를 지니고, 베이신 로(北新路)를 건넌 그녀가 어느 자은 골목 어귀에 이르자 슬며시 걸음을 멈추었다.

장혁도 걸음을 멈추고 그녀를 돌아보았다. 무엇인가 망설이는 기색이었다.

「말하시오.」

머뭇거리는 그녀에게 장혁이 편안한 미소를 지어 보였다.

「저기, 이 골목을 돌아 들어가 왼편으로 끝에서 세 번째 집입니다.」

장혁은 어떻게 하라는 것인지도 모르면서 우선 담벼락에 바짝 등을 붙인 채로 고개를 디밀었다. 골목 안에는 담장도 없이 연이어 지어진 붉은 벽돌 기와집들이 나란히 추녀를 맞대고 있었고, 여기저기 침침한 가로등 아래에는 개구쟁이들이 놀이를 하고 있었다. 골목 끝에 몇몇 긴 그림자도 보였다.

「사람들이 없습니까?」

그녀의 긴장된 목소리가 등 뒤에서 들렸다.

「몇 사람 있기는 합니다만……」

「그럼 안 되겠습니다.」
「괜찮을 것 같은데…….」
「아, 안 됩니다. 보위부원들일지도 모릅니다.」
「저기 있는 집은 누구 집입니까?」
그녀는 두려움을 감추지 못하였다.
「…….」
「친척입니까?」
「…….」
「그럼 정말 보위부원들일 수도 있겠지만…….」
「아닙니다. 그저 동뭅니다.」
「동무?」
이번에는 장혁이 믿을 수 없다는 두려운 눈빛이었다.
「괜찮습니다. 믿을 수 있는 동뭅니다.」
그녀는 간절했다. 아니 금방이라도 무너질 것처럼 몹시 지쳐 보였
다. 힐끔 다시 한 번 골목 안을 훑어본 장혁이 결심한 듯 말했다.
「좋습니다. 그럼 그 집에 가서 뭐라고 말하면 됩니까?」
「저, 그 집에 가면 내 또래의 아기 엄마가 있습니다. 조선 사람인
데, 그 동무에게 혜령이가 찾는다고 하면 됩니다.」
「혜령?」
「예. 아 참, 내 이름은 혜령입니다. 하, 혜, 령.」
장혁이 고개를 갸웃거렸다.
「왜 그럽니까?」
「난 김지숙으로…….」
지숙의 두 눈이 휘둥그레졌다.
「예에? 아니, 그걸 어떻게……?」

「그날 투먼의 반점 위생실에서 보위부원들이 그렇게 말하는 걸 들었소.」

「그랬었군요. 사실 내 본래 이름은 김지숙인데 중국에서는 하혜령으로 통합니다.」

그녀가 새삼스레 고개를 숙여 인사하자 장혁은 얼른 한 발 물러서며 꾸벅 허리를 굽혔다.

「나는 권장혁입니다.」

「본명입니까?」

「예, 본명입니다. 권, 장, 혁.」

「여기서는 그렇게 함부로 본명을 쓰면 안 됩니다. 보위부원들도 있고, 특히 조교들의 눈을 조심해야 하기 때문입니다.」

「예…….」

다행히 골목길 가로등 아래에 모여선 사내들은 염려했던 조선의 보위부원이나 중국의 공안은 아닌 모양이었다. 그들은 낯선 장혁의 모습에도 그저 힐끔 몇 번 고개를 돌렸을 뿐 다시 자신들이 나누던 이야기를 계속하며 더 이상 관심을 두지 않았다.

그녀가 말하던 골목 끝 세 번째의 집에도 이미 환하게 전등불이 밝혀져 있었다. 반쯤 열려 있는 파란색 출입문 안으로는 검은색 여자 구두와 빨간 비닐 슬리퍼 한 켤레, 어린아이 운동화가 가지런히 놓여 있었다. 장혁은 지나치는 사람처럼 태연히 발걸음을 옮기며 슬쩍 사내들이 모여 서 있는 뒤쪽을 돌아봤다. 그들은 여전히 이야기에만 열중해 있었다.

장혁은 재빨리 집 안으로 들어섰다.

「이보시오.」

문 안쪽을 가린 하얀 주렴을 흔들며 장혁이 가만히 속삭였다.

「누, 누구십니까?」

안쪽의 여인도 마치 기다렸다는 듯이 떨리는 목소리로 대답했다.

「쉿.」

주렴을 걷으며 고개를 내미는 여인에게 장혁은 손가락을 세워 입을 가렸다.

「누구……?」

「혜령, 하혜령 씨가 보냈습니다.」

「예? 잠깐…….」

휘둥그레진 눈으로 잠시 장혁을 바라보던 여인이 후닥닥 내려와 문밖으로 고개를 내밀고 주변을 살폈다.

「어, 어디, 지금 어디에 있습니까?」

덥석 장혁의 두 손을 잡는 여인의 눈빛에는 두려움과 안도가 교차하고 있었다.

「근처에 있습니다. 저와 같이.」

「예, 어서. 아, 아니, 그보다…….」

서둘러 슬리퍼를 신던 여인이 갑자기 경계의 빛을 띠며 주춤 한걸음 물러섰다.

「……?」

「그러지 말고 지난번에 놀러 갔던 그네 옆에서 만나자고 하시오.」

「예? 그네?」

「그러면 알 겁니다.」

불쑥 나타난 자신을 믿지 못하는 여인의 심정을 이해할 수는 있었지만, 장혁은 혹시라도 장소가 어긋나거나 그사이에 신고라도 하는 것은 아닐까 더럭 겁이 났다.

「그, 그건, 안 됩니다. 지금 기다리고 있습니다.」

그러나 여인은 완강했다.

「그럼 난 모릅니다. 그런 여자 나는 알지도 못합니다.」

차갑게 변한 여인은 그대로 뒤돌아 방 안으로 들어갔다.

「이, 이보시오. 잠깐만…….」

「빨리 나가시오. 안 그러면 내래 소리를 지르겠소. 밖에 있는 사람들은 전부 조교들이오.」

어쩔 수 없었다. 더구나 그녀가 조교까지 들먹이는 것은 어떤 위험에 대한 암묵적인 경고일지도 몰랐다. 만약 그녀의 말대로 골목 가로등 아래에서 보았던 사내들이 모두 조교라면 그것은 이미 장혁 자신부터 위험에 노출된 처지라는 의미였다. 두만강변의 황씨도 그랬지만 조금 전 그녀도 조교에 대해서, 언제 누가 조선의 밀정이 되어 신고할지 모른다며 여러 번 말했었다. 장혁은 살며시 문 사이로 고개를 내밀어 가로등 아래를 살펴보았다. 그러나 아직 다른 낌새는 없어 보였다.

태연스레 가로등 아래를 스쳐 지나기는 했지만 장혁은 금방이라도 누군가 소리치며 쫓아올 것 같은 긴장감에 머리카락이 곤두섰다. 겨우 골목을 벗어난 장혁은 지숙이 보이지 않아 또다시 가슴이 철렁했다. 그러나 그녀는 곧 건너편의 작은 골목에서 모습을 나타냈다.

「어떻게 됐습니까?」

길을 건너 다가간 장혁에게 그녀가 다급하게 물었다.

「먼저 가라면서, 그네 옆에서 만나자고 했습니다.」

「그네?」

「예, 지난번에 놀러 갔던 곳이라며…….」

「지난번?」

잠시 골똘히 생각에 잠겼던 그녀는 금방 그곳이 어디인지 기억해
냈다.

「아, 알아요. 룡두레 우물가예요.」

「룡두레?」

「예. 이전에 그 우물가 옆에 있는 그네에서 같이 사진을 찍은 적이
있었습니다. 그런데 무슨 일이 있었습니까?」

그녀가 아직도 긴장의 흔적이 가시지 않은 장혁의 얼굴을 뚫어져
라 쳐다보며 물었다.

「아닙니다, 아무 일도 없었습니다.」

「그런데 왜 그렇게 긴장해 있습니까? 내 동무 정희는 어째서 같이
오지 않았습니까?」

「그, 그건…….」

「말하시오. 인차 알게 될 텐데.」

그녀의 표정에도 벌써 긴장의 빛이 서려 있었다.

아마 짧지 않은 월경 생활에서 단련된 본능이었을 것이다. 닥쳐오
는 위험을 감지하는 지숙의 감각이나 대비는 매우 빠르고 철저했다.
그녀는 정희가 말한 약속 장소인 룡두레 우물가로 가는 도중에 걸음
을 멈추었다. 이미 사건을 알고 있는 듯한 정희의 태도와 조교까지
들먹이더라는 이야기를 전해 들었기에 미행과 같은 만약의 사태에
대비하는 것이었다.

지숙은 룡두레로 향하는 길목 샛길에서 몸을 감추고 그녀를 기다
렸다.

「그 여성 동무를 만난 뒤에는 어떻게 할 겁니까?」

장혁이 어둠 속에서 물었다.

「…….」

「이 근처에서 계속 머무를 수는 없을 것 같은데…….」
장혁이 혼잣말처럼 중얼거렸다.
「어디로 간다고 했습니까?」
「예?」
장혁은 불쑥 묻는 그녀의 질문이 의아했다.
「목적하는 데가 베이징이라고 했었지요? 그럼 우선 지린이나 창
춘으로 가야겠습니다.」
「…….」
「지린…… 아무래도 거긴 가까워서 창춘보다도 위험할 겁니다.
그래, 까짓, 기왕이면 창춘으로 갑시다. 거긴 지린보다 크고 조선
족도 적다니까 아무래도 덜 위험할 겁니다.」
「그럼 지숙 동무도 같이 가겠습니까?」
그러나 그녀가 선뜻 자신과 함께하리라고는 장담할 수 없었다.
「아니, 그럼 나보고 여기 있다가 다시 잡혀서 죽으라는 말입니까?」
어둠 속이었지만 그녀의 쓸쓸한 미소가 느껴졌다.
「그리고 지숙이라는 이름은 잊으시오. 혜령이라고 부르시오. 하혜
령. 여기 중국 땅에서는 언제나 조심해야 합니다.」
「예에, 그런데…….」
「잠깐, 저기 옵니다.」
그녀가 턱짓으로 가리키는 쪽에서 작은 가방을 들고 걸음을 서두
르는 정희의 모습이 나타났다. 장혁은 지숙이 일러 준 대로 어둠 속
으로 한발 물러나 미리 보아 두었던 나무 막대기를 주워 들었다.
「정희.」
무심코 지나치는 정희의 등 뒤에서 그녀가 작은 목소리로 불렀다.
「어머, 혜령.」

「쉿, 빨리.」

어둠 속의 손짓을 따라 샛길로 들어선 정희는 재빨리 앞장서는 그녀의 뒤를 따라 촘촘한 걸음으로 서둘렀다. 그리고 장혁은 나무 막대기를 움켜쥔 채 정희가 들어서던 샛길 입구를 뚫어질 듯 지켜보고 있었다.

앞장선 그녀는 룽먼 가에 자리한 룽징 중학교의 텅 빈 교정 안으로 들어섰다. 룽징 중학교는 1920년에 설립되어 그동안 윤동주 시인 등 수많은 항일 투사와 애국 혁명 열사를 배출한 명문 학교였지만, 오늘 그녀에게는 그저 어둠 속의 은신처일 뿐이었다.

「어떻게 됐니?」

「너야말로 어떻게 된 거야?」

와락 손목을 움켜쥐는 정희가 그녀에게 되물었다.

「옌지 이모 집 앞에서 보위부원들에게 잡혔댔어.」

「그래, 그런데 그 특무(조선족 보위부원)들은 어떻게 죽었니?」

「…….」

「집에 보낸 그 사람이가?」

지숙은 묵묵히 고개를 끄덕였다.

「누구야? 어떻게 되는 사람이야?」

이번에도 지숙은 아무런 말 없이 그저 고개를 내저었다.

「누군지 모른단 말이야?」

「응, 나도 전혀 모르는 사람이야.」

「그런데 왜?」

「그보다 어떻게 됐어?」

「널 조선으로 호송하던 특무 두 사람이 죽었어. 그런데 살아난 한 사람이 그 남자를 기억해. 그래서 지금 옌볜이 발칵 뒤집혔어야.」

「이모는?」

「공안국에 끌려갔어.」

「뭐?」

「그렇지만 염려 말라. 지금이야 사람이 죽었으니까 그렇지만, 그
저 조카를 보살펴 준 거니까 이모는 나중에 벌금이나 물면 된대.
또 이모부도 있고.」

지숙은 아득한 두려움에 눈앞이 캄캄했다. 이미 각오는 하고 있었
지만 막상 누군가의 입을 통해 확인하자 그만 전신에서 기운이 빠져
나갔다.

처음 꽁꽁 얼어붙은 두만강 얼음 위를 건너올 때만 하여도 이런
두려움은 꿈조차 꾸어 본 일이 없었다. 그저 외롭다는, 그리고 갈수
록 어려워지는 살림에 이모나 한번 보고 싶다는 막연한 생각이 전부
였다. 그리고 점점 옌볜에서의 생활이 익숙해지자 이내 돌아가리라
던 생각은 차일피일 미뤄졌고, 그러다가 그만 돌이킬 수 없는 수렁
으로 빠져들게 된 것이었다.

「이제 어떻게 할 거니?」

그것은 지숙 스스로에게도 물어보고 싶은 말이었다.

「…….」

「조선으로는 다시 돌아가지 못할 텐데, 당분간은 옌볜 근처에서
멀리 떠나라. 중국 공안까지 나섰으니 성치 않을 거이야.」

「어디가 좋겠니?」

「글쎄, 어디 먼 곳이 좋을 텐데.」

「아, 저기 그 사람이…….」

그녀가 고갯짓으로 가리키는 어둠 속에서 장혁이 나타났다.

「아무 일도 없었습니까?」

「예, 뒤를 밟는 사람은 없었습니다.」

그녀는 교문 쪽 어둠 속을 힐끔거리며 맞은편의 정희를 손짓으로 가리켰다.

「인사 나누시오. 제 동무 정희입니다.」

「좀 전에 집에서는 미안했습니다. 나는 권…….」

「아, 이 사람은 리장수라고 해.」

그녀가 얼른 장혁의 말을 가로챘다.

「처음 뵙습니다. 저는 김정흽니다.」

「예에…….」

갑작스럽게 거짓 이름을 둘러대는 까닭은 짐작이 갔으나 동무에게까지 그렇게 하는 것은 마땅치 않았다.

「리 선생은 언제 넘어왔습니까?」

「그저 한 보름쯤…….」

「고향은 어디십니까?」

「예, 고향은…….」

「그만 서두릅시다.」

이번에도 그녀는 장혁의 말을 가로막았다.

「그래, 그럼 어디로 갈 거니?」

하지만 마땅한 곳이 있을 리 없었다.

「그, 글쎄…….」

「우리 집도 이제는 곤란해. 조교들 동태가 심상치 않아서…….」

그녀는 진정 난감한 말투였다.

사실 여태껏 중국 땅에서 북조선공화국 국적을 포기하지 않은 채 거류민으로 살아가고 있는 조교들에게 조국은 당연히 북한일 수밖에 없었다. 해방 이후 이념으로 갈라져 동족끼리 전쟁까지 치른 남북한 사이에서 그들이 선택할 수 있는 유일한 길이었다. 육로로도 이어져 있었고 40여 년 동안 북조선의 김일성이 보여 준 민족적 우호감은 그들에게 유일한 조국으로 인식되기에 충분한 것이었다. 또한 중국의 체제 역시 조선과 다르지 않았으니 굳을 대로 굳은 그들의 사고에 조국의 이름으로 전달되는 영광스러운 임무에야 기꺼이 나설 수밖에 없지 않은가. 그러니 그런 위대한 조국을 배신하고 살인까지 저지른 자라면…….

「염려 마. 이 길로 곧바로 떠나겠어.」

「이 밤에 어디메로?」

그녀의 말투가 아무리 결연해도 사정을 뻔히 다 아는 정희로서는 긱징을 거둘 수가 없었다.

「우선 옌지에 잠시 들러야겠어.」

「뭐? 너 미쳤니?」

하지만 정희의 경악에도 그녀는 어쩔 수 없다는 태도였다.

「그렇게 할 수밖에 없어.」

「왜, 도대체 왜?」

「어디를 가든지 이대로는 더 움직일 수가 없잖아.」

어둠 속에서 그녀가 자신의 몰골을 손짓으로 가리켰다. 정희도 그제야 생각이 미쳤던지 얼른 들고 있던 손가방을 내밀었다.

「여기, 내 입던 옷 두어 벌과 돈을 좀 준비했어. 그리고 우리 남편이 입던 옷도 한 벌 넣었고. 당분간 옌지에는 들어가지 말라, 절대. 위험해.」

「…….」

「돈은 얼마 안 되지만 이곳을 벗어날 차비는 될 거야. 그리고 좀 조용해지면 어디서든 연락해. 네 이모님과 같이 무슨 길을 찾아볼 테니.」

「고마워.」

「고맙기는, 그런데 이제 정말 어디메로 가야 하니…….」

정희는 초롱한 밤하늘의 별을 쳐다보며 긴 한숨을 내뿜었다.

길은 없었다. 이제 그들이 마음 놓고 쉬어 갈 그늘이라고는 한 군데도 없었다. 장혁도 어느 결에 축 늘어진 그녀의 어깨를 돌아보며 처연한 한숨으로 고달픈 제 운명을 달래었다.

추적

엔벤 아루징 빈관 후근부 경리 장태국은 막 차에서 내려 현관을 들어서는 리형철을 향해 90도로 허리를 굽혔다.

「죄송합니다. 정말 면목이 없습니다.」

호텔 2층에 있는 조선 식당 '평양'으로 향하는 계단을 앞장서서 오르며 장태국이 기어드는 음성으로 더듬거렸다.

그러나 리형철은 독사 같은 눈빛만 번뜩일 뿐 그에게는 눈길 한 번 주지 않은 채, 계단을 오르는 발걸음만 서둘렀다.

「지금 조교는 물론이고 옌지 시 공안국의 협조까지 얻어서 샅샅이 뒤지고 있습니다. 아마 곧…….」

장태국은 슬그머니 말꼬리를 감추었다. 너무도 차가운 그의 태도에 질려 다급한 마음에 내뱉기는 했지만 사실 자신이 없었던 것이다. 벌써 보름 동안이나 옌지는 물론이고 멀리 지린 일대까지 동원할 수 있는 모든 인원을 풀어 수소문하고 있었지만 두 연놈의 흔적은 어디에서도 잡히지 않고 있었다. 더구나 갑자기 나타나 보위부원을 두 명이나 살해하고 함께 달아난 정체불명의 사내놈에 대해서는 여태껏 그 반점의 주인과 종업원의 진술을 토대로 얼굴 윤곽만 어림잡았을 뿐 이름은커녕 국적도 제대로 파악하지 못하고 있었다.

「들어가시죠.」

장태국이 2층 밀실의 문을 열고 리형철에게 앞서기를 권했다. 벌써 점심때도 한참이나 지난 시간이었기에 먼저 식사부터 권하려던 참이었다.

그러나 안으로 들어서려던 리형철은 밀실 중앙 테이블 위에 푸짐하게 차려진 음식들을 보고 우뚝 걸음을 멈춰 섰다.

「아니, 왜……?」

「여기가 장 동지 사무실입니까?」

아무런 억양도 없는 싸늘한 음성에 장태국은 순간 전신에 소름이 끼쳤다.

「아, 아닙니다. 시간이 늦어서 먼저 식사라도…….」

「이렇게 푸짐하게 즐기면서 언제 그 연놈들을 잡겠습니까.」

「그, 그게 아니라…….」

「사무실로 갑시다.」

찬바람을 일으키며 돌아서는 그의 큰 키에 더욱 짓눌려 장태국은 뭐라 변명조차 나오지 않았다.

사실 보위부원 두 명만 무참하게 죽지 않았더라도 중앙에까지 보고되어 이렇듯 난처한 지경에 빠질 일은 아니었다. 사건이 벌어지고 뒤늦게야 함남 보위부 부부장에게 들어서 확인한 일이었지만 그때까지는 그쪽도 김지숙의 송환을 중앙에 보고하지 않고 있었다는 것이었다. 그런데 갑자기 한밤중의 홍두깨처럼 불쑥 나타난 정체 모를 사내놈의 무지막지스러운 살인으로, 이제는 돌이킬 수 없는 지경이 되고 말았다. 장태국은 사건이 터진 뒤 얼마나 뼈저리게 자신의 방

132

심을 후회했는지 모른다. 수갑만 채울 것이 아니라 포승으로 꽁꽁 묶고 족쇄를 채워서 보내기만 했어도 보위부원들이 국경을 바로 코 앞에 두고 식당에 들르는 짓 따위는 하지 않았을 것이었다. 모든 것 이 반반하게 생긴 그녀의 외모 탓이었다. 물론 혁명 열사 유자녀라 혹시 모를 앞으로의 일 때문이었다고 둘러댔지만, 사실 자신도 그녀 의 반듯한 외모에 넋이 빠지지 않았던가.

「김지숙의 이모는 지금 어디에 있습니까?」

리형철은 의자에 채 앉기도 전에 질문을 시작했다.

「예. 아직 중국 공안국에 가두어 두고 있습니다.」

이번에는 질책을 당하지 않으리라 생각하며 재빨리 대답했다. 그 리나 리형철의 눈빛은 더욱 매섭게 일그러졌다.

「뭐요?」

「아직 고, 공안국에…….」

「여태 공안국에 있다니, 정신이 있는 겁니까? 그래서 어떻게 김지 숙을 찾겠습니까!」

슬머시 의자에 등을 붙이려던 장태국은 날카롭게 찢어지는 그의 음성에 그만 벌떡 일어나 얼어붙은 부동자세를 취했다.

「죄, 죄송합니다!」

「그 이모라도 풀어놓고 있어야 무슨 꼬리를 잡을 것 아닙니까!」

「아, 죄, 죄송…….」

「움직일 수 있는 조교나 공작원은 얼마나 됩니까?」

「그건 충분합니다. 우리 조선 국적의 조교도 충분하지만, 이 지역 흑사회들도 대부분 동원할 수 있습니다.」

「흑사회를?」

「예. 개방 바람이 불면서 조직되기 시작한 여러 폭력단을 그동안

꾸준히 관리해 왔기 때문에 이번에는 그쪽도 동원하고 있습니다. 특히 그놈들은 주루(酒樓)나 반점(飯店), 빈관(賓館) 같은 곳을 장악하고 있어서 혹시라도 그런 쪽에 나타난다면 즉시 연락이 닿을 수 있습니다.」

「어느 지역 흑사회들이오?」

「지린 성 조직이 거의 대부분입니다.」

「그럼 혹시 베이징 쪽 흑사회와도 연결이 됩니까?」

「베이징 쪽요?」

전혀 뜻밖이라 의아한 장태국의 표정에도 리형철은 아무런 대꾸가 없었다.

「글쎄, 그건 아마…… 연결이 될 겁니다.」

「확실히 파악해서 즉시 움직일 수 있도록 준비해 두시오.」

「예, 그렇게 하겠습니다.」

「오늘이 며칠이오?」

「오늘이…… 이십일입니다. 칠월 이십일.」

「음, 이제 시간도 얼마 남지 않았겠구먼.」

잠시 생각하는 듯 말이 없던 리형철이 혼잣말처럼 중얼거리며 고개를 주억거렸다.

「무, 무슨……?」

「남조선 괴뢰놈들 대사관 말이오, 베이징에.」

「예? 그럼?」

장태국이 뛸 듯이 놀라는 것도 무리는 아니었다. 그렇다면 결국 그 연놈은 베이징에 개설될 대사관을 통해 남조선으로의 탈출을 꿈꾸고 있다는 것이 아닌가. 그러나 리형철과 같은 특수한 위치의 일부를 제외하고는 조선의 고위 당 간부들조차 아직 한중 수교에 대해서는 전혀 알지 못하였다. 또한 중국에서도 일부 한정된 고위직을 제외하고는, 막연히 언젠가는 수교가 될 것이라 짐작하는 정도였지 구체적으로 곧 이루어지리라고는 생각지도 못하는 실정이었다. 그런데 일개 월경 도주자인 김지숙이나 그 정체불명의 사내놈이 어떻게……

「아니, 그럼 그 에미나이가 남조선으로?」

「꼭 그렇다는 건 아닙니다. 하지만 만일을 대비해서. 또 그 사내놈의 정체도 알 수 없고.」

「아, 아닙니다. 그 사내놈은 분명히 남조선과는 관련이 없습니다. 차림새나 하는 짓으로 보아서는…….」

「보아서는?」

자신 없는 장태국의 말끝을 리형철이 날카롭게 되물었다.

「하지만 남조선놈은 분명히 아니었습니다.」

「그럼 중국 사람이었습니까?」

「그, 글쎄요.」

순간 리형철이 눈빛을 번뜩였다.

「그럼 우리 공화국 사람이 아닙니까?」

「아, 아니, 그것도…….」

「그게 무슨 말씀이오! 중국 사람도, 남조선놈도 아니라면서, 우리 공화국 인민도 아니라면 도대체 그놈은 누구라는 겁니까?」

「그, 그게…… 이쪽 공안들은 같은 조선족이 아닌가…….」

「김지숙의 남자 관계는 조사해 봤습니까?」

「예. 그런데 사귀는 남자놈은 아무도 없는 것으로 확인됐습니다. 처음에는 그 이모 집에서 머물러 있다가 올해 정월부터 중국놈인 이모부 소개로 한족 약국에서 일을 봐주고 있었는데, 그곳에서 지내는 동안에도 이모 집에 갈 때를 제외하고는 거의 바깥에 나가지를 않았답니다.」

「중국공민증을 가지고 있었다고요?」

「예. 이모부가 뒷돈을 대고 만들어 준 모양인데, 그건 저희가 빼앗아 놓았습니다.」

장태국이 재빨리 책상 서랍 속에서 김지숙의 중국공민증을 꺼내 리형철에게 건네었다.

하혜령(河惠玲)이라는 새로운 이름에 긴 머리를 뒤로 묶은 그녀의 사진이 붙어 있는 온전한 중국공민증이었다. 그렇다면 그녀는 결코 남조선으로 넘어갈 생각은 없었던 듯했다. 더구나 공화국에서 약사였다는 사실을 숨기고 다른 성(省)에서 온 조선족 친척처럼 속여 허드렛일을 봐주고 있었다면, 그것은 단순히 이모 가까이에서 살려는 생각이었음이 분명했다. 또한 그녀는 고등중학교와 대학교에서 익힌 중국어 실력이 뛰어나 중국 땅에서의 생활에는 아무런 불편도 없었을 것이다. 결국 문제는 그 정체불명의 사내놈이었다.

「처음에 그 사내놈과 같이 들어왔다던 영감에 대해서는 조사를 한게 있습니까?」

「조선말을 쓰는 걸 들었다는 주인의 말로 보아 조선족 같기는 한데…….」

매사 명확하지 않은 그의 말투가 짜증스러운 듯 리형철이 눈살을 잔뜩 찌푸린 채 잠시 골똘히 생각에 잠겼다.

「하지만 투먼이나 옌볜 쪽에서는 한족들도 조선말은 조금씩 합니다. 그리고 월경한 우리 공화국 인민이라면 감히 어떻게 보위부원들에게…….」

리형철이 그의 말을 가로막으며 나섰다.

「그 영감이 놈보다 먼저 나갔다고 했습니까?」

「예? 아, 예예. 우리 보위부원들이 반점에 들어가기 대략 삼십 분쯤 전에…….」

「기차역보다 버스 정류소가 가깝다고 했지요?」

「예. 거기서 길목 하나를 건너면 바로 정류숩니다.」

「그럼 그 시간대에 출발하는 버스편의 행선지를 곧장 확인해 보시오. 특히 두만강변 쪽으로 가는 버스편 말입니다. 그리고 그쪽으로 사람들을 풀어서 최근에 낯선 사람이 동네 영감과 같이 지나쳤는지도 확인해 보시오. 그리고 함흥이나 그 인근, 아니 아예 함경남북도에서 최근에 사라진 놈들은 모두 조사하도록 조국 보위부에 연락하시오. 특히 사라진 놈들 중에서 함흥이나 그 근처에 살았던 놈, 그리고 출신 성분이 불량한 놈들은 반드시 사진까지 확인해서 보내 달라고 긴급 요청하시오.」

리형철은 머릿속에서 뭔가 그림이 그려지는 듯했다. 이제 얼마 지나지 않으면 조선과 영원한 사회주의 동맹국일 줄 알았던 중국의 수도 베이징에까지 남조선의 대사관이 들어설 것이니, 이참에 앞으로의 사태에 대비한 특별한 조치도 강구해 두는 것이 옳을 듯싶었다.

그들에게는 이미 1960년대 비밀리에 체결한 일명 밀입국자 송환 협정인 '조선·중국 탈주자 범죄인 상호인도협정'뿐 아니라, 지난 1986년에 서로의 국경을 불법으로 넘나드는 사람에 대한 상호 단속과 송환, 그와 관련한 상대국 요원의 활동에 적극 협조하도록 체결한 '국경 지역 업무협정'이 있었던 것이다. 그러나 러시아를 비롯한 여러 나라에서 남조선으로의 탈주자가 점점 늘어나고 공화국의 경제 사정마저 나빠지고 있는 실정이니, 이제는 중국에서마저 그런 배반의 줄이 꼬리를 이을지도 모르는 일이었다.

「그 쌍년놈들, 이번에 잡히면 아예 병신을 만들거나 죽여 버리고
말겠어.」

리형철의 날카로운 지적으로 자신의 허점이 낱낱이 드러난 장태
국은 못내 억울하다는 듯 부드득 이를 갈며 중얼거렸다. 그러나 그
를 힐끔 돌아보는 형철의 입가에는 가소롭다는 빛이 역력했다.

「그 사내놈은 몰라도 김지숙은 함부로 해서는 안 됩니다.」

리형철은 장태국에게 일침을 가하는 뜻으로 조용히 말했다.

「그건 무슨……?」

「이건 보통 사건이 아닙니다. 사건 배경을 자세히 알아내기 위해
서라도…….」

「그렇지만 그 연놈들은 이제 정말 위험한 존재들이 아니오?」

흥분한 장태국이 형철의 말을 가로막으며 식식거렸다.

「장 동지, 이번 김지숙 동무의 일은 국가적 사업과 관련된 것입니
다. 명심하시오!」

리형철의 단호함에 장태국은 비로소 뭔가 심상찮은 낌새를 느꼈
다. 그러고 보니 그는 여태껏 김지숙에 대해서는 욕설 한 번 내뱉은
적이 없었다.

「예? 그럼 김지숙 동무는 단순한 월경범이 아니었습니까?」

그러나 리형철은 장태국의 물음에는 아무런 대꾸도 없이 제 질문
만 계속했다.

「여기서는 남조선 소식을 쉽게 알 수 있겠지요?」

「아, 그거야…….」

「김지숙 동무도 남조선 소식에 관심을 가지고 있었습니까?」

「아니, 그렇지는 않은 것 같았습니다. 그 이모도 아주 철저한 사회
주의자고 중국인 이모부 역시 지린 성 사회과학원의 주임 연구원

138

출신으로 투철한 사회주의자였습니다.」

「그럼 혹시 지숙 동무 아버지에 관한 이야기는 들은 적이 있습니까?」

「아니, 없습니다. 대남 공작원으로 남조선 혁명 투쟁을 위해 목숨을 바쳤다는 것밖에는.」

눈치로 보아서는 지숙의 아버지 김영식이 아직 남조선 감옥에서 전향하지 않은 채 옥중 투쟁을 계속하고 있다는 사실을 그도 분명 모르고 있는 것 같았다. 옌볜 지역을 총괄하는, 비교적 외교 감각이 있는 보위부원인 장태국이 그러할진대 김지숙이 그런 사실을 알 리는 만무했다. 그런 비밀스러운 사실은 공화국에서도 남조선의 특수 정보를 담당하는 고위 긴부들민이 알고 있었디. 리청철 자신도 최근에 김지숙의 일을 담당하게 되면서 비로소 알게 된 사실이었다.

한고비를 넘긴, 긴장의 느슨함이 가져다 주는 그런 오한이 아니었다. 어깨에 기댄 이마로부터 전해져 오는 뜨거운 체열과 가냘프게 떨리는 신음 소리는 이제 의식마저 멀어지는 게 아닌가 하는 염려로 자꾸만 그녀를 돌아보게 했다.

「아, 추워…….」

후텁지근한 열차 안의 탁한 기운에도 그녀는 몹시 추운 모양이었다. 그녀는 끊어질 듯한 신음 소리에 이어 어미 품을 벗어난 어린 병아리처럼 잔뜩 웅크리며 장혁의 품 안으로 기대어 왔다.

장혁은 벗어 두었던 점퍼를 얼른 그녀의 어깨 위에 걸쳐 주었다. 앞자리의 늙은 영감과 그 딸인 듯싶은 중년 여인의 눈치를 살폈지만 다행히 그들도 선잠에 빠진 듯 두 눈을 감은 채 아무런 기척이 없었다. 부끄러운 마음이 들어서였다. 아직 한 번도 이렇게 가까이에서 여자를 접해 본 적이 없었다. 그것도 연모의 정이 절로 느껴질 만큼 고운 여인이었기에 장혁의 가슴은 살며시 두근거리기까지 했다.

그 밤, 서둘러 룽징을 떠나던 순간부터 이미 지숙은 무너져 내리기 시작했다. 결코 누구도 쉽사리 견뎌 낼 수 없는 그런 극한의 벼랑이 아니었던가. 그래도 그녀는 용케 고비를 넘겨 왔었다. 장혁은 금방이라도 쓰러질 것 같은 그 위태함에 얼마나 가슴을 졸였는지 몰랐다. 단 하룻밤만이라도 별빛 가리는 지붕 아래에서 그녀를 잠재우고 싶었고, 단 한 끼라도 따스한 국물로 그녀의 식은 가슴을 데워 주고 싶었지만 장혁은 어느 것도 마음처럼 할 수가 없었다.

허겁지겁 도망자의 걸음으로 사람들의 눈길을 피해 어둠을 헤치며 너른 룽징 벌을 벗어나자 어느새 뿌연 여명이 다가오고 있었다. 그때부터 꼬박 사흘 동안 옌지에서 제법 벗어난 안투(安圖)까지 밤과 낮을 바꿔서 걸었다.

캄캄한 어둠 속의 외길을, 어쩌다 눈에 띄는 지린이라는 이정표에만 의지해 하염없이 내걸으며, 희미한 불빛에도 황급히 숨어야 했다. 그것은 왜 걸어야 하는지 왜 살아야 하는지조차 알지 못한 채 그저 막연히 행하는 처절한 생존의 몸짓이었다. 그래서인가, 장혁은 잠든 그녀의 얼굴을 물끄러미 지켜보며 문득문득 스쳐 지나는 어두운 그림자를 수없이 느꼈다.

목적이 뚜렷하게 정해진 길과 그렇지 않은 덧없는 길의 차이였을까. 안투를 지나고 밝은 햇빛 아래의 길을 걸으면서부터 장혁은 어느 정도 기력이 회복되었다. 하지만 지숙은 여전히 생기를 되찾지 못한 채 넋 나간 사람처럼 힘없는 발길을 내디뎠다. 무슨 말로든 그녀를 다독이고 싶은 마음이 간절했지만 섣부른 위로를 받아들일 것 같지 않은 그녀의 심정을 생각하며 장혁은 그저 묵묵히 그림자만 밟았다.

사실 장혁은 그녀보다 나은 편이 아니던가. 비록 살인을 저지르긴 하였어도 그의 얼굴과 이름은 제대로 알려지지 않았으니. 그러나 그녀는 얼굴과 이름은 물론이요, 자세한 신상까지 모두 드러나 있는 상태였다. 또한 장혁에게는 반드시 가야 할 뚜렷한 목표가 있었지만 그녀는 그저 쫓기는 도망자로 어디로 가야 할지도 모르는 막막한 처지가 아니던가.

그러나 한 달 가까이 지나면서 그녀는 도주 생활에 조금씩 익숙해져 갔고 작은 것 하나에도 온 정성을 기울이며 자신에게 닥친 초조와 절망을 잊으려는 눈치였다. 하지만 뚜렷한 목적을 갖고 있는 장혁에게는 어느것도 마음에 와 닿지 않았디. 그에게는 오로지 쫓김과 기다림의 초조함만이 전부였다.

거의 의식을 잃고 있던 그녀는 기차가 막 룽취안(龍泉) 역을 지나는 순간에 거짓말처럼 눈을 떴다. 그리고 서둘러 가방을 가슴에 껴안으며 자리에서 일어섰다.

「지숙 동무, 왜 이러는 겁니까? 정신을 차리시오.」

영문 모르는 장혁이 얼른 그녀의 팔을 낚아채며 낮은 목소리로 소리쳤다.

「아닙니다. 방금 창춘둥잔(長春東站)이라고 했습니다.」

기차 천장을 턱짓으로 가리키며 중얼거리는 그녀의 눈빛은 그때까지도 몽롱한 환각 상태를 벗어나지 못하고 있었지만 곧이어 반복되는 열차 방송은 장혁의 귀에도 분명 '창춘둥잔'이라고 또렷이 들려왔다.

「창춘으로 간다고 하지 않았습니까?」

「창춘 역은 너무 알려진 곳이어서 위험할지도 모릅니다. 그전에 내려야 합니다.」

생존의 열망은 그토록 뜨거운 것이었나. 어쩌면 그대로 영원히 깨어나지 못하는 것이 아닌가 싶던 그녀가 혼미한 의식 속에서도 생존의 한줄기 미련만은 버리지 않고 있었던 것이다.

그녀는 이미 지린 역에서 기차표를 살 때 창춘 역의 바로 전이 창춘 동역임을 기억해 두었던 것이다. 그것은 아무래도 도심지에 있는 역에서는 더 많은 공안이 감시를 할 것이고, 여권이나 공민증조차 없는 자신들의 입장에서는 마음 편히 몸 눕힐 방 한 칸 잡을 수 없는 처지였으니, 번쩍거리는 도심보다는 한적한 외곽이 그나마 나을 것 같았기 때문이었다.

하지만 창춘 동역이 있는 창춘 시의 얼다오 구(二道區) 또한 그리 만만한 곳은 아니었다. 도시의 동쪽을 남북으로 길게 가로지르는 이퉁허(伊通河) 건너에 위치한 그곳 얼다오 구는 장혁은 물론이요, 그녀 역시 난생처음으로 보는 휘황한 도시였다. 반세기 전, 일본 제국주의의 깃발이 동아시아를 휩쓸던 그 시절의 만주국 수도였던 창춘. 몇 차선인지 모를 넓은 도로는 남북과 동서로 그 끝이 보이지 않을 만큼 길게 뻗어 있었고, 대부분의 건물들은 요란한 네온과 밝은 전등을 환하게 밝히고 있었다. 그러나 깊은 밤 시간에 한눈에도 병색이 짙은 여인과 남편으로 보여서인지 성가시게 길을 막는 공안은 없었다.

불빛을 피해 어두운 곳을 찾아야 하는 삶이 그토록 고달픈지는 미처 몰랐다. 기차에서 내려 무리를 지은 사람들의 뒤를 따라 무작정 둥청 대가(東盛大街)로 나왔던 장혁과 지숙은 그 휘황한 조명에 놀라 다시 오른편의 어두운 길로 방향을 돌려 쫓기듯이 걸음을 내디뎠다. 그리고 다행스럽게도 쓰퉁 로(四通路)의 끝과 연결된 이퉁허의 강변은 사람들의 눈을 피해야 하는 그들에게 맞춤한 장소였다.

사실 그 이상은 어떻게 더 움직여 볼 엄두도 나지 않았다. 겨우 견디어 내던 그녀도 점점 무너져 가고 있었고, 낯선 이국 풍경의 해방감이 가져다 주는 느슨함 때문인지 장혁마저 점차 긴장이 풀리며 끝내 강변 어두운 곳에서 쓰러지고 말았다.

밝은 아침 햇살에 눈을 뜬 장혁은 순간 놀라 자리를 박찼다. 밤새 그렇게 잠을 잤는지 지숙이 그의 품에 고스란히 안겨 있는 것이었다. 놀라서인지 설레어서인지 장혁은 얼굴이 달아올라 제대로 눈길조차 두지 못하고 사방을 두리번거리며 주변을 서성댔다. 그러나 망설임도 잠시뿐이었다. 강변 풀밭 위에 널브러시듯 누워 있는 지숙의 모습이 아무래도 심상치 않았던 것이다.

밤새 고스란히 맞은 이슬 탓인가. 그녀의 이마는 불을 지핀 듯 뜨거웠고, 바짝 메마른 입술은 가문 오뉴월의 논바닥처럼 거칠게 갈라져 보기에도 안쓰러웠다. 또한 헐떡거리던 신음마저 토해 낼 기운을 잃었는지 늘어진 그녀의 모습은 바로 각혈을 한 움큼씩 토해 내던 끝에 세상을 떠난 어머니의 마지막 모습과 조금도 다르지 않았다.

「지숙 동무, 지숙 동무…… 지숙이!」

장혁은 축 늘어지는 그녀를 들쳐업고 미친 듯이 새벽길을 내달렸다. 이럴 수는 없었다. 짧은 시간이었지만, 굳이 연정까지는 아니더라도 목숨 걸고 함께 나서지 않았던가. 그런데 아무런 죄도 없이 이렇게 쫓기는 걸음으로 허망하게 꺾여야 한다면 이제 무엇을 두려워할 것인가. 장혁은 이제 조교도, 보위부원도, 공안도, 체포도, 죽음까지도 두렵지 않았다.

날은 훤히 밝았어도 아직 이른 새벽의 도심은 휑하니 적적했다. 막상 나서기는 했지만 글도 말도 낯선 이방의 도시에서 선뜻 병원을 찾기란 쉬운 일이 아니었다. 비 오듯 쏟아지는 땀방울은 눈앞을 가리고 초조한 마음으로 서둘러 무작정 내닫기만 할 뿐이었다.

「진료소? 병원?」

장혁은 마주치는 사람마다 매달리며 그렇게 다급하게 외쳤지만 누구도 그의 조선말을 알아듣는 이가 없었다.

「병원이 어딥니까? 사람이 죽어 갑니다.」

서러웠다. 슬펐다. 이제는 자유로구나. 이제야 비로소 사람답게 살게 되는구나, 희망에 부풀었는데. 당장 죽어 가는 사람 앞에서 아무것도 할 수 없는 기막힌 처지가 끝내 그의 눈에서 뜨거운 눈물을 쏟게 했다.

「살려 주시오. 도와주시오. 병원!」

그렇게 눈물과 땀이 뒤범벅된 채로 얼마나 뛰었을까.

「무슨 일인가?」

그때 불쑥, 가벼운 운동복 차림의 노인이 알아듣지 못하는 중국말로 길을 막아섰다.

「사람이 아픕니다. 병원이 어딥니까?」

다급한 장혁은 등 뒤의 그녀를 고갯짓으로 가리키며 애원하듯 말했고, 노인은 그녀의 이마에 손바닥을 얹어 본 뒤 빨리 따라오라는 손짓을 하며 황급히 돌아섰다.

지숙을 등에 업은 장혁이 연방 노인의 등 뒤에다 고개를 꾸벅였다.

「고맙습니다. 고맙습니다.」

걸음을 서두른 노인은 그곳에서 별로 멀지 않은 야트막한 3층짜리 건물 안으로 앞장서 들어갔다.

「따라 올라오게.」

말을 알아듣지는 못했어도 장혁은 그 눈빛과 손짓만으로도 무엇을 뜻하는지 알아차릴 수 있었다. 노인을 따라 장혁은 밭은 숨을 내뱉으며 계단을 올라 집 안으로 들어섰다. 병원은 아니었다. 노인의 집인 듯했다.

「저리 뉘게.」

노인은 방 안쪽의 침대를 턱짓으로 가리키며 거실 구석에 놓인 낡은 나무 장을 뒤져 무엇인가를 찾았다. 장혁은 망설이거나 염치를 차릴 여유도 없이 성큼 방 안으로 들어가서 이부자리가 펼쳐진 침대 위에 그녀를 내려 눕혔다.

장혁의 등에서 번진 땀인지, 파리하게 탈진한 그녀의 얼굴에서도 굵은 땀방울이 물처럼 흘러내리고 있었다. 나급한 장혁이 제 옷소매 끝으로 그녀의 땀을 닦아 주고 있는 사이 노인이 방 안으로 들어섰다.

노인의 손에는 낡고 빛 바랜 은빛의 금속 침통이 들려 있었다. 장혁이 눈치를 보며 한 발 물러서자 노인은 먼저 그녀의 이마를 짚어 열을 재어 보고 감긴 눈꺼풀을 올려 눈동자를 살펴보더니 한참 동안 손목의 맥을 짚었다.

「옷을 벗기게.」

「……?」

무슨 말인지 알아듣지 못한 장혁은 그저 눈만 휘둥그레졌다.

「조선 사람인가?」

장혁이 겨우 조선이라는 말만을 알아듣고 고개를 끄덕이자 노인은 침통을 열어 그 안의 침을 꺼내 보이며 그녀의 옷을 벗기라는 손짓을 해 보였다.

「아, 예.」

그녀는 여전히 아무런 의식도 없었다. 셔츠를 벗기기 위해 상체를 안아 일으킨 장혁은 힘없이 늘어지는 그녀의 어깨를 추스르며 가슴이 저려 왔다.

「빨아서 땀을 닦아 주게.」

벽에 걸린 수건을 눈짓으로 가리킨 노인은 곧장 그녀의 곁에 다가앉아 팔다리를 주무르고 전신에 침을 놓기 시작했다.

장혁은 노인이 시키는 대로 차가운 물에 수건을 적셔 돌아왔다. 그사이에 침을 다 놓은 노인은 향긋한 사향 냄새 번지는 환약 한 알을 숟가락에 개어 그녀의 입술 사이로 흘려 넣어 주고 있었다.

「됐어. 이제 고비는 넘겼어.」

일어서는 노인의 표정에 안도의 빛이 돌았다. 장혁은 비로소 마음이 놓였다.

「고맙습니다. 정말 고맙습니다.」

장혁은 노인의 두 손을 움켜쥐며 눈물을 글썽였다.

「그래. 한숨 자고 나면 나아질 거야.」

노인은 마치 자식이라도 대하듯 따스한 표정으로 장혁의 손을 마주 잡으며 고개를 끄덕였다.

서로 알아듣지 못하는 말이면 또 어떤가. 그렇게 눈빛과 표정만으로도 마음을 읽고 뜻을 나눌 수 있는 것이 인간의 본능일진대. 또한 그것이 바로 진정한 삶이 아니던가. 장혁은 문득 북녘 땅에서 보낸 지난 세월을 떠올렸다. 물론 그곳에도 사람은 살고 있었다. 드러내 놓고 말은 나누지 않아도 눈빛과 표정으로 서로를 위로하며 안타까워하던 이들이 그 얼마던가. 다만 살아남기 위해서, 그리고 한순간도 마음 놓을 수 없는 보이지 않는 감시의 눈길이 두려워 서로 외면하고 마음의 문을 열지 못하는 것뿐이었다.

지숙이 자리를 털고 일어난 것은 꼬박 일주일을 앓고 난 뒤였다. 조금씩 병세가 호전되면서 유창한 중국말로 자신을 치료해 준 노인은 물론이고 그 부인과도 정을 나누더니, 완쾌되어 일어선 뒤에는 피붙이 같은 살가운 정을 나누었다. 자세한 내막은 털어놓지 않았지만 피치 못할 사정이 있다는 말을 들은 노부부는 중국말이 유창한 지숙을 그저 조선족쯤으로 생각하며 오히려 더 머물 것을 권하였다.

누가 시키지 않아도 청소며 요리며 빨래 따위는 물론이고 밤늦도록 곁에 앉아 무료한 노인의 정겨운 말벗을 자청하는 그녀에게서는 눈곱만큼의 가식이나 억지도 보이지 않았다. 그 정겨움은 타고난 천성인가. 창춘의 유수한 제약 회사에서 정년 퇴직한 뒤, 하나뿐인 자식마저 멀리 남쪽의 푸젠 성(福建省)에서 군인으로 복무하고 있어 거의 얼굴조차 볼 수 없는 외로운 처지에 있던 그들은 그녀에게 정을 담뿍 쏟았다.

한편 그동안의 중국 생활로 자본주의적 경제 방식에 어느 정도 익숙해져 있던 그녀는 자리를 털고 일어난 며칠 뒤부터 무엇인가 장사를 해보려는 듯 시장 바닥을 뒤지고 다녔다. 그러나 아무래도 몇 푼 남지 않은 수중의 돈으로는 엄두가 나지 않았던지 얼마 뒤부터는 마땅한 일자리를 찾으러 쏘다녔고, 가끔은 일당으로 잡일이라도 하는 듯했다. 물론 장혁도 생활비나 여비를 생각해 여기저기 노동판을 기웃거리며 일을 했다. 일을 나가는 날이 많아지면서 그녀는 점점 안정을 찾아 가는 눈치였다. 그러나 그럴수록 장혁의 마음은 초조해져만 갔다.

룽징의 김정희가 조교들의 감시망에 걸려든 것은 오래지 않아서였다. 리형철의 지시에 따라 장태국이 김지숙의 이모를 공안국에서

풀려나도록 한 얼마 뒤 김정희는 제 발로 이모의 집을 찾아갔고, 그
녀를 발견한 조교들은 그녀의 주변을 상대로 은밀히 그동안의 동정
을 염탐하여 마침내 사건이 난 며칠 뒤 한밤중에 낯선 사내가 그녀
의 집에 들렀었다는 사실을 알아냈다. 그리고 그녀의 입을 통해 리
장수라는 이름의 그 사내가 지숙과 진작부터 어떤 관계가 있었던 것
같지는 않았으며 그 또한 최근 북조선에서 월경한 사실이 드러났다.
　김정희에 대한 조사 결과를 보고받은 리형철은 즉시 리장수라 불
리는 그 정체불명의 사내놈과 함께 투먼의 식당에 나타났던 노인을
찾는 데 모든 인력을 동원했다. 그러잖아도 그날 노인이 식당을 떠
난 시간대에 훈춘 방면으로 향하는 버스가 있었다는 사실을 파악하
고 있던 터라 많은 조교들이 이미 훈춘을 중심으로 두만강변 일대에
대한 대대적인 염탐에 들어갔다.
　「드디어 찾아냈소.」
　헐레벌떡 들어서는 장태국의 입가에 웃음이 가득했다.
　「분명합니까?」
　「아, 물론이오. 투먼의 그 식당 주인에게도 확인을 했소.」
　「지금 어디에 있습니까?」
　「투먼에서 출발한 지 벌써 한 시간이 다 되어 가니 아마 곧 도착할
　거요.」
　그 노인을 찾았다고 당장에 사내놈이나 지숙의 행방을 알 수 있을
것 같지는 않았지만 그래도 내내 초조하기만 했던 장태국으로서는
한숨 놓이는 모양이었다. 그러나 리형철의 날카로운 눈빛은 오히려
싸늘해 냉랭한 바람만 불러일으켰다.
　「누구와 같이 오고 있는 겁니까?」
　「우리 보위부원과 함께요.」

「조교들도 같이 나섰습니까?」

「아니요. 조교들은 그저 알려 주기만 했고…….」

「됐습니다. 그럼 다른 조교들은 당분간 계속 노인을 찾도록 그대로 두시오.」

「아니, 그건 왜?」

리형철은 아무런 대꾸도 없었다. 그리고 슬며시 눈을 감은 채 깊은 생각에 잠겨들었다.

노인의 분명한 진술만 들을 수 있다면 사건은 그 전말이나마 정확히 파악할 수 있을 것 같았다. 아무래도 그 노인이 김정희보다는 리장수라는 사내놈에 대해 더 자세히 알고 있을 듯싶었기 때문이다. 또한 이제 그 말고는 증인이 없었기에 신원이 확인되는 즉시 중국 공안의 협조 없이 은밀히 잡아 오도록 미리 지시해 두었던 것이다.

그러나 어쩐지 예감이 좋지 않았다. 이곳은 중국 땅이었다. 조교든 아니든 일단 그들은 모두가 중국 인민인 것이다. 그런데 만약 조선의 보위부원이 중국 인민인 그를 강제로 연행하거나 조사한 사실이 드러난다면 양국 간의 중대한 외교적 문제로 불거질 수도 있는 일이었다. 더구나 지금은 남조선과의 수교를 앞두고 북조선을 설득하느라 중국의 외교적 입장이 다소 난처한 처지였다. 그런데 이 일이 빌미가 된다면 중국 당국은 이것을 적시의 외교적 호재로 악용할 소지도 있었던 것이다.

그렇다고 이번 사건을 소홀히 처리할 수는 없는 일이었다. 김지숙의 문제는 물론이고, 리장수라는 사내가 보인 일련의 행동도 일반적인 월경 도주자의 행적으로 여겨 넘기기에는 많은 의혹이 있었다. 우선 투먼 반점에서의 살인이 우발적인 범행으로 보기에는 너무 신속하고 정확했다는 것이다. 마치 특수 훈련을 받은 사람이 감행한 것처

럼 단번에 두 보위부원의 정수리를 정확히 가격해 절명시킨 솜씨하
며, 룽징에서의 짧은 접선을 비롯하여 그 후의 도주 행적도 매우 묘
연했다. 시기 또한 한중 수교가 임박한 미묘한 시점이었으니…….

장태국의 신문은 초조한 그의 처지만큼이나 거칠고 다급했다. 그
러나 그 또한 조중 간의 외교적 입장을 모르지 않는 터라 벌써 몇 차
례 발길질을 가했으나 그 위력은 미약했다.
「이 무도한 놈들, 난 중국 인민이야. 내게 잘못이 있다면 중국 공안
에게 넘기면 될 일이지, 너희가 무슨 권한으로 내게 이러는 거야.
당장 공안을 불러!」
터진 입술 사이로 붉은 피를 흘리며 황씨는 쩌렁쩌렁 고함을 쳤다.
「이 반동 영감탱이, 넌 중국 인민이기 이전에 조선족이야, 조선 인
민!」
「그래, 내가 조선 인민이라면, 죄 없는 인민을 이렇게 두들기는 게
조선공화국이냐? 김일성 장군이 그렇게 시키더냐?」
「이, 반동!」
또다시 장태국의 거친 주먹과 발길질이 황씨의 면상에 쏟아졌다.
「넌 우리 보위부원을 살해한 남조선 간첩과 한편이야.」
「흥, 너희는 아무나 간첩이냐? 그렇게 비루먹은 강아지 같은 남조
선 인민은 난 아직 한 번도 본 적이 없다.」
「이 간나새끼!」
「그 사람은 간첩이 아니라 그저 배가 고파 넘어온 사람이다.」
「그래, 그럼 그 간나는 지금 어디 있어?」
「그걸 내가 어떻게 아나. 나는 그냥 배가 고프다기에 밥을 먹여 줬
을 뿐이다.」

「그런데 투먼까지는 왜 같이 나왔어? 또 무슨 이유로 그 반점에는
데려간 거야?」

「나는 내 볼일로 투먼에 나오는 길이었고, 반점에는 점심을 먹으
러 갔던 것뿐이다.」

「거짓말하지 말라. 같은 일당이 또 누구야?」

「미친놈들, 왜놈 새끼들 하는 짓이랑 똑같구먼그래.」

「뭐야, 이 간나!」

노인은 조금도 흔들림이 없었다. 장태국 혼자 펄펄 날뛰는 꼴일
뿐, 그는 외눈 하나 꿈쩍하지 않은 채 연이은 모진 주먹과 발길질을
그대로 받아 내고 있었다. 그러나 리장수가 북조선에서 월경한 도주
자인 것은 분명했다. 그렇다면 알아내야 할 것은 그가 어디에서 넘
어온 누구인지, 그리고 어디로 가려고 했으며 무엇을 가지고 있었는
지 따위였다. 그런데 노인의 강한 기개에 밀린 장태국은 더욱 흥분
하여 그동안의 분노를 그에게 퍼붓고 있었다.

어차피 처음부터 각오는 한 일이었지만 이제 여차하면 아무런 소
득도 없이 손에 피만 묻혀야 할 지경이었다.

「아바이, 이게 뭔 줄 아시오?」

지금까지 지켜보고만 있던 리형철의 묵직한 음성이 음산하게 들
려왔다.

돌아보는 황씨의 눈앞에서 리형철은 권총을 꺼내 그 총구 끝에다
가 무엇인가를 끼우고 있었다. 씩씩거리던 거친 호흡을 가누며 한발
물러서는 장태국의 표정도 뻣뻣하게 굳어졌다.

「이건 소음기라고 총을 쏴도 소리가 나지 않게 하는 거요.」

「…….」

「어떻소. 영감도 항일 투쟁을 했던 모양인데 우리의 경애하는 수

령 김일성 동지의 뜻에 협조를 하는 것이?」

「뭘 협조하라는 거냐?」

하얗게 질리기는 했어도 황씨의 눈빛에는 아무런 두려움도 없었다. 처음 중국 공안이 아닌 조선의 보위부원에게 납치되듯 끌려올 때부터 각오는 되어 있었다. 어차피 살아서 풀려나기는 틀려 버린 일이었다.

「아직도 끝나지 않은 혁명 투쟁에 협조를 해야지. 그놈은 반혁명 분자야.」

「무슨 혁명이기에 배가 고파서 넘어온 사람이 반혁명 분자인가?」

「그놈은 우리 보위부원을 살해했고 우리 인민을 탈취했어.」

「난 모르는 일이오. 내게 그 사람은 그저 배고픈 불쌍한 인민일 뿐이었소.」

「그건 영감이 잘못 알았어. 아무튼 난 그놈을 찾아야 돼.」

「나는 아무것도 아는 게 없소.」

당찬 노인이었다. 아니, 모든 것을 체념한 뒤끝의 초연함이었다. 노인은 운명을 생각하고 있었다. 갑자기 닥친 예기치 않은 운명이었지만 이제 그것은 자신이 아무리 발버둥쳐도 거부할 수 없는 숙명이었다. 그렇다면 마지막 순간까지 떳떳하고 싶었다.

「반동…… 그놈이 어디서 온 누구이며, 무엇을 가지고 어디로 갔고, 지금 어디에 있는지만 말해. 그러면 살아서 나갈 수 있어.」

「나는 아무것도 아는 게 없어. 말한 대로 그저 배가 고프다기에 밥을 한 끼 먹여 줬을 뿐이야. 그게 전부야.」

「이름은?」

「그것도 물어보지 않았어. 그리고 그 사람은 너희가 생각하는 대로 간첩, 아악!」

우두둑 뼈가 부러지는 소리와 찢어지는 비명 소리가 밀실 안을 울렸다. 장태국도 두 눈을 찔끔 감으며 외면했다. 의자에 몸이 묶인 채 바닥을 구르는 황씨의 한쪽 다리가 너덜너덜 조각처럼 끌리고 있었다.

잔인한 미소를 입가에 흘리며 리형철이 황씨를 일으켜 세웠다.

「무엇을 가지고 있었어?」

또다시 황씨의 남은 왼쪽 다리마저 구둣발로 지그시 짓누르며 리형철은 속삭였다. 축 늘어진 오른쪽 다리 아래로 검붉은 피가 흥건히 번져 나오고 있었다.

「으윽…….」

「어디로 갔지?」

여전히 조용하고 음침한 속삭임이었다.

「짐승 같은 개간나…… 아악!」

이글거리는 분노의 눈빛은 다시 비명 소리와 함께 밀실 바닥을 뒹굴었다. 한 번의 억센 발길질에 황씨 노인의 다리뼈는 무참히 부서졌다. 리형철은 다시 황씨가 묶인 의자를 일으켜 세웠다.

「어디에서 넘어온 놈이야?」

비릿한 미소와 변하지 않는 음침한 속삭임. 황씨는 채 신음도 바로 토해 내지 못하고 부르르 진저리를 쳤다.

「어느 쪽에서 넘어온 놈이야?」

이번에는 소음기 쇳덩어리의 싸늘한 감촉이 이마에 느껴졌다.

「남양? 회령?」

공포에 질린 눈빛과는 달리 황씨의 입가엔 야릇한 미소가 번졌다.

「쌍, 반동 간나…….」

슈욱. 총구 끝의 하얀 연기가 먼저였는지 튀어 오르는 피가 먼저

였는지 허옇게 눈을 뒤집은 황씨가 의자와 함께 바닥으로 넘어졌다.

「눈에 띄지 않게 조용히 처리하시오. 그리고 보위부원들을 지금 즉시 은덕군과 새별군으로 보내시오. 온성군도 샅샅이 뒤지고!」

「예? 아, 예!」

「당장!」

부동자세로 얼어붙어 있던 장태국이 하얗게 질린 낯빛으로 후닥닥 문밖을 향해 뛰었다.

대사관

　문을 열고 들어서는 한동주의 표정이 몹시 어두웠다. 그는 대한민국 외무부 재외국민영사국 소속의 서기관으로 한중 수교를 목전에 두고 영사관 개관 및 그에 관한 제반 업무를 준비하기 위해 벌써 작년부터 베이징 무역대표부에 파견되어 근무하고 있었다. 오늘 오전, 예정에 없던 급작스러운 요청으로 중국 외교부를 방문했던 그는 그곳에서 뜻밖의 요담을 하고 대표부로 돌아오는 길이었다. 아니, 그것은 요담이 아니라 사실상 일방적인 통고로 보아야 했다.

「어서 오시오.」

　굵은 금테의 돋보기 안경을 벗어, 읽고 있던 서류 위에 내려놓으며 김석기 참사가 빙그레 웃었다.

「벌써 골치가 아프기 시작하는데요.」

「왜, 무슨 일로 그렇게 갑작스레 들어오라고 한 거요?」

　책상 앞에서 일어난 그가 피곤한 듯 눈자위를 매만지며 한동주의 맞은편 소파에 등을 기대었다.

「외교부 북한 담당 처장과 공안국 외사처에서 나온 사람들을 만났습니다.」

한동주가 건네주는 명함을 한동안 물끄러미 들여다보던 김석기가 말없이 고개를 끄덕거렸다.

「뭐, 짚이는 데라도 있습니까?」

「아니, 짚이는 데는 무슨…….」

그러나 그는 어떤 특별한 정보를 가지고 있는 눈치였다.

「무슨 일입니까?」

「이 사람, 그걸 나한테 물으면 어떡해. 궁금한 건 오히려 난데.」

「김 선배님.」

간곡한 한동주의 눈빛에 그도 이내 너털웃음을 터뜨렸다.

「허허, 그래, 일단 말해 봐요.」

「북을 탈출한 사람들에 대한 어떤 조치도 허용할 수 없다는 메시지였습니다.」

「허허, 그거야 뭐 처음부터 하던 이야기 아니오.」

「그런데 또다시 강조하는 걸 보면 뭔가 있는 게 아닙니까?」

「글쎄…….」

「뭐 들은 정보가 있으시면 좀 내놓으시죠.」

「허허, 그건 한 서기관부터 먼저 시작해야 할 것 같은데…….」

미소 속에 번쩍이는 그의 눈빛이 예사롭지 않았다.

20년 가깝도록 국가안전기획부에 몸을 바쳐 온 김석기는 오로지 국익만을 생각하며 궂은일, 위험한 일 가리지 않고 평생을 살아왔다. 이번 중국과의 수교에서도 그랬다. 이미 수년 전에 대중(對中) 정책에 대비해 스스로 대만 유학을 자청하여 어학은 물론이고 중국 정치학으로 석사 과정을 밟으며, 중국 정치에 관해 심도 있는 연구를 했던 그는 수교에 관한 한 아무런 뿌리도 없던 몇 년 전 홀연히 중국에 잠입했었다. 그때 그의 대외적인 직함은 K여행사 중국 지사의 영업 과장이었다. 하지만 그는 곧바로 베이징 런민 대학(人民大學)의 박사 과정에 등록하여 대중 정책의 연구 및 중국 고위 인사들과의 친분 교유를 유지해 오며, 발표를 눈앞에 둔 한중 수교에서 중요한 역할을 무사히 완수했던 것이다.

「좋습니다. 제가 먼저 말씀을 드리죠.」

어깨를 으쓱한 한동주가 멋쩍은 웃음을 지으며 의자를 당겼다.

「그래, 뭐요?」

그제야 김석기도 바짝 허리를 당겨 세우며 긴장했다.

「북에서 사람이 탈출했답니다.」

「누가?」

「하혜령이라는 여잡니다.」

한동주가 양복 안주머니에서 사진을 한 장 꺼내 김석기에게 내보였다.

최근에 중국 옌지에서 찍은 듯한 칼라 스냅 사진으로, 한눈에도 미모가 빼어난 20대 후반쯤의 여자였다. 그러나 그 사진은 이미 김석기도 진작에 확보해 두고 있었다.

「그 여자가 누구라는 거요?」

「그건 설명이 없어서 잘 모르겠지만 고위층이 아닐까 생각되는데요.」

김석기는 아무런 반응도 보이지 않았지만 실은 한동주의 막연한 추측과는 조금 달랐다.

「그럼 탈북은 언제 했다는 거요?」

「그것도 설명이 없었습니다. 다만 북측의 강력한 요청이 있으니 어떠한 경우에도 우리는 관여하지 말랍니다. 사진도 북측 몰래 넘기는 거라면서, 잘못되면 수교 후에 한중 간의 외교 분쟁 제 일 호가 될 수도 있다고 강력히 경고하더군요. 더구나 그들은 투먼에서 사람을 둘이나 죽인, 중국 실정법 위반자이기도 하답니다.」
「그들이라니?」
사실 김석기가 긴장했던 까닭은 동행하는 남자에 대한 정보가 전무했기에 혹시나 하는 기대 때문이었다.
「아, 그 여자와 동행하는 남자가 한 명 있답니다.」
「그 남자는 또 누구요? 사진은?」
「없습니다. 남자에 대해서는 리장수라는 이름 외에는 아무런 정보도 주지 않았습니다.」
「리장수…… 그럼 결국 남자가 주 대상일 수도 있겠구먼?」
「글쎄요?」
역시 아무것도 드러난 것은 없었다. 김석기는 골똘히 생각에 잠겼다. 그가 이미 전해 받은 사건의 자세한 내용에 의하면 남자의 등장은 단순히 우발적인 것으로 여길 수도 있었다. 그러나 그 살벌한 북과의 국경 지역에서, 더구나 탈북자로서 그런 위험한 일을 우발적으로 벌인다는 것은 상상하기 어려운 부분이었다. 하지만 이미 여자의 신상이 거의 공개적으로 드러난 것을 보면 실질적으로 감춰진 목표는 역시 그 남자일 수도 있다는 분석 또한 가능했다. 만약에 여자가 북에서 그토록 중요한 인물이라면 그렇게 공개적으로 신상을 드러낼 리 없었기 때문이다. 또한 지금 옌지에는 그 사건의 지휘를 위해 북조선 국가보위부의 고위 간부까지 직접 파견되어 있었다. 그것은 지극히 이례적인 일이었다. 결국 보위부원 두 명의 피살이 문제가 아니라 그들 두 사람 중 누군가가 중요한 인물이라는 의미였다.
「선배님은 뭐 접하신 정보가 없습니까?」

「나도 거기까지뿐이오.」

「예?」

한동주는 이미 사건 내용을 거의 파악하고 있는 듯한 그의 태도에
놀라 눈을 끔벅거렸다.

「정말이오. 더 이상은 아무것도 진전이 없소.」

「그런데 왜 여태 한마디도 말씀이 없으셨습니까?」

「뭐 얘기할 게 있어야지.」

대수롭지 않은 듯 말하는 그의 태도에서 한동주는 서운한 감정을
떨쳐 내지 못하였다. 안기부와 외무부의 업무 영역이 다르다는 사실
을 따져 본다면 당연한 일인지도 몰랐다. 그러나 김석기는 고등학교
와 대학교를 잇는 직계 선배였다. 10년이 넘는 나이 치이 때문에 작
년에 한동주가 베이징으로 온 뒤에야 겨우 그 사실을 알게 되었지만,
그동안 서로 부서를 넘어 꽤 가깝게 지냈는데, 역시 김석기는 안기부
직원다웠다.

「왜, 감춘 것 같아서 서운해?」

눈치가 달랐던지 김석기가 어색한 미소를 지으며 물었다.

「예, 조금요. 하지만 어쩔 수 없잖습니까. 하시는 업무가……..」

「그건 아니야. 감추려던 것도 아니고.」

「그럼 왜?」

「느낌이 안 좋아.」

불쑥 말을 꺼낸 그가 탁자 위 담배 케이스에서 담배 한 개비를 꺼
내 물더니, 심호흡처럼 길게 연기를 뿜어 냈다.

한동주는 묵묵히 그의 이야기를 기다렸다.

「어쩐지 그 친구들이 뭔가 꼭 문제를 일으킬 것 같아. 그래서 어떻
게 처리해야 하나 생각 중이야. 만약 문제가 되더라도 한 사람이

책임을 져야지, 안 그래?」

「꼭 그렇게 혼자서 감당할 필요가 있습니까? 더구나 선배님은 우
리 대표부의 중심인데.」

그것은 진심이었다. 그리고 사실이기도 했다. 그러나 김석기는 절
레절레 고개를 내저었다.

「중심은 무슨, 대사님이 계신데. 그리고 다 된 밥에 코 빠뜨릴 수는
없잖아, 수교가 목전인데. 만약 문제가 생기더라도 한 사람이 책임
을 져야지.」

쓸쓸한 그의 미소를 보며 한동주는 가슴이 서늘해졌다. 언제나 그
렇게 스스로 그늘이 되기를 마다하지 않는 이들이야말로 진정 음지
속의 거름이었다.

「그런데 수교 전에 그들이 나타날까요?」

「위기에 처한 사람들인데 그거야 알 수 없지. 그나마 수교 발표 후
에나 찾아오면 좋겠는데…….」

「만약 연락이 오면 어떡하죠?」

「어떡할 거요?」

한동주의 두 눈을 빤히 마주 보며 그가 되물었다.

「어떻게 하다니요? 그래도 같은 동포인데, 일단 보호를 해야죠.」

한동주는 너무도 당연하다는 투였다. 그러나 김석기는 쉽지 않을
거라는 눈빛이었다.

「어떻게?」

「예?」

「어떻게 보호를 할 거요?」

「그건…….」

「대사관에다 보호를 할 거요? 아니면 호텔에?」

「일단 어디에든 수용해서 보호해야 되지 않을까요. 더구나 그들이 중요한 사람들이라면…….」

「허허, 아마 이번 친구들은 그렇게 수월치 않을 거요. 북에서 고위 간부까지 파견됐으니 대표부 근처에도 감시자들이 쫙 깔릴 거요.」

「그럼 먼저 찾아보는 건 어떨까요?」

「그러잖아도 수소문을 해봤는데, 영…….」

「하긴, 중국 공안도 도무지 흔적을 찾지 못하는 모양이더군요. 북 측도 혈안이 되어 있고.」

몹시 답답한 모양이었다. 김석기가 담배꽁초를 재떨이에 짓누르 며 자리에서 일어섰다.

「전화에 신경을 써야 할 거요. 특히 위치를 물으면 북한 대사관과 혼란이 생기지 않도록…….」

「대표부라면 찾기가 좀 어렵지 않을까요?」

「아니, 한국 대표부나 대사관이라 하지 말고 ‘궈마오중신(國貿中 心: 국제무역센터)’이라고 하면 오히려 찾기가 쉬울 거요.」

「예, 그렇게 알려 놓죠.」

벌써 시작되고 있었다. 그리 많은 인원은 아니었지만, 그동안 휴전 선이나 동·서해의 해상으로 직접 내려오거나 러시아와 같은 제3국 을 루트로 했던 탈북 귀순의 길이 앞으로는 이곳 베이징이 될 것은 불을 보듯 뻔한 일이었다. 그러나 현실은 그리 간단한 것이 아니었 다. 앞으로 얼마나 많은 동족의 가슴에 실망과 아픔을 심어 주는 악 역을 감당해야 할지 김석기의 가슴은 무거웠다.

「으으…… 허억, 아버지!」

한참 동안이나 허공에 두 팔을 휘젓던 장혁이 외마디 비명을 내지르며 벌떡 잠에서 깨어났다.

새벽녘이었다. 휘두르는 몽둥이질에 머리통이 깨지고 붉은 핏방울이 분수처럼 뿜어져 오르는가 하면, 황씨 노인인지 아버지인지 모를 누군가가 허옇게 두 눈을 뒤집은 채 울컥울컥 검은 핏덩이를 토해 내는 악몽이었다. 축축한 이마의 식은땀을 훔쳐 낸 장혁은 놀란 숨을 다지며 침대 위를 돌아보았다. 노인은 여전히 깊고 고른 숨소리로 한잠에 빠져 있었다.

살며시 방을 빠져나온 장혁은 소리 없이 거실 옆 내민대(베란다)로 나갔다. 한여름 이른 새벽의 희부연 골목에 깔린 적막은 북조선 룡북 로동자구나 조금도 다를 바가 없었다. 같은 하늘 아래지만 너무나 다른 캄캄한 세상에 있는 그리운 아버지.

아버지는 전쟁 전 이남에서 전기 수리공이었다고 했다. 어쩌면 장혁이 고등중학교를 졸업하고 보통의 해방 전사 아들처럼 탄광의 채탄공으로 배치되지 않은 것도 그런 아버지의 핏줄 덕이었는지 몰랐다. 그는 고등중학교를 졸업할 때 벌써 2급 약전(弱電) 기사 자격증을 가지고 있었다. 전기 통신과 전자 설비를 다룰 수 있는 자격증 덕분에 장혁은 곧바로 새별군 편의봉사사업소에 배치되어 텔레비전, 녹음기, 마선(재봉틀), 라지오(라디오) 따위의 전자 제품과 전기, 전화 등의 수리일을 해왔다. 아마 아버지가 새별군 같은 오지에서 한국과 중국의 수교라는 극비에 속하는 일을 감지하게 된 것도, 가끔씩 수리하던 제품을 집으로 들고 왔을 때 남한과 중국의 방송을 들을 수 있었기 때문인 듯싶었다.

아버지는 이미 진작부터, 아니 평생토록 남으로의 탈출만을 염두에 두고 살아온 듯했다. 그러나 다리를 절단당하고 탈출의 꿈이 무너지자 자신은 못하여도 하나뿐인 자식이나마 남으로 보내어, 부모와 형제와 친구와 전쟁 동지에겐 평생토록 애타게 갈구해 온 자신의 한 맺힌 귀환의 꿈을, 무심한 조국의 위정자들에겐 아직도 애타게 구원의 손길을 기다리는 수많은 포로가 살아 있음을 알려 달라고, 단 하나뿐인 혈육의 정마저 끊으며 자식의 등을 떠밀었던 것이다. 그런 아버지의 절절한 한을 위해서도 장혁은 반드시 남으로 가야만 했다. 하지만 뒤늦게 운명처럼 만나 죽음의 고비를 함께 넘기면서, 이토록 가슴을 설레게 하는 그녀 또한 이제는 영원히 헤어지고 싶지 않는 소중한 사람이었다.

설핏 초저녁 선꿈에서 그녀의 뽀얀 살결을 본 듯도 싶어 장혁은 슬며시 얼굴을 붉혔다. 노부인과 함께 그녀가 잠들어 있을 거실 옆 작은방. 장혁은 혹 그녀의 숨소리나마 들리지 않을까 싶어 슬며시 귀를 기울였다.

딸깍, 문 열리는 소리가 들려왔다.

「어머, 벌써 일어났습니까?」

푸석한 머리를 매만지며 나오던 그녀가 장혁의 모습에 흠칫 놀라면서도 수줍은 듯 눈길을 돌렸다.

「예. 아니, 왜 버, 벌써……?」

놀라기는 장혁이 더했을 것이었다. 귀밑까지 벌게진 그는 얼른 내민대를 향해 돌아섰다.

「음식을 좀 만들게요.」

「예? 무슨……?」

장혁이 창춘에 도착해 뜻하지 않은 가정생활을 겪으며 가장 색다르게 느꼈던 것 중 하나는 바로 중국인들의 아침 식사였다. 그들은 늦은 아침을 먹을 수 있는 공휴일이 아닌 평일에는 길거리의 작고 누추한 찬팅(饌廳 : 식당)에서 몐탸오(굵은 면의 국수)나 훈둔(만둣국 종

류), 유탸오(기름에 튀긴 밀가루 빵) 따위로 간단히 요기하는 것이었
다. 그런데 느닷없이 그녀가 이른 새벽부터 음식을 만들겠다니…….

「아, 어제 시장에 갔다가 가자미가 있어 사다가 소금으로 얼간을
해놨어요. 그걸로 식해를 좀 만들려고…….」

함경도의 전통 음식인 가자미식해가 중국인들의 입맛에 맞을 리
가 없었다. 그렇다면 장혁을 위한 것이 아닐 텐가.

「여기는 냉동기(냉장고)가 있어서 겨울이 아니어도 괜찮겠어요.
별로 솜씨는 없지만…….」

부끄러운 듯 또다시 말끝을 흐리는 그녀의 말에 장혁은 두근거리
는 가슴을 억누르지 못해 고개를 떨구었다.

그러나 장혁은 그녀의 진정한 속내는 알지 못하였다. 물론 그녀인
들 왜 사랑을 모르고 또 그립지 않겠는가. 그러나 그는 어차피 떠나
갈 사람이었다. 처음 만난 그 순간부터 그는 목표가 너무도 분명했
다. 무슨 사연이 있어 그토록 간절한지, 무엇을 기다려 그처럼 애가
타는지는 몰라도 그는 내내 초조해하며 언제라도 떠날 준비를 하고
있었던 것이다.

1년 넘게 중국에서 머무는 동안 오가는 이들의 이야기를 통해 남
쪽의 사정을 모르지 않았고 적지 않은 망명자의 뒷이야기도 자세히
알고 있었지만, 지숙에게는 처음부터 상관없는 일이었다. 그러나 장
혁에게는 그 모든 것이 희망이었다. 지숙이 내내 그와 별다른 이야
기를 나누지 않은 까닭도 바로 거기에 있었다. 어차피 헤어져야 할
운명이라면, 그 짧은 만남 동안 정을 나누어 봤자 끝내 서글픈 미련
만 남을 뿐이라는.

그럼에도 지숙은 지금 장혁을 위해 고향의 별식을 설레는 마음으
로 만들고 있었다.

「우리 중화인민공화국과 대한민국 간에 대사급 정상 외교 관계가 수립되었습니다. 오늘 오전 열시 첸지천(錢基琛) 외교부장은 베이징 시내 댜오위타이(釣魚臺)에서 대한민국 이상옥 외무 장관과 함께 중화인민공화국과 대한민국 간의 외교 관계 수립에 관한 공동 성명에 상호 서명하고, 이 날짜로 양국 간의 국교를 정상화한다고 발표했습니다. 오늘의 공동 성명에서 대한민국 정부는 우리 중화인민공화국 정부를 중국의 유일 합법 정부로 승인하며, 오직 하나의 중국만이 있고 타이완은 중국의 일부분이라는 중국의 입장을 존중한다고 명시하였으며…….」

여자 아나운서의 빠른 중국 발음을 장혁은 단 한마디도 알아듣지 못했다. 그러나 텔레비전 화면은 대한민국 태극기와 중국의 오싱홍기가 나란히 놓인 테이블 앞에서, 서명한 서류를 교환하며 밝은 웃음을 띠는 두 사람의 모습을 또렷이 담고 있었다. 그 뒤 이어지는 낯익은 사람들로 가득한 도심의 거리와 익숙한 한글 간판들, 그곳은 분명 서울이었다. 그것은 수교 발표였다.

장혁 앞에서 등을 보인 채 앉아 있는 지숙도 노인과 무슨 이야기인가를 심각하게 나누고 있었다. 그녀도 수교 소식에 관한 이야기를 나누고 있음이 분명했다.

「이번 한중 수교의 역사적 의미를 내외에 과시하기 위해 현판식 일정을 예정보다 앞당긴 것입니다…….」

또렷한 한국말과 함께 '盧載源韓國貿易代表部大使(노재원 한국무역대표부 대사)'란 자막이 화면에 떠올랐다. 그만 왈칵 눈물이라도 쏟아질 것 같은 장혁의 온몸에 서늘한 소름이 돋았다.

그녀가 고개를 돌렸다. 놀람과 당혹이 교차하는, 믿을 수 없다는 표정이었다. 장혁은 슬며시 고개를 돌리고 자리에서 일어섰다. 그랬을 것이다. 그녀에게 한국과 중국의 수교는 도저히 믿기지 않는 놀라운 일일 것이었다. 아무리 소련이 변했어도, 중국만은 영원히 사회주의 동맹으로 변하지 않으리라 믿었을 테니…….

들뜬 탓인지, 아니면 놀란 충격을 떨어내지 못해서인지, 장혁은 후들거리는 두 다리를 겨우 가누며 걸음을 내딛고 있었다. 이 밤에 마땅히 갈 만한 곳도 없었다. 그러나 그대로 앉아서는 도저히 흥분을 삭일 수가 없었다. 또한 의혹에 차 있는 그녀의 놀란 표정도 그대로 받아들일 자신이 없었다. 눈앞에 창춘의 이퉁허 강물이 거센 물살로 흐르고 있었다.

아마 아버지도 이렇게 빨리 길이 열리리라고는 생각지 못했을 것이다. 그저 막연히 중국과 한국 간의 경제 교류가 늘어나 무역대표부가 설치되는가 하면 수많은 중국의 조선족이 한국을 드나들고, 한국인 또한 중국을 무시로 출입하고 있으니 반드시 머지않아 두 나라의 국교가 수립될 것이다. 그렇게 정상적 관계의 국교가 수립되면 또한 국군 포로의 아들이 조국 대한민국으로 들어가는 것쯤은 아무런 문제도 아닐 것이다. 아버지는 그렇게 장담했었다. 그리고 혼자서 떠나지 않겠다는 아들의 등을 떠밀며 하루도 소식 듣기를 게을리 하지 말 것이며 조심스레 베이징을 향해 다가가라고 했었다. 그리고 만일 한국과 중국의 수교가 늦어져 여의치 않으면 멀리 남쪽의 홍콩을 찾으라고 말했었다. 그곳은 자유의 땅이며, 그곳의 한국 정부 관계자는 이미 잊힌 포로의 아들인 나를 기꺼이 환영해 줄 것이라고 용기를 주었었다. 그런데 아버지의 생각보다 훨씬 빨리 자유의 문이 열린 것이었다.

장혁은 서서히 가슴속 저 아래서부터 끓어오르는 흥분을 뒤늦게 만끽했다. 이제는 자유다. 바로 그토록 그리워하던 아버지의 조국,

대한의 품이 눈앞에 있다. 그리고 마침내 40년 긴 세월 동안 쌓인 아버지 가슴속의 그 서러운 한을 조국의 동포들에게 일깨워 줄 것이다. 조국 또한 아버지를 그대로 버려 두지는 않을 것이다. 무슨 대가를 치르더라도 반드시 내 아버지는 조국의 품으로 돌아갈 것이다.

「베이징에는 언제 가실 겁니까?」

갑작스러운 목소리에 화들짝 놀라 장혁이 등을 돌렸다.

「예? 아, 언제……?」

그녀였다. 아마 줄곧 그를 뒤따라온 모양이었다. 흐르는 강물을 지켜보며 우두커니 서 있는 그녀의 어깨가 유난히 처져 보였다.

「처음부터 베이징에 가야 한다고 말하지 않았습니까?」

「에? 에에…….」

고개도 돌리지 않은 채로 말하던 그녀가 여전히 어두운 강물 위에 시선을 고정한 채 장혁의 대답을 기다렸다.

장혁은 망설였다. 그토록 애태워 기다리던 순간이 왔지만 그녀에게 선뜻 마음을 털어놓기가 두려웠다. 분명 혁명 열사 유자녀라 하지 않았던가. 그런 그녀를 과연 남조선 땅에서 받아 주기나 할 것인가? 또한 그녀 역시 아무리 쫓기는 신세가 되었다지만 감히 그곳으로의 탈출을 마음이나 먹겠는가. 하지만 장혁은 그녀를 내버려 둘 수 없었다. 내내 생각한 일이지만 그렇다고 한국 정부가 그녀의 자세한 신상까지는 알지 못할 것 같았다. 그리고 이미 중국 땅에서 그녀가 사용하던 하혜령이라는 이름으로 망명한다면…….

「아무 때고 이야기하세요. 미리 이야기를 해야 저도 준비를 할 것 아닙니까.」

「예?」

뜻밖이었다. 그녀가 그렇게 선선히 나서 주리라고는 미처 생각지 못했었다. 그러나 장혁은 놀라움보다도 야릇한 떨림에 더 말을 잇지 못했다.

「어차피 갈 사람 아닙니까…….」

지숙은 슬며시 돌아서서 강둑 위로 걸음을 옮겼다. 그러나 장혁은 너무도 가슴이 설레어 그 말의 의미를 알아채지 못했다.

베이징 시 차오양 구(朝陽區) 다스관 로(大使館路) 11번지, 조선민주주의인민공화국 대사관. 정문 오른쪽으로 길게 이어진 담장 한가운데에는 인공기와 김일성, 김정일 부자의 사진을 비롯한 각종 선전물이 널찍한 게시판에 하나 가득 붙어 있었다.

미리 연락이 있었는지, 정문 왼쪽 도로 끝에서 한낮인데도 환하게 라이트를 켠 검은색 승용차가 나타나자 정문 앞을 서성거리고 있던 중국 공안 복장의 경비병 네 명이 굳게 닫힌 철문을 활짝 열어젖혔다. 이어서 요란한 호루라기 소리와 함께 다른 한 명의 경비병이 맞은편 도로를 달려오는 차량들을 수신호로 막으며 검은 승용차의 대사관 진입을 도왔다.

한중 수교 이후의 조선 대사관 상황을 취재하러 나와 있던 수많은 기자들은 영문도 모른 채 카메라 셔터를 눌러 댔다.

미끄러지듯 대사관 안으로 들어선 메르세데스벤츠가 본관 건물 현관 앞에 멈춰 섰다. 대기하고 있던 감색 정장의 남자가 뒷문을 열자 짙은 검정 선글라스로 얼굴을 가린 건장한 사내가 자동차 뒷좌석에서 내렸다. 그는 조금 전 옌지에서 출발한 국내선으로 베이징 공항에 도착해 곧장 이곳 대사관으로 달려오는 길이었다.

「어서 오시오, 리 동지.」

외부의 시선을 피하려 했음인지 현관 안쪽 로비에서 기다리고 있던 북조선 대사관 박영섭 참사가 반가운 얼굴로 다가와 손을 내밀었다. 그는 외교부 소속이 아니라 국가보위부에서 파견 나와 있는 비밀 정보 요원이었다.

「오랜만입니다, 박 동지.」

사내가 그 손을 맞잡아 악수를 나누며 선글라스를 벗었다. 리형철이었다.

「그래, 소문은 좀 들었소?」

「예, 우리 대사 동지께서 소환될 거라고 수군거리는 모양입니다.」

「흥, 돌대가리 같은 놈들. 중국도 제놈들처럼 진짜 비밀을 유지하리라 믿었던 모양이지.」

차가운 냉소를 뱉어 내는 그는 바로 어제 빌표된 한중 수교로 시중에 떠돌고 있는 북조선 대사 소환설을 두고 하는 말이었다.

「그러게 말입니다. 지금 타이완은 물론이고 남조선에 있는 화교들까지 발칵 뒤집힌 모양입니다.」

「그렇지 않겠소. 수십 년 우방 어쩌고 하며 절대 변하지 않을 것 같던 놈들이 단 한마디 상의도 없이 하루아침에 배신을 했으니. 신의라고는 눈곱만치도 없는, 도대체 믿을 수 없는 놈들이오.」

그들은 이미 6개월 전에 중국 외교부로부터 한중 간의 수교를 통보받았었다. 그리고 중국 정부는 거칠게 반발하는 자신들을 달래기 위해 무던한 노력을 기울였다. 물론 북으로서도 한중 간의 수교만은 무슨 수를 쓰든 막고 싶었다. 그러나 중국의 확고한 의지로 대세는 이미 기울어져 있었고, 그나마 남조선이 대만에 비밀을 유지한 것과 달리 중국은 사전에 그들에게 사실을 통보하고 설득하는 신의를 보여 왔었다. 또한 그간 여러 차례에 걸친 비밀 회담으로 기존의 조중 우호조약의 재확인은 물론 군사 · 외교적으로 적지 않은 반대급부도 보장을 받았기에 더 이상 거친 반응을 보일 필요는 없었던 것이다. 그런데도 남조선 언론은 물론이고 많은 나라의 언론들이 당장 북조선 대사의 소환이라도 있을 것처럼 억측 보도를 하고 있었으니 그들의 눈에는 실로 가소로운 희극이었다.

「지금 저 대사관 밖에서 지켜보고 있을 수많은 기자놈들은 아마 리 동지가 들어오는 것을 보고 틀림없이 소환 사절이라 생각하고 있을 거요.」

박영섭이 창문의 커튼 사이로 대사관 담 밖을 내다보며 비웃듯이 중얼거렸다.

「이번 기회에 타이완과 홍콩의 마피아들을 우리 쪽으로 완전히 돌려 놓아야 합니다.」

「물론이오. 특히 앞으로 더욱 강화해야 할 백도라지 사업을 위해서는 그들과의 관계를 더욱 돈독히 해야지요. 아마 그들도 이번 수교를 통해서 남조선 측의 배신을 톡톡히 맛보았을 테니 우리는 그 점을 적극 활용토록 합시다.」

「그런 점에서 이번 사건에 동원되는 이들에게는 더욱 특별한 배려를 할 생각입니다.」

「물론 그렇게 해야지요. 그리고 그 웨펑(岳鳳)이 어제부터 타이완 호텔에서 리 동지를 기다리고 있소. 웨펑 부하의 이름으로 예약된 천팔백이십호가 리 동지의 숙소요.」

리형철은 옌볜에서 사라진 김지숙과 리장수가 어쩌면 한중 수교로 개설되는 남조선 대사관을 통해 탈출을 기도할지도 모른다고 생각했다. 물론 수교 발표 전 수차에 걸친 중국과의 비밀 협상을 통해 한국 대사관은 남조선으로의 탈출을 기도하는 북조선 인민에 대한 어떠한 공작이나 협조도 해서는 안 된다는 점을 분명히 못 박아 두기는 했지만, 만일의 사태에 대비해야 했다. 무엇보다 지난 1962년 공작원으로 남파되었다가 검거된 그녀의 아버지가 아직도 비전향 장기수로 남조선에 버젓이 살아 있기 때문이었다. 더구나 아직도 남 조선 감옥에서 영웅적인 옥중 투쟁을 펼치고 있는 사회주의 혁명 전 사의 딸이 조국을 탈출하여 남조선으로 넘어간다면 남조선 땅에서 혁명 투쟁을 펼치고 있는 수많은 전사들에게 크나큰 영향을 끼칠 심 각한 문제였다. 또한 그것을 빌미로 남조선 당국의 외교적 선전 공 세 또한 만만치 않을 것이니 남조선으로의 탈출만큼은 막으려고 그 가 베이징까지 온 것이었다.

「그런데 그 리장수라는 놈의 신원은 아직도 밝혀지지 않은 거요?」
박영섭이 심각한 표정을 지으며 물었다.
「예, 아직은. 하지만 지금 조국 보위부에서 조사를 하고 있으니 곧 밝혀지겠지요.」
「그놈이 우리 북조선 인민이라는 확실한 증거도 없지 않소?」
「그렇지만 그 김정희라는 에미나이나 황씨라는 영감의 진술로 봐 서는 틀림없습니다. 말투나 차림새도 그렇고.」
「그런데 벌써 한 달이 넘도록 조국에서는 그놈에 대한 아무런 소 식이 없으니…….」
「분명히 가명일 겁니다. 김지숙도 중국에서는 하혜령이라는 가명으 로 생활했으니까요. 그리고 지금 두만강 인근의 새별군 등 네 개 군 을 집중적으로 조사하고 있으니 아마 곧 무슨 연락이 있을 겁니다.」
「하지만 당장 그놈의 얼굴 생김새도 모르니…… 어떻게 할 생각 이오?」
「우선은 남조선 대사관 주변에 웨펑의 부하들을 깔아 놓고, 특히 김석기를 비롯한 안기부놈들에 대해서는 이십사 시간 감시를 붙여야겠지요. 그리고 그놈들과 접촉하는 수상한 놈들에 대해서도 마찬가지로 감시를 붙이면 틀림없이 찾아낼 수 있을 겁니다.」

「그런데 그 연놈이 과연 베이징에 나타날지도 의문이오.」

「반드시 나타날 겁니다. 그것도 오래지 않아.」

「허긴, 사람을 둘씩이나 죽였으니 달리 갈 곳도 없을 테지. 그런데 그 연놈들을 발견하는 대로 아예 없애 버리는 게 어떻겠소?」

「가능하면 살려서 조국으로 송환해야 합니다.」

「그래도 만약 남조선 외교 요원들과 계속 붙어 있을 경우 잘못하면 말썽이 될 수도 있는데…….」

「그래서 웨펑을 동원하는 게 아닙니까. 그리고 어떤 경우든지 김지숙은 반드시 송환해야 합니다.」

자신의 말을 가로막는 리형철의 단호함이 박영섭은 선뜻 납득되지 않았다. 그는 아직 김지숙의 실체나 그 사건의 심각성에 대해서는 자세히 알지 못하고 있었던 것이다.

「아니, 우리 보위부원을 살해한 그 사내놈도 아니고…… 김지숙이 그렇게 특별한 인물이오?」

「…….」

리형철의 침묵이 아니었더라도, 박영섭은 그가 직접 베이징까지 왔다는 사실만으로도 김지숙의 비중을 짐작할 수 있었다. 리형철, 그는 북조선 국가보위부 내에서 무시할 수 없는 실세였다.

「그럼 저는 이만 호텔로 가봐야겠습니다.」

바쁜 듯 자리에서 일어서는 그의 태도에 박영섭은 황당한 표정을 지었다.

「아니, 대사 동지께 인사도 드리지 않고 곧바로 갈 겁니까?」

「오기 전에 미리 전화로 말씀을 드렸습니다.」

「그랬군요. 그럼 이건 예약된 방의 열쇠요. 그리고 호텔로 갈 때는 눈에 띄지 않는 다른 차량을 이용하도록 미리 준비를 해뒀소.」

박영섭은 자신도 모르는 사이에 벌써 대사와 통화를 했다는 그의 위세가 못마땅하기는 했지만 어쩔 수 없는 일이었다. 지난 1988년부터 중국 대사를 맡고 있는 주창준 역시 빨치산 세대로 그의 큰아버지와 두터운 교분이 있을 것이었다.

「참사님, 어쩐지 분위기가 살벌한데요.」

8월 26일 궈마오중신 4층의 대사관과 함께 3층에서 업무를 시작한 베이징 영사관의 한동주 영사가 자동차의 문을 닫는 김석기를 돌아보며 심각한 표정을 지었다. 그들은 지금 베이징 동물원 근처 처궁좡 대가(車公庄大街)의 신다두 빈관(新大都賓館)에서 열릴 한중 수교 축하 만찬에 참석하기 위해 막 대사관을 나서는 길이었다.

「분위기가 어떻다는 말이오?」

김석기는 아무것도 모르는 척 딴청을 부렸다.

「참사님, 아니 선배님…….」

한동주가 답답한 표정을 지으며 하소연하듯 말했다.

「허허, 좀 그럴 거요.」

「도대체 무슨 일입니까?」

「아무래도 지난번 그 친구들 때문인 것 같아.」

「그 친구들이라니요?」

「투먼에서 있었던…….」

「아, 예. 그럼 그 사람들이?」

한동주가 바짝 긴장한 표정을 지으며 한족(漢族)인 운전사를 살폈다. 그러나 그는 한국어를 전혀 알아듣지 못하는 눈치였다.

「모르지. 그 사건으로 옌볜에 나타났던 리형철이 지금 베이징에 있어. 수교 다음날 옌볜에서 이리로 날아왔지.」

「예? 그럼 그 사람들이 정말 중요한 인물인 건 확실하군요.」

「아무래도 그렇다고 해야겠지.」

「그럼 지금 우리 대사관 근처에 북한 사람들이 깔려 있다는 겁니까?」

「그건 아니야. 지금 우리 근처에 은신해 있는 놈들은 모두…….」

이번에는 김석기가 운전사의 눈치를 살피듯 은근히 목소리를 낮추었다.

「웨펑의 부하들이야.」

「웨펑이라면?」

한동주도 목소리를 낮추며 김석기를 향해 바짝 어깨를 기댔다.

「광둥 성의 흑사회(黑社會: 마피아)라고, 암흑 조직의 대보스 중에 한 명이지.」

「그럼…….」

「그래. 혹시라도 그 친구들이 나타날 경우 우리와 직접 맞부딪치면 외교상의 문제가 생길지도 모르니까 고용한 거겠지.」

「그렇다면 여의치 않을 경우 곧바로 어떤 위해를 가할지도 모르겠군요.」

「그렇게 봐야겠지.」

고개를 끄덕이는 그의 표정이 몹시 어두웠다.

지금까지 입수된 정보만으로도 김석기는 사라진 그들의 비중을 충분히 짐작할 수 있었다. 그것은 이번 사건이 살인에 국한된 게 아니라는 것을 감지하게 하는 내용들이었다. 우선 북에서 파견된 리형철이라는 보위부 간부만 해도 그랬다. 아직 그에 대한 구체적인 정보는 없었지만 이미 그는 옌볜에서부터 옌지 지역 북한 정보 책임자인 장태국의 막후에서 사건을 실제적으로 지휘했으며, 벌써 며칠째 타이완 호텔에 묵으며 일체의 노출을 피하고 있었다. 만일 그가 일반적인 임무를 띠고 온 국가보위부 요원이었다면 우선 대사에게 인사부터 하는 것이 당연한 순서였을 것이다. 그러나 그는 대사가 외부의 의전 행사로 자리를 비운 사이 잠깐 대사관에 들렀을 뿐, 지금껏 외부와는 일절 접촉을 피하고 있었다. 극히 이례적인 일이었다. 결국 그의 비중만큼 사라진 두 사람의 비중도 만만치 않다는 의미일 것이었다.

퇴근길의 자전거와 차량들로 도로는 거의 진행을 멈추고 있었다.

「지금 우리 미행당하고 있는 거 아닙니까?」

옆자리의 한동주가 불안한 듯 고개를 움직였다.

「그대로 있게.」

「예?」

김석기의 제지에 한동주의 두 눈이 휘둥그레졌다.

「우리는 괜찮아. 모르는 척해.」

「그럼 참사님은 진작부터 알고 계셨습니까?」

「알고 말 것도 없지. 혹시 그들이 나타난다면 몰라도.」

「언제부터……? 확실한 겁니까?」

「글쎄, 모르지.」

느긋한 표정으로 그가 창문을 내리고 담배를 꺼내 물자 한동주도 그제야 마음이 놓이는지 입가에 짓궂은 웃음을 머금었다.

「한번 실험을 해보시죠?」

「무슨 실험을?」

「톈안먼 광장쯤에서 속력을 한번 내보면…….」

「허허, 그래도 아직 여유는 있구먼. 하지만 일부러 자극할 건 없지.

우리가 전혀 모르는 척 방심을 해야 저놈들도 틈이 생기지. 그래
야 손님들도 그만큼 안전할 수 있고.」

「그 친구들 혹시 전화로 연락을 해오면 어떻게 하죠?」

「그러잖아도 내일은 그 이야기를 하려던 참이었는데, 앞으로 적잖
은 탈북자들이 대사관에 접촉을 시도할 거요. 그중에서도 특히 이
번에 문제가 된 사람들은 아주 조심스럽게 접촉해 올 것 같으니까
당분간은 대사관의 위치를 묻거나 대사님이나 관계자를 바꿔 달
라는 전화가 있으면 즉시 내게 연결하도록 해줘요. 만약에 내가
없으면 한 영사가 직접 받고.」

「꽤 많은 전화가 올 텐데 그걸 전부 받으시게요?」

「할 수 없지 않소.」

「그동안 수소문하신 건 아무런 소득이 없었습니까?」

「원체 땅덩어리가 넓어야지. 그 많은 조교들이 혈안이 되어서 찾
아도 흔적조차 발견하지 못한 모양이던데 그렇게 쉽사리 드러날
리가 있겠소. 내 생각에는 북측이 집중하고 있는 무단 강(牧丹江)
이나 선양(瀋陽) 쪽이 아니라 오히려 창춘 쪽 어디에서 머물고 있
을 것도 같은데…….」

「북측은 조선족 마을을 염두에 두고 있는 모양이죠?」

「그 하혜령이라는 여자의 중국 체류 기간이 일 년이 넘었다니 아
무래도 연고를 염두에 두고 있겠지.」

「예? 일 년 넘게 중국에 체류했다고요?」

「그렇다는구먼.」

「그럼 여자 쪽이 아니라 남자 쪽이 더 중요한 인물인가요?」

「아니야, 나도 처음에는 그렇게 생각했는데 남자 쪽은 아직 신원 파
악도 제대로 안 된 모양이야. 그걸 보면 남자보다는 여자 쪽이야.」

「그런데 어떻게 일 년씩이나 지나서?」

「글쎄, 최근에 숙청당한 고위 간부의 자녀로 보기도 어렵고……
도무지 안개 속이야.」

「그것도 베이징의 하늘 같은 모양이군요.」

차창으로 들어오는 자욱한 매연이 싫은지 한동주가 잔뜩 인상을
찌푸리며 중얼거렸다.

한바탕 굵은 빗줄기라도 쏟아지고 난 뒤가 아니면 베이징의 하늘
은 언제나 뿌연 안개가 낀 것처럼 탁하고 매웠다. 그것은 연탄을 주
연료로 사용하는 겨울뿐만이 아니었다. 대륙의 누런 황토 먼지와 아
침 일찍부터 저녁 늦게까지 내내 도로를 가득 메우는 자동차에서 뿜
는 매연 탓이었다. 김석기도 처음 베이징에 발을 디뎠을 때에는 못
견디게 괴로웠지만 이제 웬만큼 단련이 되었다. 그러나 오늘은 몹시
신경에 거슬렸다.

함경북도 새별군 룡북 로동자구.

문짝이 있긴 했지만 창호지는 엄두도 못 내고 아들이 구해다 붙여
줬던 비닐마저 너덜거려, 바람결에 검은 탄가루가 그대로 밀려 들어
왔다. 그래도 아직은 9월 초순이라 새벽녘만 아니면 그런대로 견딜
만했지만 조금 더 지나면 지내기가 힘겨울 것이었다. 절로 남쪽 생
각이 간절했다.

「휴우, 고향에서는 아직도 더위를 느낄 텐데…….」

중얼거리는 그의 발밑에는 여름내 천장 틈으로 어린아이 오줌 줄
기처럼 떨어지던 빗물에 들뜨고 곰팡이 슨 장판지가 누렇고 검은
뱃가죽을 드러내 흉측했다. 아니, 사실 그것은 장판지라 할 수도 없
었다. 벌써 몇 년째 아무 종이나 덧바른 터라, 이제는 어느 것이 언

제 바른 종이인지조차 구분하기 어려웠다. 그리고 그것마저 지난여름 빗물에 모조리 들떠서, 군데군데 길가에서 뜯은 들풀들을 펼쳐 놓았더니 아예 짐승의 우리만도 못한 꼴이 되어 버렸다. 그래도 노인은 아무렇지 않은 모양으로, 시커멓게 때 낀 알루미늄 그릇에서 강냉이인지 풀씨인지를 한 움큼 집어 입 안에 털어넣고 우물거리기 시작했다.

깎은 것인지 뜯은 것인지 모를 형편없이 덥수룩한 머리, 퀭한 눈, 불쑥 튀어나온 광대뼈에 깡마른 턱……. 턱이라도 우물거리지 않았다면 해골 같은 몰골은 영락없는 송장이었다.

홀아비만 아니었어도 그렇지는 않겠지. 아들놈만 있었어도 그보다는 낫겠지. 아니, 다리가 병신만 안 되었더라도……. 사람들은 저마다 그렇게 수군거리면서도 이제는 누구 하나 얼굴조차 들이밀지 않았다. 그래도 노인은 서럽지 않았다. 아니, 오히려 날아갈 듯 기쁘고 행복했다.

처음 아들을 쫓듯이 보내 놓고 이틀 뒤엔가부터 장혁의 소식을 물으며 찾아오던 사람들에게, 외가에 갔는지, 설마 날 이대로 두고 오래도록 돌아오지 않기야 하겠소, 하며 얼버무릴 때만 해도 그만 목숨을 끊을까 수없이 생각했다. 그러나 단 한 가지, 아들이 무사히 두만강을 건너 꿈에도 그리던 그곳에 도착했다는 소식을 꼭 두 귀로 확인하고 싶었기에 여태껏 모진 목숨을 짐승처럼 견뎌 내고 있었던 것이다.

도착했다면 보위부든 안전부든 펄펄 뛰며 달려와 주리를 틀고 목숨을 앗을 텐데. 그래만 준다면 기꺼이 행복한 마음으로 환하게 웃으며 여한 없이 두 눈을 감으련만 도무지 기미가 안 보였다. 달포쯤 전이었던가, 불쑥 안전부에서 찾아와 장혁의 소식을 캐물을 때만 해도 이제 됐구나 속으로 쾌재를 불렀었다. 그런 한편 혹시 아들에게 무슨 변고라도 생긴 걸까 하는 걱정에 가슴까지 철렁했다.

그러나 노인에게는 다시 희망이 생겼다. 몇 년에 걸쳐 어렵게 어렵게 부속품들을 주워 모아 남몰래 만들었던 단파 라디오에서 들리는 남한 쪽 방송에 의하면 마침내 지난 8월 24일, 베이징에 대사관을 열었다는 소식이었다. 노인은 뛸 듯이 기뻤다. 그리고 이제는 곧 아들의 소식을 들을 수 있으리라는 생각에 간이 배 밖으로라도 나온 것인지 숫제 라디오를 방 안에 들여놓고 있었다. 더는 두려울 것도 없었지만 뒤뜰 울타리 밑에 파묻어 두고 밤마다 가지러 갈 힘마저 없었던 것이다.

아직 해도 서물시 않았건만, 노인은 빌써 방 한구식 낡은 옷징 바닥을 뒤져 고이 감춰 둔 라디오를 꺼내 마치 자식이라도 되는 양 품 안에 껴안았다.

「권오철이 어디 있나!」

우르르 몰려드는 발소리가 미처 울안에 들어서기도 전이건만 벌써 악에 받친 고함이 귓전을 때렸다. 노인은 가슴이 철렁하는 한편으로 이제 됐구나 하는 안도의 한숨을 터뜨렸다.

「이 반동새끼!」

문짝을 걸어차며 구둣발째 방 안으로 들어서던 보위부원이 움찔 걸음을 멈췄다. 퀴퀴한 냄새하며, 짐승의 우리 같은 어두컴컴한 방 안에 마치 송장 같은 몰골로 웅크리고 있는 노인이 섬뜩했던 것이다.

뒤따라 들어온 다른 동무들에게서 힘을 얻었는지, 처음의 보위부원이 다시 두 눈을 부릅떴다.

「권장혁이가 자식새끼 틀림없지?」

죽은 듯 대답은 없었지만 몇 개 남지도 않은 누런 이가 설핏 보이는 것은 실성해 짓는 웃음 같았다.

「이 반동, 개간나!」

채 두 번의 발길질도 필요없었다. 퍽 소리 한 번에 노인은 마치 썩은 나뭇등걸처럼 맥없이 방 저편 구석으로 데구루루 굴러 처박혔다.

「끌어내시오!」

그인들 산송장에게 무슨 발길질을 더할 텐가. 버럭 고함만 내지르며 문밖으로 돌아섰다.

우르르 달려들어 노인의 양팔을 잡아당기던 두 사람의 안전원이 두 눈을 부릅떴다.

「아니, 이건 뭐야?」

「이거 라지오 아니야?」

숨소리도 들리지 않건만 노인은 조금 전 옷장에서 꺼낸 그 라디오를 품 안에서 떨어뜨리지 않고 그대로 껴안고 있었다.

「뭐야, 라지오?」

밖으로 나갔던 보위부원이 후닥닥 다시 방 안으로 들어와 안전원이 건네주는 라디오를 살펴봤다.

「아니, 이건 단파 라지오…… 이 반동, 집구석을 샅샅이 뒤지시오!」

더는 나올 그 무엇도 없었다. 아무리 뒤져 봐야 나오는 것이라고는 그저 요강을 대신한 낡은 냄비 속의 핏빛 오줌이나 퀴퀴한 냄새 풍기는 낡은 옷가지와 굴러다니는 쥐똥들뿐이었다.

차라리 따스한 석양의 햇살이 좋아서인가. 마당 한가운데에 팽개쳐지듯 널브러진 노인의 입가에는 그저 덩실덩실 춤이라도 추고픈 웃음이 가득했다.

베이징 역. 장혁은 종종걸음으로 앞장서는 그녀를 놓칠세라 주변은 돌아볼 겨를조차 없었다. 하지만 예상처럼 그리 위험할 것 같지는 않았다. 워낙 많은 사람들로 붐벼 오히려 그들에게는 안전한 방패막이가 되었던 것이다. 그러나 그토록 간절했던 베이징에 도착하고서도 장혁의 마음은 내내 무거웠다. 창춘에서 베이징까지 꼬박 스물두 시간을 달려오는 동안 지숙은 단 한마디 말도 없었던 것이다. 창춘의 그 노부부와는 꽤 많은 정담을 나누면서도 장혁과는 별로 말이 없었다. 열차 안에서도 이제 베이징에서 어떻게 할 거냐는 질문 정도는 있을 법했건만 그녀는 내내 어두운 표정으로 먼 창밖만 내다볼 뿐이었다.

「먼저 타세요.」

지붕 위에 'TAXI'라고 씌어 있는 노란색 빵차 옆에서 차 문을 열어 주며 그녀가 말했다. 마치 납작하게 눌린 식빵처럼 생겼다고, 작은 봉고 형의 그 택시를 중국 사람들은 몐바오(빵차)라 불렀다.

「예?」

무작정 택시를 잡는 그녀의 뜻을 몰라 장혁이 엉거주춤 망설였다.

「어서 타세요. 아직도 사람들이 있을 시간이니 곧바로 가도록 하세요.」

장혁은 미처 그 의미를 알아듣지 못했지만 우선 시키는 대로 택시에 올라탔다. 그녀도 뒤이어 택시에 올랐다.

「한국 대사관.」

「어디요?」

짤막한 그녀의 말을 알아듣지 못했는지 앞자리의 운전사가 고개를 돌려 다시 한 번 물었다.

「한, 국, 대, 사, 관.」

「아, 대사관.」

비로소 운전사가 누런 이를 드러내 활짝 웃으며 고개를 끄덕였다. 장혁 또한 중국말이지만 그 '한국 대사관'만은 정확히 알아들을 수 있었다.

뭉클, 짧은 감동이 온몸으로 번졌다. 역시 그녀는 자신과 함께하기로 다짐한 것이었다. 장혁은 미소라도 지어 보이고 싶었지만 그녀는 벌써 창밖으로 눈길을 돌리고 있었다.

지숙의 표정이 몹시 어두웠다.

이것으로 끝이다. 어차피 처음부터 가야 할 길이 서로 다른 남남이 아니었나. 문득 아버지, 세상에 태어나 단 한 번도 마주한 적 없는 아버지가 그리워졌다. 어머니가 생명처럼 소중히 간직하던 빛 바랜 사진 속에서만 보았던 아버지. 강한 투지와 불같은 열정에 이글거리던 눈빛. 왜소한 체격에 비해 너무 껑충했지만 누구보다 멋지게 어울리던 인민군 중좌 군복을 입은 사진 속 김영식. 그 멋진 아버지는 어린 소녀의 가슴속에 내내 자랑스러운 영웅이었다.

어머니는 아버지를 몹시 사랑했다. 어린 시절, 당에서는 그 자랑스러운 아버지의 딸 김지숙을 '강반석 혁명유자녀학원'으로 입학시킬 것과 두 모녀의 남포 이주를 결정했다. 그러나 무슨 까닭인지 어머니는 그대로 함흥에 머물기를 고집했다. 딸의 출세가 보장되는 강반석 학원 입학과 평양이 바로 지척인 남쪽 도시 남포로의 이주를 거절하는 어머니의 뜻을 아무도 이해하지 못하였다. 물론 지숙도 마찬가지였다. 그러나 지숙은 어머니의 뜻에 아무런 불만이 없었다. 그녀는 당 간부보다 하얀 가운을 입고 병원 정원을 걷던 어머니의 모습이 훨씬 더 좋았던 것이다.

지숙이 끝까지 함흥에 머물기를 고집했던 어머니의 속뜻을 알게 된 것은 눈 덮인 오봉산 기슭에서 다홍치마 연두저고리의 고운 차림으로 어머니의 주검이 발견되기 얼마 전이었다.

「어딜 가시려고 이렇게 고운 치마저고리를 손질하시는 겁니까?」

외출하다가 깜박 잊은 것이 있어 아빠트로 되돌아왔을 때, 어머니는 그 다홍치마 연두저고리를 꺼내 손질하고 있었다.

「내가 가긴 어딜 가겠니.」

어머니는 쑥스러운 듯 두 볼에 붉은 홍조를 띠며 슬며시 지숙을 외면했다.

「한번 입어 보시오. 아주 곱습니다.」

사실 지숙의 눈에 오래되어 빛 바랜 한복이 곱게 보일 것까지야 없었지만 부끄러운 일이라도 들킨 듯 겸연쩍어하는 어머니의 모습에 둘러댄 말이었다. 그런데 어머니의 반응이 뜻밖이었다.

「정말 그렇게 곱니?」

「예. 한번 입어 보시오.」

「입어 보기는 뭘…….」

「어서 한번 입어 보시라니까요.」

그렇게 내친김에 지숙은 보채듯이 재촉했고 잠시 뒤, 어머니도 마지못한 듯 수줍은 얼굴로 그 한복을 입었다. 그러나 어머니는 결코 지숙 때문에 억지로 입어 본 것이 아니었다. 다홍치마를 입는 그 순간부터 어머니의 눈에는 설렘이 가득했고 저고리 고름마저 곱게 묶은 뒤에는 기어이 촉촉한 물방울을 눈가에 머금었다.

「어머니…….」

자세한 영문도 모르면서 지숙은 그 눈물에 그만 어머니에 대한 연민이 치솟았다.

「아버지 생각이 많이 나는구나.」

「예, 아버지라구요?」

「그래. 내가 너의 아버지와 결혼하던 날 이 옷을 입었단다. 그리고 아버지를 마지막으로 보던 그날도…….」

지숙은 그만 말문이 막혔다. 아니, 목이 메었다. 아직도 잊지 못하고 아버지를 그리워하고 있구나. 그래서 자식 몰래 살며시 그 옷을 꺼내 보며 사랑의 흔적을 더듬고 있었구나.

「미안하구나. 내가 아버지를 잊고 함흥을 떠났더라면 너도 지금보다 훨씬 좋은 직장에서 벌써 훌륭한 당 일꾼을 만나 외롭지 않았을 텐데…….」

그것이 어머니의 사랑이었다. 어차피 돌아오지 못할 아버지라는 것을 알면서도, 딸에게 얼마나 소중한 기회인지를 알면서도 어머니는 차마 아버지의 흔적을 버릴 수 없었던 것이다. 아버지의 보이지 않는 흔적까지 목숨보다 소중히 여겼던 어머니. 물론 지숙도 아버지를 사랑했다. 그런데 이제 그 아버지가 지숙에게 어두운 그림자가 되고 있는 것이었다. 대남 공작원의 딸, 혁명 열사의 딸…….

베이징 역 오른편을 돌아 충원먼네이 대가(崇文門內大街)로 들어섰던 택시가 멀리 둥시베이(東西北)를 돌아 둥즈먼와이(東直門外)로 들어서고 있었다. 한눈에도 초행으로 보이는, 더구나 대사관을 찾는 것으로 보아 조선족임이 분명한 두 사람을 태운 운전사가 먼 길을 돌아 수입을 올리고 있는 중이었다. 베이징 역에서 한국 대사관이 있는 젠궈먼와이(建國門外) 대가의 궈마오중신까지는 곧바로 들어서면 불과 3킬로미터 남짓의 가까운 거리였다.

번잡한 도심의 풍경에 시선을 주고는 있었지만 바짝 긴장한 장혁의 옆모습을 지숙은 한동안 물끄러미 지켜봤다. 그날 갑작스레 나타나, 그쪽은 송환되면 즉시 총살이오, 하는 다급한 말과 함께 죽음의 목전에서 자신을 구해 준 사람. 그리고 뜻하지 않은 살인까지 하고

서도 원망 한마디 없이 묵묵히 자신을 돌봐 준 사람. 이름만 알고 있을 뿐 어디에서 왔는지, 무엇을 하였는지, 왜 조국을 버렸는지, 그 어느 것도 서로 묻지 않았었다. 다만 느낌으로 그가 북조선의 사람임을, 다시 돌아가지 않을 결연한 심정으로 떠나왔음을, 그리고 남조선으로의 탈출을 꿈꾸고 있음을 짐작했을 뿐이었다.

참으로 알 수 없는 사람이었다. 우연한 동정심에 일을 크게 저지르고 몹시 후회하고 있으리라. 혼자서도 힘겨울 위험한 도피길에 혹처럼 따라붙은 자신이 못내 거추장스러우리라. 그런 자격지심에 처음에는 당치 않은 차가움과 날카로움으로 여러 차례 난처하게도 만들었지만 그는 아무런 변함이 없었다. 오히려 그림자처럼 묵묵히 뒤를 밟으며 자신을 위한 일이리면 망설이지 않고 기꺼이 나섰던 것이다. 창춘에서도 일을 마치고 돌아오거나 잠시 바람이라도 쐴 요량으로 돌아다니다 오면 어김없이 골목 입구에서 서성이는 그를 마주할 수 있었다. 그래도 그는 아무런 말이 없었다. 그저 골목 입구로 들어서는 자신의 모습이 보이면 슬그머니 돌아설 뿐.

한동안은 단순한 연민이나 동정이라고 생각했다. 그러나 차츰 사랑일지도 모른다는 데 생각이 미치자 지숙은 허전한 안타까움을 지울 수 없었다. 그것은 결코 함께할 수 없는 자신에 대해 전혀 모르고 있는, 그를 향한 연민이었다.

「다 왔소.」

택시가 멈춰 서고 운전석의 사내가 고개를 돌려 말하였다.

「고마워요. 얼마죠?」

요금을 치르고 차에서 내려 무심코 대사관 정문을 들어서려던 그녀가 자지러질 듯 하얗게 질리며 걸음을 멈췄다.

「허억.」

물에 빠진 듯한 그녀의 기함에 뒤따르던 장혁이 성큼 걸어가 나란히 섰다.

「왜 그러죠? 아니 이럴 수가…….」

태극기가 아니라 붉은 인공기가 건물 옥상 위에서 펄럭이는 그곳은 북조선 대사관이었다.

우거진 나뭇잎에 가려져, 정문 앞에 다 이르도록 붉은 인공기를 발견하지 못했던 것이다.

「이봐요, 운전사!」

지숙이 막 떠나려는 택시로 달려갔다.

「가, 빨리!」

「빨리요!」

차 문이 닫히기도 전에 발악 같은 두 사람의 비명 소리가 동시에 울렸다.

「무슨 일이에요? 여기가 대사관이오, 한국.」

운전사는 오히려 황당한 표정을 지으며 느긋한 웃음까지 지어 보였다. 그에게는 한국과 조선의 구분이 분명치 않았던 것이다. 아니, 아직 한국 대사관이 개설되었다는 사실조차 모르고 있었다.

「여기가 아니에요. 빨리 가요!」

「맞는데, 한국 대사관. 코리아.」

운전사는 여전히 고집을 부리고 있는데 정문을 지키고 있던 공안 한 명이 자동차를 향해 걸어오고 있었다.

「가라니까, 빨리!」

「제발, 빨리 좀 가요, 빨리…….」

하얗게 질린 채 알아듣지 못할 고함을 내지르는 장혁과 사색이 되어 빌듯이 사정하는 지숙.

「알았소. 그럼 어디로?」

그제야 운전사는 앞을 보며 핸들을 잡았지만 아직도 느긋했다.

「아무 곳이나, 빨리요.」

울먹일 듯한 그녀의 목소리에 뒤이어 자동차의 핸들이 왼쪽으로 틀어지고 자동차가 움찔거리기 시작하자 몇 발짝 앞의 공안이 호루라기를 꺼내 입술에 물었다.

베이징의 격돌

휘익.

마침내 호루라기의 차가운 금속음이 울려 퍼졌고, 공안이 한 손을 들어 정지를 지시하자 운전사는 슬며시 브레이크를 밟았다.

「이거. 제발, 빨리…….」

지숙이 주머니에서 중국 돈을 잡히는 대로 꺼내 그의 어깨 너머로 건네주면서 울먹이며 사정했다.

「이게 뭐요? ……아, 알았어.」

모르는 척 시치미를 떼던 운전사가 운전석 옆으로 다가서는 공안을 무시한 채 액셀러레이터를 밟아 질주해 나갔다.

「이봐, 이봐! 서라, 서, 서!」

날카로운 고함 소리와 차가운 호루라기 소리와 함께 몇 걸음 쫓아오던 서너 명의 공안들이 권총을 뽑아 자동차를 겨냥했다.

「아, 빨리!」

두 손으로 얼굴을 가리고 온몸을 웅크리며 터뜨리는 마지막 비명 소리에 뒤이어 그녀는 엎드린 자신의 등을 덮쳐 오는 묵직한 충격을 느꼈다.

끼익. 요란한 마찰음과 함께 고무 타이어 타는 냄새가 차 안으로 밀려들고, 자동차는 르탄(日壇) 공원을 왼편으로 끼고 방향을 크게 틀어 드디어 대사관 앞의 시야에서 벗어났다.

「이젠 됐소. 어디로 갈 거요?」

몇 번인가 거칠게 자동차의 핸들이 꺾이고 나서야 앞자리 운전사의 밝은 음성이 들려왔다. 음성과 달리 그의 이마에는 굵은 땀방울이 가득 맺혀 있었다.

「간나새끼!」

먼저 일어난 장혁이 운전석을 향해 주먹을 휘두르며 달려들 기세였다.

「그만둬요. 소용없어요.」

「……」

「이만하길 다행이에요. 그 돈 받고 달려 주기라도 했기에 망정이지, 아니었으면……」

그녀가 생각하기도 싫다는 듯 힘없이 고개를 내저었다.

「아닙니다. 이놈은 일부러 우리를 조선 대사관으로 데려간 겁니다.」

「아마 그렇지는 않을 겁니다. 아직 남조선 대사관을 모르거나 착각했을 겁니다. 그리고…… 고마워요.」

그녀는 장혁이 총구 앞에서도 자신을 지키기 위해 몸을 던져 감쌌던 일을 떠올리며 살며시 고개를 떨구었다.

「아, 아닙니다. 그런데, 남조선 대사관은?」

장혁도 그새 얼굴이 빨개져 그녀를 외면하며 말끝을 흐렸다.

「물어봐야지요. 한국 대사관은 몰라요?」

「한국 대사관? 바로 거기 아니었소?」

「아니에요. 거긴 조선 대사관이고, 남조선 말이에요.」

「남조선?」

「예, 남조선. 서울. 코리아.」

「아, 서울.」

운전사는 그제야 제대로 알아들은 눈치였다. 그러나 그는 다시 고개를 갸우뚱거렸다.

「예, 서울.」

「그런데 한국 대사관은 어디 있는지 모르는데…….」

「뭐라는 겁니까?」

답답한지 장혁이 끼어들어 그녀에게 물었다.

「한국 대사관은 모르겠대요.」

「그럼 어떡합니까?」

「할 수 없죠. 내려서 전화로 물어봐야겠습니다. 그런데 여기는 어디죠?」

「여기? 베이징 역 뒤편이오.」

「예?」

「뭐 이런…….」

지숙과 장혁은 너무도 어이가 없었다. 그토록 돌고 돌아 잘못 찾아간 조선 대사관이 바로 이렇게 짧은 거리에 있었다니. 그러나 어쩔 수 없었다. 얄팍한 상혼을 탓하기에는 이미 자신들의 약점이 모두 드러난 뒤였다.

「예, 한국 대사관입니다.」

「거기, 한국 대사관이 맞습니까?」

「예, 그렇습니다.」

「남조선 서울의…….」

「예, 그렇습니다. 서울이 있는 남조선 한국 대사관이 맞습니다.」

바짝 긴장한 조선족 교환원 미스 조가 꿀꺽 마른침을 삼켰다.

「그럼 위치가 어딥니까?」

「무슨 일로 그러시죠?」

「저, 대, 대사님을 만나려고…….」

황급한 여자의 목소리가 몹시 떨고 있는 눈치였다.

「알겠습니다. 잠시만 기다리세요.」

미스 조는 재빨리 김석기 참사의 자리로 신호를 보냈다. 그러나 몇 번이나 신호음이 울려도 응답이 없었다. 그녀는 다시 한농수 서기관의 전화기로 신호를 보냈다.

「예, 한동줍니다.」

기다렸다는 듯 그의 음성이 곧바로 들렸다.

「혹시 거기 김 참사님 계십니까?」

「잠깐 외부에 나가셨어요. 무슨 일로?」

「대사관의 위치를 묻는 전화가 왔습니다.」

「뭐요? 언제?」

「지금 연결되어 있습니다.」

「그럼 이리 연결하세요.」

「예, 연결하겠습니다.」

한동주는 심호흡으로 긴장을 달랜 뒤 가만히 수화기에 귀를 기울였다.

상대는 아무 말이 없었다. 그러나 자동차 따위의 소음으로 보아 공중전화임이 분명했다.

「예, 대한민국 대사관입니다.」

「…….」

갑자기 소음마저 사라졌다. 수화기를 손으로 막은 것이었다.

「여보세요, 말씀하세요.」

「저…….」

「예, 괜찮습니다.」

「거기 대사관이 어디에 있습니까?」

또렷한 북한 억양의 남자였다.

「예, 여기는 궈마오중신 건물입니다. 삼층과 사층에 한국 대사관과 영사관이 같이 있습니다.」

「궈마오중신?」

「예. 궈, 마오, 중, 신. 국제무역센터라는 의미입니다. 아시겠습니까?」

「미안합니다. 한 번 더 말씀해 주십시오.」

다른 사람에게 수화기를 건네주는 기척이 느껴졌다. 한동주는 다시 심호흡을 하고 또박또박 반복했다.

「궈, 마오, 중, 신. 국제무역센터입니다. 삼층이나 사층으로 오면 되고요. 아시겠습니까?」

다시 수화기가 다른 사람에게 건네지고, 처음 그 남자의 목소리가 수화기를 타고 들려왔다.

「예, 알겠습니다.」

「그런데 몇 분이시죠?」

「…….」

「그럼 지금 계시는 곳은 어딥니까?」

그러나 아무런 대꾸도 없이 잠시 망설이는 기색이던 상대는 철컥,

전화를 끊었다.

「여보세요, 여보세요……」

아쉬운 듯 몇 번 더 상대를 불러 보던 한동주는 팽팽한 긴장의 눈빛을 번뜩였다.

「궈마오중신.」

「궈마오중신? 알았소.」

운전사는 한 번에 목적지를 알아들은 눈치였다. 그러나 그런 그의 반응에도 장혁과 지숙은 마음이 놓이지 않았다. 불과 한 시간 전의 그 아찔했던 기억이 아직도 오금을 저리게 하고 있었다. 지옥의 문턱에라도 갔다 온 듯 섬뜩한 위기의 순간이었다.

지숙은 뒤늦게 기차역 근처의 서점에서 구입한 베이징 시내 지도를 무릎 위에 펼쳐 놓고 스쳐 지나는 길가 도로 표지판과 대형 건물의 간판들을 지도와 견주어 흘끔거리고 있었다.

「이번에는 제대로 가고 있습니까?」

여전히 불안한 표정의 장혁이 그녀의 눈치를 살폈다.

「예. 조금 전에 지나온 오른쪽의 베이징 세관으로 봐서는 제대로 가고 있는 게 분명합니다.」

지도의 한 지점을 손가락으로 가리키는 그녀의 표정은 어느 정도 마음의 안정을 찾은 듯했다.

「그럼 이제 얼마나 남은 겁니까?」

「얼마 남지 않았습니다. 다음 사거리 바로 전입니다.」

「그렇게 가깝습니까?」

「예, 지도로 봐서도 별로 멀지 않은 것 같습니다.」

「예에, 저……」

비로소 안도의 한숨을 내쉰 장혁이 말끝을 흐리며 갑작스레 어두워진 그녀의 표정을 살폈다.

「……」

돌아보는 그녀의 눈빛은 장혁의 이야기를 재촉했다.

「저, 대사관에 들어가면 우리는 그냥……」

차마 말을 잇지 못하는 장혁의 얼굴이 벌겋게 달아올랐다. 부부라고, 우리 두 사람은 북에서 결혼한 부부 사이라고 미리 말을 맞춰 당신의 신분을 감추자고 말하고 싶었지만, 그만 말문은 닫히고 얼굴만 달아 올랐던 것이다.

망설이는 그에게 메마른 그녀의 음성이 들렸다.

「장혁 동무 혼자 들어가십시오.」

「예?」

장혁의 두 눈이 커졌다.

「저는 아무래도 안 되겠습니다.」

너무도 무표정한, 보이지 않는 바람까지 느껴지는 그런 황량한 눈빛이었다.

「아니, 왜?」

「잘 아시잖습니까. 저는 이미 옌지에서 모든 신분이 드러났기 때문에 어쩌면 대사관에까지 연락이 되었는지도 모릅니다. 저 때문에 괜히 피해를 입을지도……」

「그건 안 됩니다!」

장혁은 마치 고함을 치듯 그녀의 말을 가로막았다.

「세워 주세요, 여기.」

갑작스레 지숙이 횡단보도 앞에서 택시를 세우는 바람에 두 사람의 이야기는 끊겼다.

왼편 길 건너에 징룬 반점(京倫飯店)이라는 하얀색 건물의 호텔이 보였다. 지도에 따르면 바로 그 오른편에 한국 대사관이 있는 궈마 오중신이 있었던 것이다.

「아, 저기…….」

두리번거리던 그녀가 건너편 길가 우거진 가로수 사이를 손끝으로 가리켰다.

'國貿中心.'

한낮의 햇빛에 반사되어 번뜩이는 거창한 위용의 고층 건물 하단부에 '國貿中心'이라는 굵은 글씨가 뚜렷이 박혀 있었다. 그리고 그 앞 광장에 높다랗게 게양되어 펄럭이는 태극기, 바로 대한민국의 표상이었다.

그러나 장혁은 그토록 간절하던 대한민국 대사관을 눈앞에 두고서도 뭉클한 감동보다는 착잡함이 앞섰다.

「지숙 씨…….」

「말했잖습니까. 저는…….」

그녀가 앞장서며 나지막이 말했다.

「아닙니다. 저곳은 중국이나 조선의 대사관이 아니라 남조선, 대한민국의 대사관입니다. 저곳 사람들은 분명히 우리를 도와줄 겁니다. 그리고 만약 살인이 문제된다면 그건 내가 저지른 일이니 벌도 내가 받아야 됩니다. 지숙 씨는 아무런 잘못도 없습니다. 내가 모두 털어놓겠습니다.」

「다 소용없습니다.」

지숙이 뿌연 허공으로 시선을 돌리며 쓸쓸히 말했다.

「왜 소용이 없다는 겁니까?」

지숙은 외면한 채 말문을 닫아 버렸다. 그러나 장혁은 어떻게든 그녀의 마음을 돌려야 했다. 짧은 침묵을 깨뜨리며 장혁이 말을 이었다.

「그래, 좋습니다. 지숙 씨가 어떤 신분의 누구였으면 어떻습니까. 그건 모두 북조선에서의 일입니다. 그리고 그 모든 것은 지숙 씨의 잘못이 아니라, 지숙 씨 아버지와 어머니의 일입니다. 또 남조선의 저 사람들이 그 모든 것을 모를 수도 있습니다. 우린 그저 부부라고 말하는 겁니다. 아니, 남매라고 해도 좋습니다. 나는 권장혁, 지숙 씨는 권지숙. 태어난 곳은 함경남도 영광군 상중리. 살다 온 곳은 함경북도 새별군 룡북 로동자구. 아버지의 이름은 권오철. 어머니 이름은 리순임…….」

「그만 하세요.」

흥분한 장혁을 달래듯이 지숙이 은근한 음성으로 말했다.

「금방 들짱날 거짓말입니다. 그 사람들이 그만한 눈치도 없겠습니까? 그동안 도와준 것만으로도 오랫동안 잊지 못할 겁니다.」

「아닙니다, 갈 수 있습니다. 남매라고 속이는 게 어렵다면 저와 부부라고, 아니 애인 사이라고 말해도 될 겁니다. 그리고 지숙 씨의 신분은 제가 보증하면…….」

다급한 장혁은 이제 얼굴도 붉히지 않았다.

「소용없습니다. 그러다가 정말 나중에 장혁 동무에게 큰 장애가 될지도 모릅니다.」

「상관없습니다. 지숙 씨와 같이 갈 수만 있다면 난 무슨 일이 벌어져도 상관없습니다. 설마하니 지금보다야 낫지 않겠습니까.」

지숙은 문득 그의 진심이 궁금했다. 그가 왜 이토록 자신과 함께 하려는 것일까? 사랑? 그것은 아닐 듯싶었다. 설령 그렇다 하더라도 그것은 순간의 감정일 뿐 진정한 사랑은 아닐 것이다. 무슨 사연인지는 몰라도 그에게는 이제 그토록 바라던 새로운 세상이 열리려 하고 있었다. 그러나 그런 기대에 찬 세상이 그녀에게는 오직 두려움일 따름이었다. 그녀에게는 지금 장혁의 감정이 벼랑 끝에 몰린 자신에 대한 순간의 연민이나 동정으로만 여겨질 뿐이었다.

「아무래도 저는 자신이 없습니다. 그냥 이대로 중국에서 살겠습니다.」

「안 됩니다. 지숙 씨는 이제 중국에서 살아갈 수 없습니다.」

「일없습니다. 이 넓은 땅에서 설마 이보다 더한 일이야 또 있겠습니까.」

「좋습니다. 그럼 저도 같이 중국에 남겠습니다.」

우뚝 걸음을 멈춰 서는 그의 태도는 너무도 결연했다.

「왜죠? 장혁 동무의 목적은 처음부터 남조선이었는데, 왜 저 때문에…….」

「그, 그건…….」

그녀의 또렷한 눈망울에 장혁은 또다시 고개를 돌려 외면했다.

지숙은 눈시울이 아려 오고, 텅 빈 듯이 가슴이 허전했다. 금방이라도 왈칵 눈물이 쏟아질 것만 같았다. 하지만 냉정히 돌아서면 그뿐이다. 그런데도 자꾸만 흔들리는 것이었다. 그것은 어쩌면 이제 살 수 있을지도 모른다는, 남조선에 대한 희망이 아니었다. 그는 처음으로 남자를 느끼게 해주었고 가장 오랫동안 곁을 지켜 준 이였다. 더구나 그는 자신으로 인해 일어난 그간의 모든 일들마저 혼자서 책임을 지려 하지 않는가.

「그럽시다. 같이 갑시다.」

그녀가 중얼거리듯 나지막이 말했다.

「예? 뭐, 뭐라고……?」

장혁은 잘못 들은 것이 아니었나 의심하며 다시 한 번 되물었다.

「같이 가자구요.」

「저, 정말입니까?」

「예에.」

「고, 고맙습니다.」

장혁은 기쁨을 가누지 못해 어쩔 줄을 몰랐다.

「저기…….」

문득 그녀가 걸음을 멈추고 호텔 옆의 골목길을 가리켰다.

「저는 저기 골목에서 기다리겠습니다. 그러니 장혁 동무가 먼저 들어가서 사정을 알아보고 나오시오.」

「예? 아니, 그럴 게 뭐 있습니까? 그냥 같이 들어갑시다.」

「그렇지 않습니다. 아무래도 대사관에는 공안들이 지키고 있어서 신분 검사를 할 텐데, 저는 얼굴이 알려져 곧바로 문제가 될지도 모릅니다. 그러니까 장혁 동무가 먼저 들어가서 대사관 사람들과 같이 나오십시오. 그래야 안전합니다.」

「아닙니다. 미리 전화까지 했는데 무슨 검사를 하겠습니까?」

「아까 조선 대사관 앞에서도 보았잖습니까. 어디 공안들이 조선 대사관 앞에만 있겠습니까? 남조선 대사관도 마찬가질 겁니다. 그리고 그 공안들이 다 뭘 하겠습니까? 대사관을 아무나 마음대로 드나들게 하겠습니까?」

딴은 그랬다. 조목조목 조리 있는 그녀의 짐작이 장혁의 생각에도 그럴 듯싶었다.

「마땅히 갈 곳도 없는 제가 어딜 가겠습니까. 저기 있을 테니 조심해 갔다 오십시오. 장혁 동무 생각대로 부부라고 하든지…….」

부부라는 단어가 몹시 쑥스러웠던지 그녀의 두 볼이 빨갛게 달아

올랐다.

「정말입니까?」

다짐하듯 장혁이 다시 물었다.

「그럼 정말이지 않고요. 혹시 대사관에서 투먼에서의 일을 물을지도 모르니까 그때는 잘 알아서 대답하세요. 저 때문에 장혁 동무도 위험할 것 같으면 모르는 척하시든지. 아무튼 해가 질 때까지는 호텔 근처에 있겠습니다.」

오히려 자신을 걱정하는 듯한 그녀의 태도에 장혁은 비로소 마음이 놓였다. 또 한편으로는 이제 어차피 갈 곳도 없는 처지인데 마음만 먹으면 남조선이라고 가지 못할 이유도 없을 듯싶었다. 그녀와 자신, 아니 그녀의 입장에서는 스스로만 입을 다문다면 혁명 열사 유자녀니 하는 따위의 사실은 그 누구도 알 수 없는 비밀이었으니 말이다.

「그럼 해가 질 때까지는 저기서 기다리십시오.」

「그래요. 장혁 동무도 뒤늦게 마음 변하지 마십시오.」

그녀의 입가로 억지스러운 미소가 스쳤지만 장혁은 그저 어색함의 뒤끝이려니 생각했다.

「그럼 됐습니다. 고맙습니다. 저는 조금도 걱정 마십시오. 분명히 돌아옵니다. 혹시 대사관에서 지숙 씨를 알고 있더라도 꼭 허락을 받아서 돌아올 겁니다.」

「그래요. 꼭 돌아오십시오. 오실 때까지 기다리겠습니다.」

「예. 만약에 지숙 씨를 허락하지 않더라도 나는 꼭 돌아옵니다.」

장혁은 환한 웃음을 머금은 채 두 주먹까지 불끈 쥐어 보였다.

너무도 결연한 표정에 지숙은 그만 눈시울이 아려 왔다. 피를 나누지 않은 타인을 그토록 사랑할 수 있다는 것이 믿기지 않았다. 어머니가 세상을 떠난 뒤로는 처음으로 느껴 보는 따뜻한 정이었다.

타이완 빈관 1820호.
「좋소. 이만하면 충분하니 이젠 마음을 놓아도 될 거요.」
웨펑이 손에 든 사진을 흔들며 느긋하게 자신감을 나타냈다.
「자신할 수 있소?」
리형철이 날카로운 눈빛을 빛내며 다시 한 번 다그치듯 다짐했다.
「물론이오. 두 사람이 나타나기만 한다면 말이오.」
「좋소. 그럼 내가 다녀올 동안에는 여기 강 동무와 모든 일을 상의하도록 하시오.」
리형철이 옆자리에 앉은 사내를 고갯짓으로 가리켰다. 그는 조금 전 권장혁에 관한 서류를 전달하기 위해 옌지를 거쳐 베이징으로 온 리형철의 보위부 심복 강경수였다.
「무슨 문제가 있겠소. 인도 방법만 확실히 지켜 주면 말이오.」
「걱정 마시오. 내가 돌아오기 전에 일이 끝나도 여기 강 동무가 분명히 인도할 거요.」
「물건은 역시 견본품과 다름없겠지요?」
「물론이오.」
「흐흐, 좋소. 자, 난 이제 그만 일어나겠소. 두 분이 조용히 나눌 말씀도 있는 것 같고.」
작고 마른 몸매의 웨펑이 흡족한 웃음을 머금으며 자리에서 일어섰다.
웨펑은 홍콩을 축으로 연결되는 중국 광둥(廣東)과 마카오의 트라이앵글을 주 무대로 활동하는 국제 범죄 조직의 알려지지 않은 실세였다. 이번 사건에 굳이 멀리 광둥에서까지 그를 불러온 이유도 바로 그것이었다. 5년 뒤인 1997년에 있을 홍콩 반환을 앞두고 벌써 그 세력 재편 움직임을 보이고 있는 트라이앵글 지역의 떠오르는 세력인 그와 이번 기회에 굳건히 손을 잡아 또 다른 국가적 사업에서도 그들을 파트너로 삼을 계획이었다.

웨펑을 배웅하고 돌아온 강경수는 리형철의 앞자리에 굳은 자세로 등을 세웠다.

「그놈이 분명하지?」

「예. 투먼의 리두 반점 주인도 그렇고 룽징의 김정희도 분명히 그놈이라고 확인을 했습니다.」

「권, 장, 혁…… 반동 간나새끼!」

책상 위에 놓인 사진을 뚫어져라 노려보던 리형철이 와락 그 사진을 움켜쥐며 부르르 떨었다. 노랗게 빛 바랜 장혁의 사진은 새별군 사회안전부 주민등록과에 비치되어 있던 것이었다.

「아비 권오철이는 남조선 괴뢰군 출신이라고?」

「예. 천구백오십삼년 오월에 강원도 금화 지구 전선에서 우리 이십사군단 백삼십사단의 포로로 잡힌 남조선 괴뢰군 구사단 소속의 육군 상병이었습니다.」

「그 반동새끼는 지금 어디에 있나?」

「새별군 보위 당국에서 조사하고 있는 중인데…… 한쪽 다리가 없는 병신입니다.」

「뭐, 한쪽 다리가 없어?」

「예. 이 년 전 탄광 막장이 무너지면서 다리를 잃었습니다.」

「간나새끼, 그래서 제 자식놈만 보낸 거로구먼. 그런데 어떻게 김지숙이와…….」

도무지 납득이 가지 않았다. 우발적인 사건으로 치부하기에는 사내의 행동이 너무도 과감하고 민첩했다. 도주 또한 룽징에서만 잠시 흔적을 남겼을 뿐 너무 철저해 미리 계획된 각본처럼 생각되는 것이었다. 더구나 약전 기사로서 편의봉사사업소의 수리원이었던 그의 직업이나 아비의 품에서 나왔다는 단파 라디오 등으로 보아서는 분명 남조선이나 중국의 방송을 듣고 꾸민 계획된 행동 같았다. 그런 만큼 머지않아 그가 베이징에 나타나리라는 것도 쉽게 짐작할 수 있었다. 그럼에도 리형철이 강경수에게 이곳을 맡기고 급히 새별군으로 돌아가려는 것은 바로 김지숙과 권장혁, 두 사람의 연결 고리를 찾기 위해서였다.

수화기를 통해 들었던 그 묵직하고 가라앉은 음성만큼 사내는 몹시 어둡고 지친 듯이 보였다. 그러나 강렬한 눈빛은 그런 모든 칙칙함을 한번에 가려 주기에 충분했다.

「어서 오십시오. 저는 대한민국 대사관의 한동주 영삽니다. 그리고 이쪽은 김석기 참사님.」

「예, 저는 리장…… 아니, 권장혁입니다.」

악수를 청하여 내미는 한동주의 손을 마주 잡던 장혁이 불쑥 이름을 더듬었다. 너무 긴장한 탓에 몇 번인가 지숙의 입에서 들었던 그 이름이 저절로 나왔던 것이다.

「권장혁 씨? 반갑습니다, 김석기 참사요. 여기까지 오시느라 고생이 많았소.」

김석기가 따스한 미소를 지으며 악수를 청했다.

「예, 반갑습니다.」

「자, 우선 앉읍시다.」

먼저 자리에 앉은 김석기가 장혁에게 맞은편 소파를 권하며 한동주를 향해 보이지 않는 눈짓으로 무엇인가를 지시했다.

「성함이 권장혁 씨가 맞습니까? 처음에는 리장 뭐라고 하시는 것 같던데?」

한동주는 가능한 한 그가 긴장하지 않도록 웃음을 지으며 자연스레 물었다.

「예? 아…… 혹시 싶어서 리장수라는 가명을 잠시 썼습니다. 그래서…… 죄송합니다.」

「아닙니다, 괜찮습니다. 충분히 이해합니다.」

힐끗 한동주가 고개를 돌리자 김석기가 보일 듯 말 듯 고개를 끄덕였다. 틀림없는 그였다.

「혼자서 오셨습니까?」

이번에는 김석기가 나섰다.

「예? 아, 저…… 예, 두 사람입니다.」

긴장이 풀린 것 같지는 않았지만 마음을 다진 모양이었다. 더듬거리던 장혁이 강한 눈빛을 번쩍이며 또렷한 음성으로 대답했다.

「그래요? 그럼 또 한 분은 지금 어디에 계시죠?」

「다른 곳에서 절 기다리고 있습니다. 그보다…….」

장혁이 또다시 머뭇거렸다.

「그보다 뭐죠?」

김석기가 말을 받아 이야기를 재촉했다.

「저희를 남조선으로, 아니 대한민국으로 보내 줄 수 있습니까?」

불을 뿜듯 쏘아보는 그의 눈빛은 무섭도록 강렬했다. 꿀꺽, 마른침 삼키는 소리가 김석기의 귀에도 뚜렷이 들렸다.

「허허, 좋아요. 그럼 우선 몇 가지 좀 물어봅시다.」

일단 현재까지 여자는 안전한 것으로 보아도 좋을 듯싶었다. 그렇다면 아직 긴장이 풀리지 않아 겨우 흥분을 억누르고 있는 상대를 들뜨게 하기보다는 차분히 그의 긴장을 풀어 주며 진상을 제대로 파악해야 최선의 방법을 찾을 수 있을 것이었다. 어쩔 수 없는 입장이기는 하지만 그는 벌써 거짓을 말하기 시작한 셈이었다.

「본명이 권장혁 씨가 분명합니까?」

「예. 권, 장, 혁, 틀림없습니다.」

「그럼 나이는?」

김석기의 질문이 이어졌다. 어쩌면 상대는 그런 질문을 신문으로 여길지도 모르는 일이었다. 아니, 사실 그것은 신문이었다. 하지만 상대를 보호하기 위해 거쳐야 하는 어쩔 수 없는 절차였다. 와락 껴안으며 한 덩어리가 될 수 있다면 더없이 좋으련만 현실은 살얼음판을 걸어야 하는 긴장과 대결의 무대였다.

그래도 다행인 것은 그가 별 거부감 없이 답변에 응하고 있다는 것이었다. 더구나 지금까지의 인적 사항에 대한 신문에서 그는 우려와 달리 진실한 답변으로 일관하는 듯싶었다.

「새별군 편의봉사사업소에서 전자 제품 수리원으로 일했습니다.」

「전자 제품이라면?」

「라지오나 텔레비전, 전등, 뭐 그런 것들이었습니다.」

「그럼 라디오나 텔레비전을 수리하면서 우리 대한민국의 사회교육방송을 듣거나 중국의 텔레비전을 본 적은 있습니까?」

「간혹…….」

「기술은 어디, 학교에서 배웠나요?」

「예. 새별고등중학교를 다니면서 취미도 있었고, 또 이급 약전 기사 자격증을 따서 졸업하고 곧바로 그곳으로 직장을 배치받았습니다.」

「그래도 북에서 라디오나 텔레비전 따위의 전자 제품을 취급하려면……」

김석기가 설핏 멋쩍은 미소를 지은 뒤 질문을 이었다.

「아버님의 출신 성분이 그렇게 나쁘지는 않으셨던 모양이군요.」

「아닙니다. 저의 아버지는…… 국방군 포로였습니다.」

「잠깐, 뭐라고요? 포로?」

권장혁의 이 한마디에 김석기는 물론 옆에서 지켜보고 있던 한동주까지 두 눈이 휘둥그레졌다.

「예. 포로, 국방군 포로였습니다.」

「그럼 육이오 전쟁 때 국군으로 참전했다가?」

「아, 참, 국군. 에, 국군 포로였습니다.」

「어디에서 언제……?」

「천구백오십삼년 오월에 강원도 금화 전투에서 인민군에게 포로로 잡혔다고 들었습니다. 아버지의 소속은 국군 제구사단 오연대 칠대대 삼중대 이소대였고, 군번과 당시 소대장, 중대장님의 이름은……」

참으로 놀라운 일이었다. 전쟁이 끝나고 송환되지 않은 수많은 국군 포로들이 북한 땅 곳곳에서 출신 성분의 차별을 받으며 비참한 생존을 유지하고 있으리라 추측은 하고 있었지만, 이렇듯 그 2세가 직접 아버지의 조국을 찾아 나서리라고는 생각지 못했었다.

「아버님은 아직 살아 계십니까?」

김석기의 음성이 목이라도 멘 듯 가늘게 떨렸다.

「예, 함경북도 새별군에 아직……」

장혁의 눈가에 그만 축축한 이슬이 맺혔다. 갖은 핍박과 고통 속에서도 결코 조국은 나를 버리지 않았을 것이라며 발버둥치듯 부여

잡던 아버지의 믿음은 정녕 허상이 아니었다. 지금껏 조금도 흔들리지 않는 담담한 태도로 마치 적국의 첩자라도 조사하는 양 냉정하던 그들의 태도가 '국군 포로'라는 서럽기만 하던 아버지의 또 다른 이름에 따스한 눈빛과 떨리는 음성으로 순식간에 변하는 것이었다.

「분명하오?」

「예, 확인해 보십시오. 소속 부대와 군번이 맞는지, 또……..」

「아니, 그게 아니라…… 그런데 왜 같이 오지 않았소?」

믿지 못해서 다그치는 질문이 아니었다. 안타까움의 다른 표현이었다.

「이 년 전에 룡북 탄광 막장 사고로 다리 한쪽을 잃으셨습니다.」

「이런, 빌어먹을!」

흥분한 김석기가 벌떡 자리를 박차고 일어서며 불끈 움켜쥔 주먹을 부르르 떨었다.

「그럼 새별군 룡북 탄광에는 지금도 아버님과 같은 국군 포로들이 많이 계십니까?」

한동주 역시 놀라움과 안타까움을 감추지 못했다.

「물론입니다. 아버지뿐 아니라 제가 아는 분만도……..」

또렷한 기억으로 이어지는 장혁의 진술에 김석기와 한동주는 놀라움으로 벌어진 입을 다물지 못했다.

한국전쟁. 개전(開戰)으로부터 42년. 휴전 이후 39년. 벌써 우리의 기억 속에서 잊힌 전쟁의 상흔이 북녘 땅 어느 곳에서는 아직도 살아 있는 진행형으로 고통의 신음을 내뱉고 있었던 것이다. 조국의 부름이라고, 자유를 지켜야 한다고, 기꺼이 논바닥에 쟁기를 내던지고 책장을 덮어 두고 총을 들었던 그들이 이제는 '조국 해방의 배신자'라는 멍에를 걸머진 채 북녘 땅 가장 춥고 음습한 로동자구에서 탄광 막장의 굴진공으로, 채탄공으로, 오로지 검은 탄가루와 매서운 칼바람만을 이웃 삼아 하나씩 하나씩 생명의 불을 꺼뜨려 가고 있는 것이었다. 그 긴 고난의 세월을 오직 마지막 희망에 기대어 견뎌 내고 있는 것이었다. 아직도 조국은 나를 잊지 않고 있으리라. 조국은 지금도 우리의 송환을 위해 온 힘을 쏟고 있으리라. 언제라도 그리운 조국에 돌아가기만 한다면 반평생 쌓인 모진 간난(艱難)이 한순간에 모두 씻기리라.

북의 그들에게 있어 리인모 노인과 그 가족이 조국 해방 전쟁의 영웅이요, 자랑스러운 영웅의 가족으로 떠받들리고 있듯 그리운 남쪽의 내 부모, 내 형제, 내 자식 또한 그런 환대를 받으며 나를 잊지 않고 있으리라. 그들의 희망은 오직 그것이었다. 아니, 그것만이 그들 삶의 전부였다. 아직도 잊히지 않았고, 언젠가는 반드시 돌아갈 수 있으며, 반평생의 절망이 남은 내 가족에게는 작은 희망이 되고 있으리라는.

마주 보는 김석기와 한동주의 눈빛은 놀라움과 참담함이 뒤얽힌 곤혹스러움 그 자체였다.

「그럼 그분들 대부분은 아직도 스스로의 신분을 포로가 된 국군이라 생각하고 계시다는 겁니까?」

김석기의 질문에 장혁이 한숨 같은 긴 날숨을 내뱉으며 고개를 끄덕였다.

「예, 우선은 제 아버지부터가 그런 분입니다. 비록 인민반 조직의 철저한 감시 체제가 있기는 하지만 그곳도 사람이 사는 곳이며 그들도 똑같은 사람입니다. 무심코 스치는 듯한 의미 깊은 한마디, 감춰 둔 마음을 담은 진실한 눈길 한 번으로도 서로의 마음을 주고받을 수 있다고 아버지가 말했습니다.」

「오…….」

김석기의 입에서 안타까운 탄성이 저절로 뿜어져 나왔다.

장혁이 문득 벽에 걸린 시계를 돌아다보았다.

「아, 참, 또 한 분이 계시다고 그랬죠?」

「예.」

「그분과는 어떻게 되는 사이요?」

「저…… 겨, 결혼할 사입니다.」

장혁의 얼굴은 또다시 빨갛게 물들었다.

「그럼 여자분이시군요?」

「예에…….」

「그분 이름은?」

「김, 아니 저…… 하혜령입니다. 하, 혜, 령.」

김석기와 한동주의 눈빛이 한꺼번에 번쩍였다.

「하혜령 씨가 분명합니까?」

「예, 예에, 하혜령…….」

다그치듯 하는 그들의 말투에 장혁은 그만 주눅이 들어 버렸다.

「두 분은 어떻게 만난 사입니까?」

「저, 한마을에 같이 살아서…….」

「새별군에서 말입니까?」

「아니, 함, 함흥에서…….」

「함흥이라고요?」

「예에.」

「그럼 장혁 씨가 함흥에서도 살았다는…….」

김석기는 잠시 말을 멈추고 생각을 정리했다. 감추고 있었다. 쉽
사리 털어놓을 비밀이 아니지 않은가. 어떡하든 안전한 탈출을 보장

받아 살아남아야 하는 그들의 처지에서 어떻게 감히 살인자라고 스스로 털어놓을 수 있겠는가. 결국 그것을 감추기 위한 거짓은 상황을 더욱 복잡하게 만들 수도 있는 일이었다. 차라리 이쪽에서 먼저 부딪쳐 보는 것도 나쁘지 않을 것 같았다. 더구나 상대의 정직한 눈빛은 진실과 거짓을 단번에 드러내 보여 주고 있었으니.

「그, 그게…….」

「아니, 내가 묻지요.」

더듬거리는 그의 말을 자르며 김석기가 부드러운 미소를 지어 보였다.

「여기까지 오는 도중에 다른 특별한 일을 겪지는 않았습니까?」

장혁은 말없이 고개를 푹 떨구었다.

「예를 들어 투먼이나 옌지 같은 곳에서?」

「아닙니다. 옌지에서는 없었습니다.」

「그럼 투먼에서?」

장혁이 다시 말없이 고개를 떨궜다.

「괜찮아요. 우리가 들은 것이 조금 있어서 묻는 겁니다.」

「……일이 좀 있기는 했습니다. 그렇지만 그것은 제가 한 일입니다. 지숙 씨는, 우리 지숙 씨는 아무 짓도 하지 않았습니다. 정말입니다. 그 모든 일은 저 혼자 결정하고 저질렀습니다. 그러니 저는 버려도 좋습니다. 하지만 우리 지숙 씨는 안 됩니다, 꼭 살려 주셔야 합니다. 제발 부탁입니다.」

잠시 망설이던 장혁의 입에서 북받치는 설움 같은 애원이 터져 나왔다. 여차하면 왈칵 눈물이라도 쏟아 낼 것처럼 간절했다.

「좋습니다. 그러니까 진짜 이름은 김지숙이군요?」

「예? 그렇습니다. 김지숙입니다.」

장혁은 어쩔 수 없다는 듯 고개를 끄덕였다.

「그럼 김지숙 씨는 직업이 무엇이었습니까?」

「그, 그건……」

장혁은 그만 말문이 막혔다. 아무것도 모르고 있었던 것이다.

「그래요. 그럼 그 부모님들에 대해서는 알고 있습니까? 예를 들면 그 여자분의 아버지가 당의 고위 간부라든지?」

김석기는 무엇보다 그녀의 실체가 궁금했다. 당초부터의 추측도 그랬지만 지금까지 사내의 진술로 보아서도 북쪽에서 찾고 있는 주상대는 여자임이 더욱 분명해졌다.

「……」

「됐습니다. 그럼 같이 오신 그 김지숙 씨는 지금 어디 있소?」

「지금 이 옆에 있는 징룬 반점 옆 골목에 있습니다.」

「뭐라고요?」

동시에 터져 나오는 두 사람의 고함 소리에 장혁도 휘둥그레 두 눈을 크게 떴다.

「징룬 반점? 대사관 옆에 있는 징룬 호텔 말이오?」

벌써 자리를 박차고 일어서는 김석기가 다시 한 번 되물었다.

「예. 뭐가 잘못됐나요?」

「이런 젠장, 빨리 갑시다.」

날듯이 앞장서던 그가 다시 되돌아와서 책상 서랍 속의 권총을 꺼내 허리춤에 꽂았다. 장혁도 그제야 목전의 위기를 느끼며 휘청거리는 다리를 가누어 빠르게 내딛기 시작했다.

미련이란 바로 이런 것을 두고 하는 말인 모양이었다. 그의 모습이 저만치 멀어지면 돌아서리라 마음먹었는데…….

210

벌써 몇 번째인지 몰랐다. 지숙은 처음에는 함께 건너왔던 그 횡단보도를 건너 제법 먼 곳까지 걸어갔다. 그런데 자꾸만 허전했다. 그리고 뿌연 안개가 눈앞을 가려 더 이상 걸을 수가 없었다. 그래도 고마운 사람이었는데 한 번만이라도……. 그렇게 망설이고 마음을 다지며 얼마나 맴돌았는지 몰랐다. 그리고 끝내는 그가 잘 찾아 들어갔는지 먼발치에서 확인이라도 하자는 핑계 아닌 핑계를 둘러대며 징룬 반점 옆 으슥한 골목길에 몸을 숨긴 채 기다렸다.

지숙은 그래도 자신이 그를 사랑하는 것은 아니라고 믿었다. 사실 그를 만나 지내 온 지금까지의 시간은 사랑의 감정 따위를 느끼기에는 너무도 두렵고 아득하기만 한 순간들이었다. 언제 무슨 일이 닥칠지 모르는 위기 속에서 이제 어디로 가서 무엇을 하며 이렇게 살아야 할지 막막했기에 자신을 죽음의 문턱에서 구해 준 그가 때로는 거추장스럽고 원망스럽기까지 하였었다. 때문에 이제 그야말로 혼자가 된다는 막막한 두려움 앞에서도 허전하기보다는 홀가분하다는 생각이 더 앞섰었다. 그런데 막상 멀어지는 그의 그림자를 뒤로하고 돌아서자 가슴속에 뻥 뚫린 구멍이 그렇듯 크게 느껴질 수가 없었던 것이다.

벌써 꽤 오랜 시간이 흘렀다. 시간이 지날수록 그녀는 점점 초조해졌다. 혹시 투먼에서의 일로 그가 공안에 넘겨지거나 일이 잘못된 것은 아닐까.

그때 이미 옌지에서부터 눈에 익었던 남조선의 검은색 소나타 승용차가 호텔 입구에 멈춰 섰다. 지숙은 마른침을 삼켰다.

무엇을 살피는지 잠시 멈춰 서 있던 자동차의 뒷문이 열렸다.

「장혁…….」

무심결에 소리치려던 그녀의 표정이 쓸쓸하게 굳어졌다. 뭘 어떻게 하려고, 아무것도 모르는 그에겐 오히려 짐이 될 뿐인데…….

장혁은 연방 고개를 두리번거리며 그녀를 찾아 점점 바쁘게 움직였다. 초조한 발걸음과 몸짓. 지숙은 뭉클 솟구쳐 오르는 뜨거운 격정에 그만 왈칵 눈물이 쏟아졌다.

「여기예요, 장…….」

그녀의 목소리에 고개를 돌리는 장혁의 얼굴에 환한 안도의 빛이 떠오르는 바로 그 순간이었다.

장혁이 타고 온 승용차와 거의 동시에 반점 입구에 멈춰 섰던 또 다른 승용차 안에서 사내들이 우르르 쏟아져 나왔다.

「저기다!」

쩌렁쩌렁 울리는 다급한 소리에 맞춰 호텔 안에서도 날쌘 걸음들이 뛰어나왔다.

힐끔 소나타 승용차와의 거리를 견주어 본 장혁은 그녀와 함께 되돌아 타기에는 불가능하다는 생각이 들었다.

「뛰어요!」

장혁의 고함 소리에 그녀가 골목을 향해 앞서 뛰었고 장혁이 그 뒤를 따랐다.

뒤차에서 내린 사내들의 그림자가 벌써 소나타의 곁을 스쳤다. 김석기는 재빨리 자신의 발을 내밀어 그중 앞의 사내를 쓰러뜨렸다. 그사이 장혁과 지숙은 무작정 골목 안으로 내달렸다. 김석기가 뒤쫓는 사내들을 몸으로 덮치자 나머지 사내들이 달려들어 그에게 마구 발길질을 퍼부었다. 순간 길바닥에 쓰러진 김석기가 권총을 빼어 들었다.

타앙.

허공을 향한 총구에서 붉은 화염이 뿜어져 나왔다.

길 없는 사람들

함경북도 새별군외 보위부 청사.

짜증스러운 듯 들여다보던 서류를 책상 위에 팽개치는 리형철의 모습에 둘러선 사내들은 또다시 사색이 되어 부동자세를 취했다.

죽을 맛이었다. 그러잖아도 평양의 국가보위부에서 고위 과장급이 직접 내려온다는 소식에 그가 도착하기 전에 성과를 올려 보겠다고 갖은 방법을 다 써봤지만 노인은 요지부동이었다. 그는 이제 겨우 깔딱거리는 숨줄만 붙어 있는 송장과 다르지 않았다. 벌겋게 달군 쇳덩이로 두 볼을 지져도 외마디 비명조차 지르지 않았다.

굵은 밧줄에 한쪽 다리가 묶인 채 천장에 거꾸로 매달려 대롱거리는 그의 몰골을 물끄러미 지켜보고 있던 리형철이 둘러선 사내들을 향해 고개를 돌렸다.

「내려서 의자에 앉히고 깨워.」

「옛!」

아무런 억양도 없는 섬뜩한 그의 음성에 둘러섰던 사내들이 우르르 노인에게 달려들었다.

축 늘어져 그의 얼굴을 가리고 있던 한쪽 바짓가랑이가 들렸다. 차마 눈 뜨고 볼 수 없는 참혹한 몰골이었다. 덥수룩해서 오히려 기괴하던 머리는 마치 포탄이라도 맞은 흔적처럼 움푹 구멍이 패었고, 퀭하니 들어가 해골 같던 눈두덩은 금방 터져 버릴 듯 퉁퉁 부어 흰자위만 번들거렸다. 말라붙은 핏덩어리인지 휘감은 먹뱀인지조차 구분되지 않는 상처들이 전신을 뒤덮고 있어, 금방 저승의 우리를 박차고 나온 듯한 흉측한 악마의 형상이었다. 그래도 리형철은 외눈 하나 꿈쩍하지 않았다.

의자에 묶인 밧줄에 의지해 겨우 가누고 있는 몸뚱이에 차가운 양동잇물이 퍼부어졌다. 그래도 그의 의식은 돌아오지 않았다.

「정신 차리라, 이 반동새끼야!」

눈치를 보던 보위부원 하나가 얼른 그의 듬성듬성 남은 머리카락을 한 움큼 낚아채 고개를 젖혔다. 그러나 노인은 여전히 아무런 반응도 없었다.

「그대로 있어!」

죽은 것은 아닌가 움찔하며 움켜쥔 머리카락을 놓으려던 보위부원을 향해 리형철이 소리쳤다.

「이봐, 권오철.」

의식 없는 그에게 바짝 다가선 리형철이 씹어 뱉듯 잔인한 웃음을 머금은 채 음험한 목소리로 나지막이 그를 불렀다.

「아바이는 아직도 아들 권장혁이가 무사히 넘어갔다고 믿는 모양이지?」

「……」

「흐흐, 천만에. 권장혁이는 아직도 베이징에 있어. 그리고 얼마 가지 못해 우리들 손에 잡혀 이리로 오게 될 거야.」

역시 이번에도 또렷한 반응은 없었지만 리형철은 분명 보일 듯 말 듯 움찔거리는 눈자위의 가는 떨림을 놓치지 않았다. 역시 짐작이 맞았던 것이다. 어쩌면 진작에 꺼졌을지 모를 생명의 끈을 여태 이어 가고 있는 것은 바로 그 소식을 듣기 위해서일 것이었다.

「지금 권장혁이가 위험하다. 베이징 대사관 앞에 나타났다가 우리 보위부원들에게 쫓기고 있어. 어때? 잘하면 아바이 아들 권장혁이는 살려 줄 수도 있는데……」

곁에 지키고 서 있는 보위부원들은 그것이 무슨 의미인지 알아듣지 못했다. 그들은 아직 남조선과 중국 간의 수교 사실을 전혀 모르고 있었다.

「무슨 의미인지 잘 알 텐데. 베이징의 대사관이 어디를 말하는지.」

비릿한 리형철의 미소가 채 입가에서 사라지기도 전에 가늘게, 아주 가는 실낱처럼 노인의 눈동자 빛이 되살아나기 시작했다.

「그래, 바로 그거야. 아바이는 아직 눈을 감을 때가 아니잖아. 안 그래? 하, 하, 하하하……」

거짓말이라 해도 좋았다. 번쩍, 그 두꺼운 눈꺼풀이 치켜져 올라가며 눈에 생기가 돌아왔다. 그러나 그 빛은 분노와 공포와 절망이 한데 어우러진 형언할 수 없는 혼돈의 그것이었다.

「단파 라지오로 남조선 괴뢰의 지령을 받았겠구먼?」

「……」

「그래, 그 지령이 뭐였지?」

언뜻 노인의 입가로 어이없는 조소의 빛이 스치는 듯했다.

「흥, 이미 죽음을 각오했다 이거지. 그렇지만 아직 권장혁이가 살아 있다는 사실을 명심해야지. 그리고 곧 우리 보위부원들에게 잡혀 되돌아올 것이라는 것도.」

이제 노인의 눈에는 애통한 절망의 빛만이 가득했다.

「김영식이 소식을 들었나?」

「……」

「김지숙이와는 언제부터 접선을 했지?」

「……?」

「어떻게 연락을 했지?」

노인은 도무지 모를 소리였다. 물론 아들이 국경을 넘어 탈출을 했고 집 안에서는 단파 라디오까지 발견되었으니, 그런 간첩의 누명을 뒤집어쓰는 것쯤이야 당연한 일이었다. 그러나 지금 그가 말하는 김영식이나 김지숙은 도무지 알지 못하는 사람들이었다. 도대체 그들은 누구인지, 아니 그보다도 그들이 아들과 무슨 상관이 있는 것인지 전혀 예측할 수가 없었다.

「누구와 연락을 하고 있는 거야? 그 지령을 내리고, 중국에서 숨겨 주고, 또 돈을 대는 놈이 도대체 누구야?」

「……」

「어서 말해, 말하라구, 이 반동 영감새끼야!」

우악스레 멱살을 잡아 흔들던 리형철이 노인을 허공으로 치켜들었다가 그대로 패대기쳤다. 와지끈, 의자가 부서졌고, 노인은 그 위에 숨통 끊어진 짐승처럼 맥없이 널브러졌다.

「이 간나새끼!」

「그만둬.」

또다시 우르르 달려들어 쓰러진 노인을 향해 발길질을 퍼부으려던 보위부원들이 리형철의 고함에 멈춰 섰다.

「그 반동새끼는 살려 두는 게 더 큰 고통이야. 절대 죽여서는 안 돼……. 다시 의자에 묶고 찬물을 부어!」

216

권오철 권장혁 부자가 살았던 함경남도 영광군 상중리와 김지숙이 살았던 함흥시의 사포 구역, 또 김지숙의 어미 최은실의 동사체가 발견된 함흥시와 영광군에 걸친 오봉산, 그 세 곳을 연결하는 긴 삼각형은 뭔가 연관이 있을 것 같았지만 막상 자세히 들여다보면 너무도 막연했다. 무엇보다 한쪽은 위대한 조국 해방 전쟁의 괴뢰 포로로 최하급의 적대 계층이었고, 그 반대편은 혁명 열사 유가족이라는 최상급의 우대 계층이었으니. 또한 그들이 영광군을 떠나기 전까지의 시대 상황으로는 감히 감시 구역의 철조망조차 제대로 벗어날 수 없지 않았던가. 그리고 그들이 떠나온 1974년 이후는 더욱.

양동이의 찬물을 뒤집어쓴 노인은 곧바로 의식을 차려 희미하게 실눈을 떴다.

두 사람은 뚫어질 듯 그렇게 한동안 지켜보고 있었다. 자꾸만 의혹을 더하는 자신의 생각이 지나친 과민은 아닐까 싶기도 했지만, 리형철은 미련을 버리지 못했다.

「아바이, 내가 지금 바쁜 것은 당신 아들 권장혁이 아니라 김지숙이 때문이야. 난 김지숙만 잡으면 영감 아들은 상관없어. 그러니, 누가 어디에 숨겨 주는지만 알려 준다면…….」

몹시 자존심이 상하는 일이지만 어쩔 수 없었다. 아직 한 번도, 더구나 이런 하찮은 존재들과의 타협은 상상조차 하지 않았지만 무슨 일이 있어도 김지숙을 찾아야 했다. 그것은 그녀가 남조선으로 탈출할 경우 초래될 엄청난 파문 때문이었다.

우선은 단파 라디오가 마음에 걸렸다. 또한 아무리 넓은 중국이라지만 그래도 결국은 베이징에 나타났으니 동북 3성을 벗어나지는 않았을 터인데, 중국 공안은 물론이고 그렇게 많은 조교들의 눈을 피해 한 달이 넘는 동안 흔적조차 남기지 않았으니.

베이징에서의 행적도 그랬다. 마치 그들 자신에 관한 추적 상황이나 대사관 주변을 지키고 있던 웨펑 부하들의 움직임을 알기라도 한 것처럼 얼굴이 드러난 지숙은 그 근처에 숨어 있고 장혁만 버젓이 대사관에 잠입해 뒤늦게 안기부놈과 함께 나타났으니. 더구나 노련한 안기부의 김석기가 그토록 쉽사리 권총까지 쏘아 대며 도망을 도울 줄이야.

「이봐, 아바이. 영감은 지금 죽음을 기다리고 있겠지? 그렇지만 난 이대로는 절대 당신을 죽이지 않아. 반드시 영감 아들 권장혁이 놈을 내 손으로 잡아 와 당신 눈앞에서 먼저 죽일 거야. 어때? 협조만 해준다면 영감을 지금 이 자리에서 죽여 주고 아들은 모르는 척 봐줄 수도 있다고.」

두려움 속에서도 조롱하는 듯한 노인의 눈빛에 리형철은 또다시 폭발하고 말았다.

「이, 썅!」

발길질에 주먹질, 몽둥이, 쇠꼬챙이, 채찍 등 닥치는 대로 퍼부었지만 노인은 이미 아무런 감각도 느끼지 못했다. 그저 터지면 터지는 대로, 깨지면 깨지는 대로 구르고, 뒹굴고, 처박히며……. 그것은 이미 눈앞에 다다른 죽음의 문턱에서 겪는, 죽음보다 더한 고통일 것이었다. 그러나 노인은 결코 그 문턱을 넘지 않으려 애쓰고 있었다. 아직은 때가 아니었다. 당장 혀를 깨물어서라도 그 문턱을 넘고 싶었지만 지금 자식이 귀환은커녕 생사조차 위험한 지경이라니…….

무슨 기구한 운명이기에 아직도 이런 것일까? 40년 세월의 외로운 한과 서러움을, 그 뼈를 깎던 고통과 아픔을 이제는 영원히 잠재울 수 있는 길이 바로 눈앞에 있는데. 짐승처럼 뒹구는 그의 두 눈에서 끝내 굵은 눈물이 솟구치기 시작했다.

외교부와 공안부를 거치며 또 한바탕 곤혹을 치르고 돌아오면서도, 한동주 서기관은 책상 앞에 앉으며 곧바로 수화기부터 손에 들었다.

「무슨 연락 없었습니까?」

「예. 한 시간쯤 전에 어떤 사람이 김석기 참사님을 찾기는 했었는데…….」

「뭐라구요? 그래서요?」

한동주는 바짝 긴장했다. 벌써 며칠이 흘렀던가. 그동안 눈이 빠지도록 기다린 그들의 연락이었다.

「참사님은 이제 안 계신다고 말씀을 드렸더니…….」

「내게 연락하라고 했겠죠? 뭐라던가요? 연락을 하겠답니까?」

「아니, 저…….」

교환원 미스 조가 대답을 머뭇거렸다.

「아니, 왜요? 무슨 일이에요?」

「참사님 일을 꼬치꼬치 캐물어서요.」

「그래서요?」

「본국으로 돌아가셨다고 했더니 소환이냐고 물어서…….」

「그래서, 뭐라고 대답했습니까?」

「그렇다고…….」

「뭐요? 아니, 그런 걸 말해 주면 어떡합니까? 상대가 누구인지도 모르면서.」

「아, 아닙니다. 지난번 그 사람이 틀림없었습니다. 징룬 호텔 앞에서 총을 쏜 것 때문에 그러냐고 묻기에…….」

분명했다. 바로 그 권장혁이라는, 국군 포로의 아들이었다. 하지만 어쩐지 그가 다시는 연락해 오지 않을 것 같은 생각이 들었다.

「그래서, 다시 연락을 하겠대요? 어떻게 한대요?」

한동주의 음성이 다급했다.

「글쎄, 그건 잘 모르겠고, 죄송하다고 전해 달라면서 그대로 전화를 끊었습니다.」

「빌어먹을…….」

쾅, 내려치는 그의 주먹에 책상 위의 필병(筆瓶)이 바닥에 엎어져 와르르 필기구를 쏟아 냈다.

「연락처 같은 것이라도?」

어차피 뻔한 질문이었다.

「예, 그것도…….」

어쩔 수 없었다. 아니, 어쩌면 그것이 그들의 운명인지 몰랐다. 도와줄 수 있다고, 당장 중국에서는 방법이 없더라도 하다못해 홍콩으로 갈 수 있는 길은 주선할 수 있다고, 그리고 홍콩 영사관에 연락해 즉시 중국과 북의 추적을 따돌릴 방법을 모색해 보겠다고, 그러니 다시 연락해 달라고, 그렇게 드러내 놓고 말할 수 없는 것이 그의 처지였다.

이미 김석기 참사는 사건 후 일주일 만에 본국으로 소환되었다. 한중 양국도 인정하는 그동안의 수교 공적이나, 개방적인 행정·경제 관료들을 중심으로 한 그의 중국 인맥도 북의 드러나지 않은 집요한 항의에는 아무런 소용이 없었다. 물론 그 항의의 배후에는 리형철이 있었다. 그리고 무엇보다 이미 공식적으로 발표되어 세부 사항을 협의 중인 대한민국 대통령의 첫 중국 방문을 앞두고 외교적 문제가 될지도 모르는 화근을 방치해 둘 수는 없는 일이었다. 그나마 다행인 것은 상대가 중국 광둥에 본거지를 둔 암흑가 사람들이라는 사실을 빌미로, 서로 뻔히 알고 있는 사건의 실제적인 내면은 모르는 척 외면하고 단지 외교관의 총기 사용만을 문제 삼아 추방 형식이 아닌 우리 정부의 소환 형식을 취할 수 있었던 것이었다.

그러나 그날 그들이 사전에 김석기 참사와 연락이 되었더라면 일은 훨씬 쉽게 풀릴 수 있었다. 김 참사가 아니더라도 그의 지휘하에 있는 다른 비밀 요원을 통해 은밀한 방법을 취할 수도 있었기 때문이다. 또한 그녀가 대사관과 가까운 징룬 반점에 은신하지만 않았더라도 그렇게 서두르지는 않았을 것이었다. 어쩌면 이미 그들의 손에 붙잡혔을지도 모르는 일이었다. 다행히 그렇지 않다면 그야말로 한시가 급한 상황이었다. 결국 모든 것은 그들의 운명인 셈이었다. 그러나 변명처럼 모든 것을 운명으로 돌리기에는 한동주 스스로 생각하기에도 너무나 안타까운 민족의 아픔이었다.

한동주는 내키지 않는 걸음이었지만 1등 서기관 서준식을 찾았다. 그는 김석기 참사의 후임인 셈이었다.

「어이구, 어쩐 일이십니까, 한 서기관께서?」

반가운 미소를 짓기는 했지만 여전히 자리에 앉아 있는 그의 눈매가 날카로웠다.

「그냥 들렀습니다.」

「그럴 리가 있나요. 자, 앉읍시다.」

그가 권하는 자리에 앉으면서도 한동주는 망설였다. 그의 반응이 어떨지 자신이 없었다.

「그래, 오전에 외교부와 공안부에 들어가신다더니?」

「예, 갔다 왔습니다.」

「잘 처리됐습니까?」

「이제 그 문제는 더 이상 거론이 없을 겁니다.」

「다행입니다. 본국에서도 대통령 각하의 중국 방문을 앞두고 혹시 빌미를 잡히지 않을까 몹시 우려했는데.」

「…….」

「그래요. 그건 그렇고, 또 무슨 다른 일은……?」

그와는 거의 동갑이었지만 아직 한 번도 인간적인 교감을 나눈 적은 없었다. 서준식은 분명 뛰어난 사람이었다. 그러나 엘리트 의식이 강한 출세 지향적인 자세는 한동주에게 어쩐지 거리감을 느끼게 했다. 더구나 대사관은 물론이고 중국에 진출한 수많은 기업에까지 이런저런 인연의 고리가 강하게 뻗어 있었다.

망설이던 한동주가 어렵게 입을 뗐다. 어쩌면 그런 그의 무수한 연줄들이 권장혁과 김지숙에게 큰 도움이 될 수도 있을 것이라는 생각에서였다.

「그…… 권장혁이라는 친구 말입니다.」

「권장혁? 아, 예, 그 탈북자라는 친구들 말이죠?」

「예. 그 사람이 오늘 연락을 해온 모양인데…….」

「그거 저도 전해 들었습니다. 다시 연락하지는 않을 모양이던데, 오히려 잘된 일이죠. 우리 쪽 입장이 몹시 난처할 뻔했는데, 스스로 그렇게 해주니.」

결국 그것이었다. 어딘지 이상스럽게 느껴지던 미스 조의 태도도 그러면……. 지금 서준식에게 그것을 따지고 들 처지는 아니었다. 본국으로부터의 훈령도 이번 일에 관한 모든 처리는 그에게 일임하겠다는 것이었다.

「그렇지만 위기에 처한 우리 동포인데…….」

「물론 저도 그 점에는 동감합니다. 그렇지만 우리는 국익이 우선 아닙니까? 더구나 각하의 방중 일정이 얼마 남지 않았는데.」

「예, 저도 압니다. 그렇지만…….」

「그 문제는 그만 합시다. 저도 마음이 아픕니다. 하지만 그 사람은 당장 중국의 실정법을 위반한 범죄자이기 때문에 난민 대우도 받지 못할 처지가 아닙니까. 그런 난처한 처지의 동포가 어디 한둘입니까? 그때마다 매번 우리가 관여를 하다가는 언제 무슨 외교적 분쟁이 벌어질지 모릅니다. 가슴은 아프지만 어쩔 수 없지요.」

그는 역시 냉정했다. 물론 그런 냉정한 자세야말로 국익을 추구하는, 특히 적성국과의 외교에서 분쟁 없는 성과를 거둘 수 있는 진정한 외교관으로서의 자세인지도 몰랐다. 그러나 한동주는 여전히 미련을 버리지 못했다.

「그렇지만 그 사람은 우리 국군 포로의 아들입니다. 또 김지숙이라는 그 여자의 신분도 결코 평범하지는 않은 것 같구요.」

「그 사람의 진술만으로 그가 국군 포로의 아들인지 어떻게 단정할 수 있습니까? 그 사람들은 우리 한국으로의 탈출을 위해서는 무슨 거짓말이든 할 수 있습니다. 자신들의 가치를 높이기 위해서 말입니다. 또 김지숙이라는 그 여자도 내 생각에는 그렇게 대단한 여자 같지 않습니다. 벌써 탈북한 지가 일 년이 넘었다면서요. 만약 그렇게 대단한 신분이라면 진작에 송환됐을 겁니다. 한 서기관님 심정은 잘 알겠지만 우리 국익을 위해 좀 더 냉정합시다. 어렵게 수교를 성사시킨 지 얼마 되지도 않아 공연히 분쟁을 일으켜서야 되겠습니까.」

그의 논리에도 일리는 있었다. 어쩌면 단순한 그의 추측이 사건의 내막을 파악하는 훨씬 더 정확한 시각일지도 모르는 일이었다.

할 말을 잃어버린 채 물끄러미 자신을 바라보는 한동주의 시선이 민망했던지 서준식이 어색한 미소를 입가에 지었다.

「또 현재로서는 뾰족한 방도가 없잖습니까.」

「그래도 은밀한 방법으로 도울 수는 있지 않을까요?」

「은밀한 방법이라니요?」

여전히 서준식은 모르는 척 딴청이었다.

「우리 대사관에 다시 연락하지 않는다면 분명히 그들은 홍콩을 향할 텐데, 상하이나 선전 등지의 우리 쪽 사람들이 은밀히 나서서 도와준다면……」

「허허, 한 서기관님. 이 넓은 중국 땅에서 그 두 사람을 무슨 방법으로 찾겠습니까? 그리고 당장은 그 일로 절대 외교적 문제를 일으키지 말라는 대사님의 지시도 있었는데 그 지시는 무시할 겁니까? ……이제 그 문제는 그만 덮고 잊읍시다.」

어디로 가야 할지 길 없는 그들의 앞날이 한동주의 가슴을 무겁게 짓눌렀다.

「오늘이나, 잘해도 내일을 넘기기는 힘들 것 같습니다.」

마치 일상 업무를 보는 듯한 너무도 담담한 의사의 말투가 재열은 귀에 몹시 거슬렸다.

「아이고, 엄마……!」

어디서 그렇게 샘솟는지, 영순은 이번에도 요란한 통곡 소리와 함께 하염없는 눈물을 펑펑 쏟아 냈다.

호상(好喪)이라 했던가. 며칠 전, 아무래도 이제는 더 이상 준비를 미룰 수 없을 것 같은 불길한 예감에 장의사를 불렀었다. 그때 그 장의사는 꼬박 여든여섯 해를 육신의 탈 없이 곱게 살다가 숙환으로 운명을 맞는 거야 호상이 아니냐며 위로를 하였었다. 더구나 찌는 무더위도 가고 선선한 가을날에 죽음을 맞게 되니 사정 모르는 그의 눈에는 그럴 법도 하였을 것이었다.

하지만 어찌 호상이라 여길 수 있을 텐가. 얼마나 매서운 서릿발이 가슴속 깊이 맺혔기에 흔하디흔한 치매조차 범접하지 못했을까. 자식으로선 치매라도 앓아 괴로운 기억이나마 남겨 주었더라면 이토록 가슴이 미어지지는 않았을 것이었다. 어머니는 그저 한 닷새 무의식 속에서 용변을 받아 내게 했을 뿐이었다. 어머니는 가물거리는 의식 속에서도 문득문득 주문처럼 영식의 이름만 부르고 있었다.

「재열 오빠, 저러다가 우리 엄마 눈도 못 감고 죽어. 어서 빨리 오빠 좀 불러내! 우리 엄마 저대로 돌아가시게 둘 거야?」

발끝에 매달린 영순이 몸부림치며 뒹굴었다.

「미안하다. 장례식에는 꼭 올 거다…….」

재열도 끝내 눈물을 감추지 못했다.

재열에게도 친어머니와 다름없는 분이었다. 이제 더는 시간이 없을 것 같다는 영순의 연락에 재열은 벌써 3일째 자리를 지키고 있었다. 그리고 그동안 모든 길을 통해 영식이 어머니의 임종을 지켜볼 수 있게 해달라고 사정했지만 돌아오는 대답은 언제나 하나였다.

「비전향 장기수는 사실 장례 외출도 어렵습니다. 죄송합니다. 아무리 유 국장님이 보증하셔도 원칙을 깨뜨릴 수는 없습니다.」

「아이고!」

찢기는 듯한 비명이 안방에서 들려왔다.

「어, 어, 엄마……!」

영순이 흐느끼며 안방으로 뛰어갔다. 재열도 휘청하는 현기증에 억지로 몸을 가누며 영순의 뒤를 따라 걸음을 서둘렀다.

천지가 잠든 듯한 갑작스러운 침묵 속에 입술이 힘겹게 움직이며 어머니가 잠시 헐떡였다. 그러나 발악 같은 그 헐떡임을 끝으로 어머니의 고개는 끝내 기운 없이 늘어졌다.

「어, 어, 엄…… 아악, 엄마!」

목숨이, 생명이, 삶이, 인생이 결국 이렇게 허무한 것이었나. 떠오르는 생각도, 슬픈 오열도 없었다. 재열은 실감이 나지 않았다. 그저 멍한, 텅 비어 버린 듯한 공허함뿐.

「이 죽일 놈들아, 눈이라도 감겨라!」

저주 같은 영순의 고함 소리에 재열은 번뜩 정신을 차렸다.

어머니의 눈 뜬 흰자위가 그대로 천장을 노려보고 있었다.

「어머니…….」

재열은 조용히 다가앉아 품속에 어머니를 껴안았다.

「저 재열입니다. 영식이 대신에 제가 왔습니다. 저를 영식이라 생각하시고 그만 눈을 감으세요. 어머니가 이렇게 뜬눈으로 가시면 영식이 가슴에 영원한 못이 됩니다. 어머니, 모진 세월 그처럼 견디어 오셨는데 한 번만 더, 오직 이번 한 번만 더 어머님이 참으세요. 제가 어머니 아들 영식입니다.」

재열의 오열에 모두가 서늘한 침묵으로 지켜볼 뿐이었다.

「어머니, 제발, 부디…….」

재열은 어머니의 두 눈을 가만히 쓸었다. 마침내 어머니는 거짓말처럼 조용히 두 눈을 감았다.

사랑의 이름으로

  톈진(天津). 중국 동북의 랴오둥(遼東) 빈도와 그 남쪽 산둥(山東) 반도 사이에서 대륙의 호수처럼 자리한 보하이 만(渤海灣)의 서쪽 가장 깊은 내륙의 항구 도시. 장혁은 그곳 부둣가를 배회하며 또 다른 탈출의 길을 엿보고 있었다.

  잠시 전 이곳 톈진 항에서 긴 뱃고동 소리를 내며 뱃머리를 돌려 부두를 떠난 진천항운(津川港運) 페리 여객선 천인호(天仁號)에만 무사히 오를 수 있다면 누런 바다 황해를 건너 불과 스물다섯 시간 남짓이었다. 뱃바닥 창고 속 어디에 숨어 있든, 하다못해 비린내 나는 생선 궤짝 사이에 짓눌려 견디어도 스물다섯 시간이면 곧바로 그리운 남쪽, 아버지의 조국 대한민국 인천인 것이다. 그것으로 고된 탈출의 여정은 모두 끝날 것이다.

  그러나 벌써 여러 날을 배회하며 방법을 찾았지만 길은 보이지 않았다. 배는 3, 4일에 한 번씩 입항해서 스물두 시간가량 부두에 머물렀다. 하지만 아무런 신분증도 배표도 없는 그의 처지로서는 배 근처에 접근하는 것조차 불가능했다.

부두 한편에서 가물대는 천인호의 선미를 우두커니 지켜보고 서 있는 장혁 곁으로 낯익은 사내 하나가 다가왔다. 아직 한 번도 이야기를 나눈 적은 없지만 그간 몇 번 얼굴을 마주치면서 그가 천인호와 관계 있는 사람이라는 짐작은 하고 있었다.

「조선족이십니까?」

빙그레 사람 좋은 미소로 인사를 건네는 그의 억양이 귀에 설었다. 한국인임이 분명했다.

「예? 예에.」

「어디, 랴오닝 성 쪽에서 오셨어요?」

「아니, 전…….」

「그럼 옌지 쪽에서 오셨군요?」

「아니, 아, 예, 예에.」

으레 조선족이려니 하는 그의 짐작에 장혁은 그만 얼버무렸다. 쉽사리 신분을 털어놓을 그런 처지도 아니었다.

「한국에 가시게요?」

「예? 아…….」

「괜찮습니다. 편안하게 생각하세요. 여기 진천항운은 중국과 저희 한국 회사의 합작인데 저는 한국에서 톈진으로 파견 나와 있습니다.」

경계하는 눈빛으로 더듬거리는 장혁이 몹시 안쓰러웠던 모양이었다. 사내가 먼저 자신을 소개했다.

「아, 예, 반갑습니다.」

「담배, 태우십니까?」

사내가 주머니에서 담뱃갑을 꺼내 장혁에게 권했다.

「아, 아니. 예, 고맙습니다.」

즐겨 피우지는 않았지만 장혁은 그래도 사내의 친절이 고마워 얼른 한 개비를 꺼내 입에 물었다. 사내는 장혁의 담배에 먼저 불을 붙여 주고는 깊숙이 빨아들인 연기를 허공으로 길게 뿜어냈다.

「참, 안타깝습니다. 같은 민족인데 이렇게 비자니 뭐니 여러 가지로 복잡하니…….」

장혁은 그의 뜻밖의 관심이 낯설기는 했지만 왠지 푸근한 정이 느껴졌다.

「저, 지금 남조선, 아니 한국에서는 조선에서 탈출한 사람들이 잘 살고 있습니까?」

「북한에서요?」

「예, 북한.」

「그럼요, 다들 그런대로 잘 살고 있죠. 정부에서 모든 걸 책임져 주는 건 아니지만 우선 살 수 있는 집도 마련해 주고 직장도 알선해 주니까, 각자 자신들이 하기 나름이죠.」

「그렇지만 한국에 적대 행위를 한 사람은 그렇지 않겠지요?」

「적대 행위라니요?」

사내는 지숙의 아버지를 염두에 둔 장혁의 질문을 선뜻 이해하지 못하였다.

「저, 예를 들면, 혁명 열사 유자녀 같은…….」

「아, 천만에요. 인민군이든 간첩이든 자수하거나 전향만 하면 얼마든지 자유롭게 살 수 있죠. 일이일 사태 때 살아남은 김신조도 그렇고 지난번 대한항공 팔오팔기 폭파 사건 때의 김현희도 잘 살고 있잖습니까. 그런데 그 자녀들이야 더구나 무슨 죄가 있다고요.」

1·21사태에 대해서는 전혀 들은 바가 없었지만 대한항공기 사건에 대해서는 장혁도 북에서 남조선의 모략 자작극이라는 발표를 들

은 적이 있었다.

「그럼 그 대한항공기 사건은 조작극이 아니었습니까?」

「뭐라구요? 그 사건이야 이미 김현희가 붙잡혀서 사실로 확인된 건데…… 저, 혹시 북에서……?」

사내는 놀라 눈을 크게 뜨고 그제야 장혁을 유심히 살피기 시작했다.

「그러시군요. 어쩐지…… 그럼 여기 톈진에서 우리 천인호로 한국에 들어갈 생각이었습니까?」

장혁은 여전히 아무런 대답이 없었다. 비록 어떤 적대적 기미가 느껴지지는 않았지만 그래도 선뜻 마음을 털어놓기는 망설여졌다. 또한 천인호도 베이징의 한국 대사관 앞에서의 사건 이후 무작정 도망치던 끝에 우연히 톈진으로 와 알게 된 것이다.

「천인호를 몰래 타는 건 절대 불가능합니다. 물론 우리 쪽에서도 조선족의 밀입국을 막기 위해 신경 쓰고 있습니다만, 특히 중국 쪽에서 여객선인 우리 천인호에 대해 여간 철저히 검색하는 게 아닙니다. 비행기를 타는 거나 별반 다름없죠. 우리도 그런 어려움만 없다면 북에서 탈출한 분이신데 도와 드리고는 싶지만……. 베이징에 우리 대사관이 개설되었는데, 혹시 거기는 가보셨습니까?」

진심으로 안타까워하는 그의 눈빛에 장혁은 그저 고개를 끄덕이는 것으로 대답을 대신했다.

「아니, 그런데 왜? ……아, 역시 그렇군요.」

사내는 자신의 질문에 대한 답변을 스스로 짐작해 중얼거렸지만 장혁은 그 의미를 알지 못하였다. 그런데 사내가 곧바로 넋두리처럼 다시 그 의미를 풀어놓기 시작했다.

「하긴, 그럴 겁니다. 북한의 눈치를 봐가며 어렵게 수교는 했어도 중국이야 아직 분명한 사회주의 노선이니 우리 대사관도 한계가 있을 테죠. 마음이야 백 번 도와주고 싶겠지만 중국의 입장에서 보면 엄연히 북한이라는 제삼국의 국민인 셈이니 그들의 주권을 앞세워 주장한다면 아무리 대사관이라도 방법이 없겠지요. 아, 얼마 전에는 우리 대사관의 참사 한 분이 북한에서 넘어온 어떤 사람을 보호하려다 본의 아니게 중국 흑사회 사람들과 총격전을 벌여 본국으로 소환까지 된걸요. 까딱 잘못했으면 어렵게 수교를 해놓고 큰 문제가 일어날 뻔했습니다.」

장혁은 뜨끔했다. 바로 자신의 이야기인 것이었다.

톈진에 도착하고 며칠 뒤, 비로소 안정을 되찾아 대사관으로 전화했을 때 김석기 참사의 본국 소환 사실과 함께 한동주 서기관도 통화하기 어렵다는 여직원의 말투에서 더 이상 접촉을 원하지 않는 눈치였지만 거기에 또 다른 배경이 있으리라고는 미처 생각지 못했다. 그러나 장혁은 살인 사건과 맞물린 처지였기에 그 외면에 대한 원망은 없었다.

「흑사회라니요?」

그렇지 않아도 장혁은 그날 징룬 반점 앞에 나타났던 사람들의 정체가 몹시 궁금했던 터였다.

「흑사회는 암흑가의 마피아, 그러니까 일종의 깡패들을 말하는 겁니다. 중국에도 개방 바람이 불면서 특히 홍콩과 가까운 남쪽 지방을 중심으로 점점 그 세력이 확산되고 있는 실정이죠.」

「아니, 깡패들이 왜 북조선 사람들을?」

「그거야 북쪽에서 청부를 했겠지요. 옌지도 아닌 베이징에서까지 드러내 놓고 정보 요원들이 활동할 수는 없을 테니, 그런 사람들을 사서 쓰는 거겠죠. 흑사회 같은 사람들은 돈이나 마약이라면 무슨 짓이든 다 하니까요.」

비로소 의문의 실마리가 풀렸다. 그렇다면 다시 대사관으로 접근하기는 한동안 어려울 것이다. 대사관의 여직원이 자신에게 마땅찮은 눈치를 보였던 것도 결국 그런 까닭에서였을 것이었다.

「힘들겠지만 홍콩으로 가시는 게 수월할 겁니다. 거기는 아직 중국과 상관없는 영국령인 데다 북한과도 외교적 관계가 없으니 우리 영사관에서도 훨씬 자유롭게 조치를 취할 수 있을 겁니다.」

「홍콩에는 한번 가보셨습니까?」

「그럼요, 거긴 아주 자유로운 곳입니다. 남쪽의 선전(深圳)으로 가면 그곳은 바로 홍콩과 붙어 있어 육로는 물론이고 산을 넘거나 바다를 건너서도 곧장 갈 수 있죠. 홍콩에 들어서서 그곳 경찰에게 자수하면 우리 영사관에 연결될 겁니다.」

사내는 친절했고 여러 지역 사정에도 꽤나 밝은 눈치였다. 비록 자신이 직접 무엇을 해줄 수는 없어도 어떻게든 힘이 되어 보겠다고 나서는 그의 성의는 장혁에게 큰 위안이 되었다. 장혁은 아버지가 왜 그토록 목숨까지 내놓고 하나뿐인 자식과 생이별을 하며 남으로 보내려 했는지, 그리고 떠나온 지 40년이나 지나 가물거리는 기억 속 고향을 왜 그토록 든든히 믿었는지 비로소 실감할 수 있었다.

텐진에 도착한 뒤부터 지난 며칠 동안 장혁과 지숙은 내내 텐진 대학과 난카이(南開) 대학의 으슥한 나무 그늘이나 수상 공원(水上公園)의 한적한 벤치 위에서 공안의 눈길을 피해 가며 지내 왔다. 벌써 9월 중순이라 낮에는 그런대로 지낼 만했지만 밤에는 제법 서늘한 밤이슬이 내려 견디기 힘들었다.

중화인민공화국 거민신분증(居民身分證)이나 여권 없이는 묵을 집은커녕 단 하룻밤의 잠자리도 얻을 수 없는 중국의 체제 때문에 두 사람은 매일 그렇게 찬이슬을 맞으며 밤을 지새운 뒤, 아침이면 길거리의 노점 찬팅에서 멘탸오나 훈둔으로 아침 요기를 하고는 무슨 일을 할지 서로 묻지도 않은 채 헤어졌다. 그리고 저녁 무렵이면 언제나 그곳에서 다시 만나 하룻밤을 지낼 으슥한 어둠을 찾았다. 그러나 오늘부터는 그 서늘한 밤이슬을 그대로 맞지 않아도 되었다.

텐진 도서관 앞에서 장혁을 기다리는 지숙의 표정이 모처럼 환했다. 지숙이 요 며칠 날품으로 일하던 난카이 구(南開區) 푸캉 로(復康路) 바리타이(八里臺) 고가 도로 아래의 조선족 찬팅에서 일자리와 숙소를 동시에 구했다. '아리랑'이라는 상호의 그 작은 찬팅은 주로 노변의 타자에서 화로의 숯불로 중국 한족이 즐겨 찾는 양러우찬(羊肉串)이라는 양고기 꼬치나 조선족의 입에 맞는 쇠고기 따위를 구워 파는 작은 식당이었는데, 밤늦은 시간이기는 하지만 그래도 주인 내외가 귀가한 뒤에는 그 찬팅에 딸린 작은 방을 그들만의 숙소로 사용할 수 있게 된 것이었다. 물론 부부도 아닌 그들이 작은 방에서 함께 지내야 한다는 것이 난처하기는 했지만 당장은 점점 추워지는 날씨에 밤이슬을 피하는 것이 시급했다. 지숙은 장혁을 믿는 마음도 있었지만 차가운 벤치 위에서 선잠결에 때때로 느꼈던 따스한 그의 어깨가 이제는 편안하게 여겨졌다.

「저 왔습니다.」

우두커니 들뜬 공상에 빠져 있는 그녀의 등 뒤에서 귀에 익은 장혁의 음성이 들려왔다.

「어머, 언제 왔습니까?」

화들짝 놀라며 돌아보는 그녀의 두 볼이 수줍은 기색으로 물들었다.

「지금 막……. 그런데 무슨 생각을 그렇게 골똘히 했습니까?」

어색하기는 했지만 그래도 그의 얼굴에 웃음이 떠오른 것은 꽤 오랜만의 일이었다. 지숙은 그 웃음이 사라지기 전에 얼른 기쁜 소식을 전할까도 싶었지만 무엇인가 할 말을 망설이는 듯한 그를 보고 잠시 기다렸다.

그러나 머뭇거리던 장혁은 슬며시 등을 돌려 먼저 거리를 향해 나섰다. 아마 지금껏 그래 왔듯이 난카이 대학이나 톈진 대학의 한가한 벤치를 기웃거리다 적당한 곳에 자리를 잡거나, 다시 수상 공원을 향해 걸음을 옮기리라. 그러나 그 어느 곳을 가더라도 아리랑 찬팅과는 별로 멀지 않은 거리였다.

역시 난카이 대학 그 벤치였다.

「무슨 할 말이라도 있습니까?」

벤치에 다리를 기대고 우두커니 등을 돌려 선 그를 향해 지숙이 조금은 떨리는 음성으로 물었다.

「아, 아니, 없습니다. 무슨…….」

그녀 앞에서는 언제나 더듬거리는 버릇 그대로 장혁은 고개를 내저었다.

「그럼 제가…….」

망설이듯 이야기를 멈췄지만 그녀의 얼굴빛은 결코 어둡지 않았다. 장혁은 생기 띤 지숙의 모습이 왠지 두려웠다.

「이제 오늘부터는, 이렇게 거리에서 잠을 자지 않아도 됩니다.」

그녀가 얼굴 가득 밝은 미소를 지었다.

「그게 무슨 말입니까?」

「숙소와 일자리를 구했습니다. 여기서 가까운 곳인데 우리 조선족이 하는 아리랑 찬팅이라고, 식당입니다. 그러니까 오늘부터는 차가운 밤이슬을 맞지 않아도 되는 겁니다.」

함빡 웃음을 머금은 채 너무도 기쁨에 겨워 어쩔 줄 모르는 그녀
의 들뜬 표정만큼이나 기쁜 소식임이 분명했다. 그러나 장혁은 안타
까움뿐이었다. 이제 곧 떠나야 한다고 생각하는 자신과 달리 거처가
마련된 기쁨에 저토록 들떠 있으니.

「아니, 왜, 잘되지 않았습니까? 기쁘지 않습니까?」

놀란 듯한 장혁의 표정에 지숙은 쑥스러운 미소를 지으며 다그쳐
물었다.

「아, 아닙니다. 잘됐습니다.」

「그렇지요? 참 잘됐지요? 정말 잘됐어요. 운이 좋았습니다.」

어쩔 수 없는 일이었다. 어차피 떠나야 할 길, 미루어 봐아 더할 건
아쉬움뿐이었다. 더구나 지금 이 순간에도 목줄을 죄어 오는 추적자
들이 있을지 몰랐다.

「저, 그런데…….」

지숙의 표정이 한순간에 싸늘히 굳어 버렸다. 아마 그녀도 장혁이
무엇을 말하려 하는지 모르지는 않으리라.

「미안합니다. 하지만 우리는 곧 떠나야 합니다.」

「…….」

「그날 베이징 대사관 앞에서 우리를 잡으려 했던 사람들이 흑사회
라는 중국의 깡패들이랍니다. 조선 보위부 사람들에게 매수되어
우리를 쫓고 있었던 거죠. 아마 지금도 대사관 앞은 물론이고, 어
쩌면 벌써 톈진에까지 손을 뻗쳤을지 모릅니다. 특히 이곳은 베이
징과 가까워서…… 더 위험해지기 전에 빨리 벗어나는 게 안전합
니다. 난징(南京)과 광저우(廣州)를 거쳐 남쪽의 선전이라는 곳으
로 가면 곧바로 홍콩으로 들어갈 수 있답니다. 그곳에는 조선 대

사관은 없고 오직 한국 영사관만 있어서…….」

「혼자 가십시오.」

도무지 감정이라고는 배어 있지 않은 그녀의 음성은 차가웠다.

「지숙 씨…….」

「나는 가지 않습니다. 죽더라도 이제는 여기에 있겠습니다. 그리고 설마하니 이 넓은 땅 작은 구석에 이렇게 숨어 있는데 그 사람들이 나를 어떻게 찾겠습니까. 가시려면 혼자서 가십시오.」

「안 됩니다. 가야 됩니다. 흑사회라는 그 사람들은 중국 땅 구석구석까지 손이 미치지 않는 데가 없답니다. 다시 한 번 말하지만, 특히 톈진은 베이징과 가까워서 더욱 위험합니다.」

「어디를 가더라도 마찬가집니다. 그쪽이 가야 할 길은 어차피 분명히 정해져 있지만 나는 갈 수가 없는 곳입니다. 그러니 더 이상 딴말씀 마시고 혼자서 가십시오. 지금까지 저를 도와주신 건 영원히 잊지 않겠습니다.」

「왜 못 간다는 겁니까? 갈 수 있습니다.」

차마 스스로 대남 공작원의 딸이라는 사실을 밝힐 수는 없었다. 아무리 그가 따뜻하고 정이 많은 사람이라 할지라도 그는 남조선에 가기 위해 조국을 탈출한 사람이었다. 또한 그가 지금껏 살았다는 북쪽의 새별군은 대부분 성분 낮은 사람들이 모여 사는 오지로, 그들의 가슴속에 당 간부나 핵심 계층의 사람들에 대한 미움과 원망이 가득할 것은 너무도 뻔했다. 어차피 함께할 수 없는 인연이라면 차라리 이쯤에서 그만 돌아서는 것이 서로에게 옳을 것이었다.

지숙은 지그시 입술을 깨물며 마음을 다져 먹었다.

「처음 낯 모르는 저를 위해 그렇게 큰일을 벌였을 때부터 이상했습니다. 그쪽은 내 생명을 구해 줬다는 걸 내세워 남조선 망명의 길잡이로 이용할 생각인 모양인데, 나는 더 이상은 갈 수 없습니다. 차라리 여기에서 이대로 조용히 죽는 게 낫지, 어차피 남조선에는 가지도 않을 건데, 왜 무작정 먼 길을 따라가야 합니까. 나를 구해 줬다고 동행을 강요하려면 차라리 여기서 날 죽이십시오. 나는 이제 한 발짝도 더는 못 갑니다.」

「그렇게 억짓말 마십시오. 내가 지숙 씨를 이용하려고 생각했다면 그날 대사관에서 다시 나오지도 않았을 겁니다. 그건 아마 지숙 씨도 모르지 않을 겁니다. ……그리고 남조선은 누구든지 갈 수 있는 자유의 나랍니다. 결코 북조선같이 성분을 따져 차별을 두지는 않을 겁니다.」

「그럼 우리 사이는 뭡니까? 이용하는 게 아니라면 어떻게 낯 모르는 남녀가 만나서 이렇게 이상한 동행을 하고 있는 겁니까? 그리고 나는 그쪽과는 사정이 다릅니다.」

「도대체 그 다른 사정이라는 게 뭡니까?」

「알 것 없습니다.」

차갑게 돌아서는 지숙의 모습에 장혁도 더는 어쩔 수가 없었다.

「그래요. 저도 압니다, 지숙 씨의 그 사정.」

「예? 뭘 안다는 겁니까, 장혁 동무가?」

「혁명 열사 유자녀, 바로 그것 때문이 아닙니까?」

「그, 그걸……?」

놀란 그녀가 입을 다물지 못했다.

「투먼의 반점에서 보위부원들이 하는 이야기를 들었습니다. 그렇지만 그게 무슨 문제라는 겁니까? 아버지, 어머니가 한 일이지 지숙 씨가 한 일은 아니지 않습니까? 갈 수 있습니다. 세상에 사람이 가지 못할 곳이 어디 있습니까. 지숙 씨가 지레 겁을 먹은 것뿐입니다. 남조선에서는 북조선에서 어떤 신분이었든지 다 받아 주고 살려 준답니다. 지난 천구백팔십칠년에 있었던 남조선 대한항공기 폭파범도 지금 잘 살고 있답니다. 그러니…….」

「그만두십시오. 남조선 사정은 저도 잘 압니다.」

「지숙 씨…….」

어느덧 어둠이 내려앉기 시작하는 넓은 캠퍼스 나무숲 그늘로 눈길을 돌린 채 애원하듯 그녀의 이름을 부른 장혁은 잠시 숨을 고르듯이 말을 멈추었다.

「처음 투먼에서 만났을 때는 그저 제 분노일 수도 있었습니다. 사람을 개처럼 여기고, 돌아가면 당장 죽일 것이라는 사실에 대한 분노. 또 조국 해방 전쟁에서 남쪽의 국군이었다가 포로가 되어 사십 년 동안 모진 수모를 당하며 살아온 내 아버지에 대한 한. 그러나 무작정 분노만으로 처음 본 당신을 위해 그렇게 목숨을 걸었을까……? 예, 난 가야 했습니다. 가야 합니다. 혼자 두고 온 아버지를 생각해서라도 곁눈질을 할 수 없습니다. 그런데도 또 자꾸만 마음이 갑니다. 당신을 생각하면 아무것도 힘이 들지 않고, 따뜻합니다. 지숙 씨가 없어 말을 모르고 길을 찾기 힘들어서가 아니라, 당신이 없다고 생각하면 아무것도 할 수가 없습니다. 앞이 보이지 않고, 숨이 막힙니다. 이게 뭔지 모르겠습니다. 아직 한 번도 사랑을 해본 적은 없습니다. 그렇지만 이게 사랑이고 운명인가 자꾸만 생각됩니다. 당신이 가지 않으면 나도 가지 않겠다는 말이 거짓으로 들렸습니까? 아닙니다. 진심입니다. 내 아버지가 자신의 목숨을 걸고 나를 보낸 건 진정 사람처럼 살라는 뜻일 겁니다. 그런데 죽음이 곁에 있는 당신을 버려 두고 나 혼자서, 아니 처음으로 사랑을 느끼고 영원히 잊을 수 없을 것 같은 사람을 내버리고 가라고요? 할 수 없습니다. 어머니도 아버지도 없이, 가장 소중한 사람과 헤어져야 한다면, 그런 자유가 무슨 의미가 있겠습니까. 나와 함께 갑시다. 아무리 힘들고 어려워도 사람답게 마음 놓고 사랑하며 살 수 있는 곳으로…….」

「……가겠습니다. 장혁 씨가 가자면 이제 어디라도 가겠습니다. 그저 우연히 쫓기는 걸음에 마주쳐 들뜬 감정으로 그렇게 무작정 가자는 것으로만 알았습니다. 하지만, 이제는 믿겠습니다.」

「지숙 씨…… 고맙습니다.」

와락 뛰어드는 그녀를 장혁은 으스러져라 힘껏 두 팔로 껴안았다.

사랑. 태어나던 그 순간부터 이미 정해져 있는 운명처럼 만나 함께 걷게 된 인연.

장혁은 억눌렀던 긴 기다림의 열정인 양 뜨거운 입김으로 그녀의 입술을 더듬었다. 지숙 또한 허전한 가슴을 가득 메우는 따스한 기운에 부르르 진저리를 치며 그의 포근한 품속으로 자꾸만 파고들었다. 이제는 더 외롭지 않으리라. 두려움도 없으리라. 세상에 태어나 이렇게 목숨 걸어 누군가를 사랑하고 그 사랑에 가슴 저려 한다면 무엇을 더 망설이고 주저하랴. 세상의 문이 닫히고 영원한 어둠 속에서 어느 것 하나 볼 수 없다 할지라도 지금의 이 따스한 체온이면 충분하리라.

새벽이었다. 어렴풋한 잠결에 문득 눈을 뜬 장혁의 목 언저리를 지숙의 고단한 숨결이 간지럽혔다.

자동차 소리를 듣고 눈을 떴다 싶었는데 사위는 죽은 듯이 조용했다. 꿈이었나……. 장혁은 곤히 잠든 지숙이 깰까 봐 조심스러운 손길로 기울어진 머리를 팔베개로 받쳐 살며시 껴안았다.

빈손으로 무작정 그 먼 길을 떠날 수는 없었다. 텐진에서 선전까지의 기차 요금만도 만만치 않았고, 도중에 몇 번이나 기차를 갈아타고 또 며칠을 묵어야 할지 모르는 머나먼 길이었다. 더구나 경제 특구인 선전은 들어가는 데만도 별도의 허가증이 필요했다. 그나마 다행인 것은 돈만 있으면 광둥 성의 성도(省都)인 광저우에서 허가증을 구입할 수도 있다는 것이었다. 한 6개월 동안 가는 도중 틈틈이 일을 해 모은다면 그만한 비용은 마련할 수도 있을 듯싶었다. 어제 마침 텐진에서는 처음으로 작은 공사장의 벽돌공으로 일자리도 마련했다. 이제 적어도 한 달쯤은 다시 일자리를 찾아 시간을 허비하지 않아도 되었다. 더구나 그녀의 말처럼 밤이슬 맞지 않고 몸 누일 작은 방 하나는 마련된 셈이니 보위부원과 흑사회의 추적만 없다면 길은 있었다.

꿈을 꾸는지 그녀의 입에서 간절한 목소리가 한숨처럼 새어 나왔다.

「어머니…….」

난카이 대학의 어두운 그늘 속에서 타는 듯하던 목마른 갈증으로 긴 입맞춤을 나눴던 그날, 찬팅의 작은 방에서 지낸 밤은 못내 부끄럽고 어색했다. 전등마저 끈 어둠 속에서 서로의 숨소리를 외면하고 뒤척이기를 얼마나 했던가. 그렇게 밤을 지새우며 새벽을 기다리는가 싶던 어느 한순간에, 누군가 스쳐 부딪치듯 맞잡은 손길로 그들은 마침내 긴 한숨을 들이켰다. 해갈을 찾아 헐떡이며 서로를 확인하던 그 밤의 아득한 꿈결…….

꿈같은 밤들이 사흘이나 지났다. 어느덧 익숙하게 품에 안긴 지숙의 등을 쓸던 장혁의 손길이 문득 굳은 듯이 멈춰졌다.

조심스러운 발소리와 소곤거리는 사람의 음성.

「지숙 씨…….」

속삭이는 소리에도 지숙은 흠칫 눈을 떴다.

「예?」

「쉬잇.」

「……?」

「빨리.」

휘둥그레 놀란 지숙의 두 눈에 장혁은 가슴이 찢어지듯 저렸다. 어느새 지숙은 등을 돌려 옷을 걸치며 바짝 문가에 귀를 붙였다.

「여기가 틀림없소?」

「예, 틀림없습니다.」

옆집 한청 찬팅(漢城餐廳)의 주인 이씨의 음성이다. 처음 날품으로 일을 시작하던 그날부터 수상쩍은 눈초리를 감추지 않았던 조선 국적의 조교였지만, 설마하던 방심이 그만 또다시 위기를 부른 것이었다.

「다른 쪽에는 문이 없소?」

「뒤에 작은 창문이 있습니다.」

「어디요?」

「저쪽.」

재빨리 돌아선 지숙이 뒷골목으로 난 작은 창문을 밀어 열었다.

「이쪽으로, 빨리.」

「지숙 씨부터…….」

번쩍 지숙을 안아 창밖으로 내보낸 장혁이 뒤이어 골목으로 내려서서 창문을 닫는 순간, 우르르, 저쪽 골목 끝을 들어서는 사내들이 보였다. 간발의 차이였다. 그들을 피해 두 사람은 건너편 집 담벼락 틈새로 바짝 몸을 붙였다.

닫힌 창문을 두드리며 외치는 소리를 신호로 우당탕, 요란하게 문이 부서지는 소리가 들려왔다. 소란스러운 구둣발 소리와 환하게 밝혀지는 방 안…….

「이, 썅! 뛰었다!」

「빨리, 근방을 뒤져!」

미처 예상치 못한 도주에 당황한 사내들은 근처의 어둠 속은 마저 돌아보지도 않은 채 큰길을 향해 무작정 달려갔다.

아, 어머니

아침 햇살이 어둑한 간방 안에 스며들기도 전인 여섯시 30분. 벌써 귀청을 찢는 호루라기 소리와 함께 요란스러운 '기상!' 소리가 사동 복도를 가르며 아침을 뒤흔들었다. 0.8평 작은 독방 속에 홀로 앉아 있는 이들에게 인원 점검은 무슨 소용인가. 그저 어젯밤에 숨을 멈추고 눈을 감지는 않았을까 한번 휘둘러보려는 것이겠지.

간밤의 꿈자리가 영 마음에 걸렸다. 차라리 다홍치마 연두저고리를 입은 아내의 꿈이었다면 이렇듯 안절부절못하지는 않았을 것이다. 그러고 보니 아내의 꿈을 꾼 지도 벌써 오래전의 일이었다. 그런데 어젯밤에는 올림픽이 서울에서 열리고 있던 그날에 보았던 하얀 한복 차림의 어머니가 낯선 처녀의 손을 잡고 나타나, 이 사람아, 얘가 지숙일세, 자네 딸 지숙이가 벌써 이만큼이나 컸네, 하는 것이 아닌가. 영식은 믿을 수가 없었다. 자신을 닮은 구석이라고는 훌쩍 큰 키가 눈에 띄었을 뿐, 다 찢어발겨진 남루한 옷차림에 전신은 피범벅이 되어 얼굴조차 알아볼 수 없는 몰골이었다. 영식은 그럴 리 없다, 어머니의 착각이다, 생각하며 낯선 처녀한테는 관심 두지도 않은 채 그저 늙은 어머니 곁으로만 다가가려 했다. 그러나 어머니는 다가서는 아들의 손을 맞잡기는커녕 내내 지숙이라는 처녀의 등 뒤로 몸을 감추며 자꾸만 피했다. 그렇게 낯선 처녀를 가운데에 두고 어머니를 뒤쫓는 긴 숨바꼭질을 내내 벌였었다.

그러나 영식은 지금도 딸이라던 그 처녀보다는 오로지 어머니 생각에만 골몰했다. 혹시……? 떨쳐 버릴 수 없는 그 섬뜩한 예감에 영식은 강한 도리질을 했다. 그럴 리가 없다. 지난번에 면회 왔던 영순이도 어머니는 괜찮다며, 그날도 함께 면회를 오겠다고 해서 곱게 화장까지 시켰다가, 거울 속 당신의 모습이 너무 파리해 보여 오빠가 걱정할지 모른다며 주저앉은 것이라 말하지 않았던가. 그런데 보름도 안 됐는데, 그동안에 설마하니 무슨 일이……. 그러나 아무리 생각을 다잡으며 불안을 억눌러도 마음의 초조는 더해 갔다.

채 한 평도 되지 않는 좁은 감방 안의 걸레질이 오늘은 왜 이리도 더딘지. 영식은 또 우두커니 멈춰 있는 자신의 모습에 번뜩 정신을 차려 다시 바닥을 훔치기 시작했다. 그러나 영식은 이내 손길을 또다시 멈춰야 했다. 멀찍이서 다가오는 교도관의 구둣발 소리가 어쩐지 자신을 향한 사자(使者)의 발소리처럼 들렸다.

때로는 예감이라는 것이 빗나가는 행운도 있어 주었으면 좋으련만. 구둣발 소리는 정확히 15사동 상층 8방, 영식의 방 앞에서 우뚝 멈췄다. 주르르, 이마에서 굵은 땀방울이 흘러내려 눈을 적셨다. 영식은 불끈 걸레를 든 팔에 힘을 모아 다시 바닥을 훔치기 시작했다.

「사천사십번, 김영식 씨.」

「…….」

교도관은 억양도 평소와 달랐고, 더구나 4040번에 '김영식 씨'를 덧붙였다. 영식은 그만 두 귀를 틀어막고 싶은 충동에 휩싸였다.

「나오세요.」

아마 사형수의 마지막이 이렇지 않을까. 영식은 싸하게 밀려드는 두려움에 쫓겨 텅 비어 가는 가슴을 느끼면서도 애써 태연히 무슨 일이냐는 듯 쳐다봤다.

「아, 소장님 호출이십니다.」

교도관은 별일 아닌 듯 얼른 고개를 숙여 열쇠를 꺼냈다. 그러나 그것은 분명 난처함에서 비롯된 의식적인 외면이었다.

철컥, 자물쇠가 풀리고 문이 열렸다. 영식은 일순 두 다리에서 힘이 쫙 빠지면서 아찔한 현기증에 잠시 비틀거렸다. 아직 식사도 나오기 전인 이른 아침에 무슨 일로 소장이 부른단 말인가.

「김 선생, 힘내시오.」

「어머니는 영원히 함께하실 거요.」

「결코 용기를 잃지 마시오.」

「죽일 놈들, 으흐흑…….」

벌써 누군가는 흐느낌을 토해 냈다. 예민한 곳이었다. 서로 얼굴조차 제대로 마주 볼 수 없는 두꺼운 벽으로 가로막힌 독방 생활이었지만 그래도 그들은 사상으로 뭉친 동지였고, 작은 공간의 한정된 세상이었기에 서로의 처지를 너무나 잘 알았다. 예감은 오직 당사자인 영식 한 사람만의 것이 아닌 모양이었다. 이른 아침 교도관의 무거운 구둣발 소리, 소장의 호출, 그런 것들이 무엇을 의미하는지는 너무도 뻔한 일이었다.

그러나 영식은 태연했다. 아니, 이를 악물고 눈에 불을 켠 그의 표정은, 내 어머니는 절대 허무하게 눈을 감지 않는다는 스스로에 대한 발악 같은 태연함이었다.

「어서 오십시오, 김영식 씨.」

말을 하면서도 소장의 눈길은 창가를 향했다.

눈부시게 쏟아져 들어오는 아침 햇살을 가슴에 안고 서 있는 그 흐릿한 뒷모습은 분명 재열이었다. 그리고 소장이 앉은 자리의 양쪽으로 기다랗게 놓인 소파 끝에는 한눈에도 교도관임을 알 수 있는 사내가 어색한 사복 차림으로 다소곳이 앉아 영식을 기다리고 있었다.

「귀휴입니다. 어젯밤에…… 사천사십번 김영식 씨 어머님이…… 세상을 뜨셨습니다.」

문득 영식은 재열을 향해 고개를 돌렸지만 창밖을 향한 그는 망부석처럼 꿈쩍도 않고 있었다.

「잘 아시겠지만 사천사십번의 경우는 사실 귀휴가 어렵습니다. 그러나 유재열 전 국장님의 간곡하신 청원과 신원 보증으로 특별 허가가 결정됐습니다. 장례가 치러지는 동안 다시 한 번 곰곰이 생각하셔서…….」

곁에 서 있던 정복의 교도관이 얼른 고꾸라지려는 영식의 팔을 잡아 부축했다.

대문 밖에 멈춰 서는 자동차 소리에 영순은 치맛자락으로 눈물을 훔치며 마당을 향해 내달았다.

「아이고, 오빠…….」

그러나 자동차에서 내려 대문을 들어서는 이는 검은 상복 차림의 영애와 금발 곱슬머리인 딸 애니였다.

「언니!」

「아이고, 영애야!」

「어, 엄마는?」

「아이고…….」

위독하다고, 마지막 임종이라도 꼭 지켜보라는 언니의 연락에 딸아이의 손을 잡고 부랴부랴 태평양을 건너 날아오는 길이었다.

「오, 안 돼. 언니…….」

부둥켜안은 두 자매가 설움에 겨운 통곡과 흐느낌으로 단장의 슬픔을 토해 냈다.

둘러선 사람들도 가슴을 찢는 애절한 자매의 통곡 소리에 연방 눈물을 훔쳤다. 하지만 그 와중에도 하얀 피부색에 파란 눈과 금발머리를 한 낯선 이방인의 모습에 힐끔힐끔 곁눈질을 멈추지 못했다.

「폴 서방은?」

「내일 도착할 거예요. 시금 스위스에서…….」

「그래. 그럼 됐다.」

「오, 오빠는?」

「이제 곧 오실 거다. 재열 오빠가 모시러 갔다. 어서 엄마에게 인사부터 드리자.」

어머니와 한평생 부대끼며 함께 살아왔던 영순의 슬픔은 차라리한판 굿이었다. 천성이 눈물 많고 격정적이기도 했지만 언제나 곁에서 지켜보며 더불어 아파했고 눈물지었으며 때로는 유독 오빠에게만 집착하는 어머니에게 상처로 남을 모진 이야기도 불쑥불쑥 서슴지 않았던 그녀였으니, 회한의 응어리가 남을 것은 없었다. 그러나한평생 기다림과 억누름으로 인고의 쓰디쓴 삶을 살다 간 어머니에대한 가여움과 제 설움이 합해져 그녀는 드러내 놓고 통곡했고 발버둥을 멈추지 않았다.

그러나 영애는, 아들의 마지막 작별 인사를 기다리느라 운명하던때의 차림 그대로인 어머니 앞에서도, 눈물을 보이기보다는 충혈된 눈자위를 불태우며 무엇인가를 향한 증오를 삭이지 못했다. 이것은 아니다. 세상에 태어나 어머니의 이름으로 자식을 낳고 그 자식을 보듬어 사랑하려 했는데 감히 누가 그 길을 막아 한 여인의 인생을 이처럼 억울하게 만든 것인가.

눈물조차 흘리지 않는 그녀의 눈빛에 사람들은 모두 숨소리마저 억누르고 있었다.

「어, 왔다, 이제 왔다!」

문밖에서 들리는 요란한 소리에 사람들은 막힌 숨통을 터뜨리며 후닥닥 자리를 박찼다.

「아이고…….」

「양심수를 석방하라!」

「어머니를 살려내라!」

자칫하면 섣부른 시위장이 될 수도 있었다. 미처 신발도 신지 못하고 마루를 내려선 영순과 영애가 마당에 멈춰 섰다. 구호를 외치며 분노를 터뜨리던 영순의 동지들도 치켜들었던 손을 슬며시 아래로 내렸다.

재열의 뒤를 따라 자동차에서 내린 검은 양복과 넥타이 차림의 영식이 대문 앞 마당 끝에서 우두커니 걸음을 멈추었다.

고향 마을이기는 하지만 어린 시절 아버지, 어머니와 함께 살던 그 옛집은 이제 흔적조차 남아 있지 않다고 했던가. 빨갱이 간첩이 나오고 아버지가 목을 맨 패가망신한 집안의 흉지(凶地)라고 거들떠보는 사람 하나 없이 버려졌다가, 십수 년 전 어느 날 지나가던 한 미친 아낙의 불장난으로 고스란히 재가 되어 이제는 황량한 공터만이 남아 있는……. 그래도 1988년 아들과의 특별 면회 뒤에 어머니는 30년 가까운 교도소 근처의 셋방살이를 청산하고 그만 고향으로 되돌아가기를 원하였다. 영애가 잃어버렸던 옛집을 다시 짓겠다고 나섰지만 어머니는 겨우 늙은이 한 사람 사는 작은 살림에 그런 큰 집이 무슨 소용이냐며 끝내 허락하지 않았었다. 아마 아들의 작은 독방을 생각했거나, 아니면 집을 짓는 일만은 그 아들의 몫이라 미루어 두었는지도 모르는 일이었다.

결국 어머니는 아들이나 다름없는 재열의 권유로 어린 시절 그가 살던 작은 고향 집으로 들어갔다. 그리고 그곳에서 황량한 옛 집터를 바라보며 먼 훗날을 꿈처럼 그리다 눈을 감은 것이다.

기와 지붕 끝에서부터 처마로, 마루로, 부엌으로, 담장으로, 마당으로…… 집은 옛집이 아니어도 눈길 가는 곳마다 어머니의 손길이 그대로 살아남아 있었나.

영식은 한숨을 토해 내듯 가만히 날숨을 뱉어 내고 천천히 걸음을 떼어 마당 안으로 들어섰다.

「아이고, 오빠!」

들릴 듯 말 듯 울먹거리는 영애에 뒤이어 울컥 영순의 통곡이 터지려는 순간이었다.

「그래, 가시는 어머니 조용히 보내 드리자.」

「오, 오빠…….」

너무도 담담한 눈빛과 억양에 기가 막힌 영순이 뭔가 더 넋두리를 늘어놓을 듯싶었지만, 내가 너무 부끄러워서 그런다, 하는 영식의 그 한마디에 더는 어쩌지 못했다.

잠이 들었다고 말하기에는 너무 조용했다. 그렇지만 숨을 거두었다 말하기에는 또 너무 맑았다. 마치 생시의 그 모습인 양 아무런 감정의 드러냄도 없이 그저 고요한 침묵을 지킬 뿐이었다.

무릎을 꿇은 영식이 가만히 손을 들어 어머니의 두 뺨을 쓸었다.

차가웠다. 비로소 그 싸늘하게 식은 체온으로 죽음이 느껴졌다. 이제 다시는 보지 못할, 느끼지 못할 어머니…… . 가만히 눈자위를 매만져 그렇게나마 자식의 모습을 눈길에 남겨 주고, 살며시 콧등을 쓸어 혹시 아직 남아 있지 않을까 마지막 숨결을 느껴 보고, 입술을 더듬어 무어라 한마디 여운이라도 있을까 귀를 기울이며 더듬는 영식의 손길이 어깨 위에서 잠시 멈췄다. 뼈가 앙상하게 드러나 손끝에 걸리는 가녀린 어깨라니. 이 어깨로 평생 그 무거웠던 짐을 버텨 냈다니. 주르륵, 그의 두 눈에서 굵은 눈물이 쏟아졌다.

「이제 곧 염습도 하고 입관도 해야 되네. 그만, 너무 늦었어.」

그렇게 말하는 사람이 낯은 설어도 집안의 웃어른임은 쉽게 짐작할 수 있었다. 결코 마땅치는 않지만, 핏줄이니 어쩔 수 없다는 메마른 눈빛. 하지만 그 눈빛에 서럽지는 않았다. 다만 세상이 뒤틀려 통곡 한 번 제대로 터뜨리지 못하고 어머니를 보내야 한다는 사실이 가슴 아플 뿐이었다.

「이제 곡을 시작하게.」

그러나 영식은 우두커니 고개를 떨군 채 눈물만 쏟을 뿐이었다. 그런 그의 입에서 마침내, 거친 짐승이 두 눈을 부릅뜨고 마지막 죽음의 포효를 터뜨리는 듯한 섬뜩한 고함 소리가 쩌렁쩌렁 울렸다.

「어어어…… 으으으…… 아아악!」

「얼마나 망극하십니까. 어머님의 극락왕생을 빌겠습니다.」

「불효막심합니다. 찾아 주셔서 고맙습니다.」

향을 사르고 배례를 마친 윤 박사의 상문 인사에 영식도 맞절을 하며 답했다. 어디서 본 듯한 얼굴이었지만 기억에 없었다.

「아마 잘 기억이 나지 않을 걸세. 나는 경성전문에 다니던 윤기태

일세.」

「그래, 윤 박사는 전국학련(全國學聯)에서 운동을 했네. 아마 자네도 전혀 기억이 없지는 않을 걸세.」

재열의 설명을 들으며 영식은 기억을 더듬었다. 전국학련이라면 자신과 달리 우익 노선에서 학생 운동을 했던 그룹이 아니던가.

「자네가 처음 건국준비위원회에서 활동할 때부터 우린 여러 번 마주쳤었지.」

「그래, 나도 이제 조금 생각이 나는구먼.」

몇 번 그룹끼리 마주쳐 주먹다짐을 한 적도 있었지만, 그와 동창인 재열과 어우러져 함께 막걸리잔을 기울이며 흉금을 털어놓은 기억도 있었다. 마음이 넓고 시원스러운 성품이었던 것으로 기어됐다.

「이제 문상 오는 손님도 뜸한데 오랜만에 저리 가서 술이나 한잔 나누세.」

여전히 옛 모습 그대로였다. 영식은 힐끔 구석 자리의 교도관을 돌아봤지만 그는 슬며시 자리를 피해 외면하는 것으로 허락을 대신했다.

눈치 빠른 영순이 재빨리 상을 차려 들여오고, 영식의 잔에 맥주를 따른 윤 박사는 자신과 재열의 잔에는 소주를 가득 채웠다.

「쭉 한잔 드세.」

잠자코 말이 없는 재열의 잔을 가볍게 부딪친 윤 박사가 단숨에 술잔을 비웠다.

「어떤가? 옛날처럼 흉금을 털어놓고 얘기해 보는 게? 그때는 서로 마주 선 상대였지만 이제는 아닐세그려. 왜냐하면 나는 이제 한발 비켜섰거든. 그렇다고 자네 편이 된 건 아니지만 말이야, 허허.」

늙은이의 노회함으로는 보이지 않았다. 아직도 젊은 시절의 뜨거운 피가 살아 있는 듯한 열띤 음성에 영식은 오히려 마음이 푸근해졌다. 슬며시 잔을 든 영식이 맥주를 한 모금 들이켰다.

「그래, 어떤가? 아직도 전향은 생각이 없는가?」

윤 박사의 말에 영식은 그만 피식 쓴웃음을 머금었다.

「허허, 벽창호구먼. 할 수 없지. 그렇지만 공산 체제가 이미 실패했다는 건 인정해야 하네. 내 생각에 그건 인간 개개인의 존엄성을 무시한 이론의 오류였지. 어떤 이론이든 이념이든 인간의 존엄을 배제한 절대주의는 결국 무너지는 것 아니겠나.」

「너무 섣불리 결론짓지는 말게. 체제가 무너졌다고 사회주의가 죽은 것은 아니니까. 중국도 개방 체제를 도입했을 뿐 사회주의를 포기한 건 아니지 않은가.」

「허, 그래. 설령 그렇더라도 민족 앞에서 이념이라는 게 다 무슨 소용인가. 분단의 상흔이 아물지 않은 채 언제까지 이렇게 이념이라는 괴물에 발목 잡힌 채 대립으로만 치달을 건가. 이렇게 피의 견제가 계속되는 국토를 후손에게 물려준다면, 우리 분단 일 세대는 영원히 역사의 책임을 면하지 못할 걸세.」

「바로 그것일세. 그래서 우리는 통일을 이뤄야 한다는 것이네. 빨리 분단의 장벽을 헐어 내고 민족이 한 덩어리로 어우러져야지.」

「무작정 통일만 하면 된다는 건가? 아니, 그렇게 통일을 원한다면 우선 문이라도 열어야 될 게 아닌가. 벌써 사십 년이나 그렇게 문을 꽁꽁 닫아 놓고 무작정 통일이라는 말만 앞세운다고 책임을 다하는 건 아니지 않은가.」

「문을 닫은 건 북쪽이 아니고 남쪽이었지. 민족의 자주적 통일을 외면하고 있으면서 어떻게 문을 열었다고 말할 수 있나……..」

뜻밖에도 쉽사리 말문을 여는 영식의 모습이 재열은 놀라웠다. 북의 아내와 지숙이라는 딸만이 전향을 가로막는 장벽이었던 것은 아닌 듯했다. 그래도 어머니 살아생전에는 어머니가 마음을 흔드는 갈등의 대상이었겠지만 이제 그마저 없는 세상에서는 차라리 거리낄 것 없는 원점으로의 회귀였다. 이 드높은 장벽은 언제까지나 해소할 수 없는 것인가. 재열은 혹시나 했던 기대의 참담함에 소주잔을 벌컥 들이켰다.

「자주라는 자네들의 주장은 인민들에게는 결코 아무런 도움도 되지 않아. 결국 자주와 통일이라는 이름을 앞세운 지도자들의 착취일 뿐이야. 생각해 보게, 지금 남과 북의 삶이 어떤지.」
「자네들은 언제나 그렇게 물질의 이익만을 추구하지. 그렇지만 인간에게 있어 보다 중요한 것은 배부른 육체의 삶이 아니라 우리가 주인이라는 주체적 의식일세. 설령 지금 조선이 남쪽보다 곤궁하다 할지라도 그것만으로 자네들이 무조건 우월하다고 인정할 수는 없네. 왜냐하면 조선은 무엇보다 민족의 정통성을 가진 인민의 정부이고, 또 지금껏 그 어려운 가운데에서도 주체와 자주 의식을 잃은 적이 한 번도 없었거든.」
「무얼 가지고 그렇게 정통성을 주장하는 건가?」
「그거야 우선 김일성 장군을 비롯한 조선의 지도층은 거의 대부분 항일 빨치산 무장 투쟁에 참가한 혁명 일 세대로 모든 인민들로부터 그 민족적 자주성을 인정받는다는 것이지. 그리고 또 우리는 미 제국주의의 괴뢰인 이승만 정권과는 달리 어떤 외세의 개입도 없이 주체적으로 북조선 정부를 건설했네. 그렇지만 남조선은 어떤가. 목숨을 내놓는 진정한 민족 투쟁의 경력은 고사하고 그저 신변의 안전을 추구해 망명한 제삼국 정부 아래에서 눈치만 살피

다가 결국 그 분단 세력을 등에 업고 만든 괴뢰 정권이 아닌가. 그러니 당연히 주체 의식이야 태생적으로 내세울 수도 없는 데다 끝내는 잔악한 민족 반역 세력인 친일 분자들까지 끌어들여 정권 유지에 급급했으니 어떻게 민족 정기를 말할 수 있으며 정통성을 인정받을 수 있겠나. 지금 북과 남이 갈등하는 가장 기본적인 원인도 바로 그것일세.」

그동안 이렇게 마주 앉아 토론한 적은 없었지만 지난날의 수사 기록이나 공판 기록, 또 그 후 교도소 내에서의 사찰 기록과 어느 것 하나 조금도 맥이 다르지 않은 일관된 그의 주장에 재열은 섬뜩했다.

윤 박사의 말처럼 벽창호가 아니라 차라리 기계라 이름 지어 부르는 편이 더 옳을지 몰랐다. 세상이 이토록 변하고 있는데도 어떻게 그 오랜 세월 동안 똑같은 주장만 고집할 수 있는지. 더구나 그 체제와 정권의 허구와 기만이 지금 인민의 목숨을 위협하는 지경에 이르렀는데.

너무도 어이가 없어 분노가 치밀어 오르는 재열과는 달리 윤 박사는 여전히 차분한 음성이었다.

「그래, 김일성과 일부 빨치산 세대의 항일 무장 투쟁은 그 전과에 대한 과장된 선전과는 무관하게 역사적 사실이라고 인정하세. 하지만 그들의 항일 투쟁 역시 중국과 소련의 이념 투쟁의 한 분야로, 정통 민족 투쟁이라고 보기는 어렵지 않을까. 그렇다면 김구 선생을 비롯한 여러 애국지사의 상해 임시 정부 건국 투쟁을 오히려 우리 민족의 진정한 항일 민족 투쟁의 본류로 보아야지. 그런데도 북은 상해 임정의 역사는 아예 외면하고 있지 않은가. 결국 북에서 말하는 정통성이라는 것도 사실은 정권 유지를 위한 기만에 불과하다는 것이지. 그리고 우리의 친일파 문제에 관해서는 나도 당시 어찌할 수 없었던 이 세대의 입장이었으니 몹시 안타깝기는 하지만, 한편으론 극렬한 좌우 대립과 건국이 겹쳐 있던 상황에서 어쩔 수 없지 않았을까 하는 이해의 심정도 조금은 있네.」

「바로 그게 우리 조선과 자네들의 차이일세. 진정 인민을 생각하고 민족을 생각한다면 그 점만큼은 그렇게 소홀히 넘길 수 없었겠지. 수천 년 역사의 봉건 압제와 식민 억압의 고리를 끊고 민족의 정기를 살리려면 바로 그때 친일파를 숙청해 과거와 단절을 꾀했어야지.」

「아니, 역사는 결코 그렇게 단절되는 것이 아니지. 불행이었든, 치욕이었든, 그것도 흐르는 역사의 일부분일세. 물론 그렇다고 내가 친일파를 용인하는 것은 아닐세. 그러나 이것만이 옳은 것이다, 주장하여 다른 모든 것을 부정하며 민족을 불행으로 내몬다면 그것은 오히려 더 큰 죄악이 아니겠나. 민족 해방 전쟁이라는 이름으로 북이 저지른 육이오도 결국은 인민의 이름을 기만한 정권욕이 아니라면 바로 그런 시각의 교만에서 비롯된 비극이지. 무엇보다 중요한 것은 민족의 생존과 번영의 추구일세.」

「물론 중요한 것은 민족의 생존이고 번영이지. 그러나 진정 민족이 생존하고 번영하기 위해서는 무엇보다 정기가 필요하네. 보게, 번영만을 추구한 자네들이 얻은 결과는 무엇인가. 온통 국적도 없는 문화 속에 극소수 부르주아 계급이 모든 것을 독점하여 대부분의 프롤레타리아 인민은 그들의 노예처럼 착취당하고, 국가는 국가대로 아직도 제국주의 미국에 사대(事大)하여 민족의 주체성은 눈을 씻고도 찾아볼 수 없으니 말일세.」

「잘못된 시각이야. 어차피 인류는 공존할 수밖에 없는 걸세. 그러기 위해서는 서로의 필요에 따라 주고받아야 하는 것이며 그 바탕에 처해진 환경이라는 것도 무시할 수는 없는 것이지. 불행하게도 동북아 대륙의 가장 동쪽 끝에 위치한 우리의 지정학적 운명을 배제해서는 단순한 이론이 될 뿐일세. 그리고 그런 자네들의 시각으로 보더라도 북 또한 마찬가지가 아닌가. 자네들은 마치 우월한 주체와 자주 의식으로 모든 것을 이뤄 내는 것처럼 말하지만 실은 강대국에게 이용당하고 있다는 것을 뻔히 알고 있지 않나?」

「무엇을 말인가?」

「중국만 해도 그렇지 않은가. 물론 몇 남지 않은 사회주의 국가라는 점도 있겠지만 결국 가장 큰 속내는 순망치한(脣亡齒寒)이 아닌가 말일세. 입술이 없으면 이가 시리듯이 태평양을 경계로 한 미국과 일본이라는 거대 양국은 직접 맞서기보다는 어떡하든 북을 살려 입술로 삼자는 속셈일 걸세. 중국의 전통적 외교 정책이 오랑캐로 오랑캐를 물리친다는 이이제이(以夷制夷)가 아니던가.」

영식은 잠시 침묵을 지켰다.

「내 생각에 결국 방법은 남북 공존으로 민족 번영을 꾀하는 길밖에는 없다고 생각하네. 통일? 좋지. 그러나 지금 우리가 생각하는 것처럼 꼭 한 덩어리가 되어야만 진정 통일인가 하는 것은 다시 한 번 생각해 볼 문제일세. 단순히 영토적인 통합만을 의미하는 통일…… 나는 어쩌면 그런 막연한 통일 의식이 가져다 줄지도 모를 우리 민족의 또 다른 고통, 아니 그로 인한 영원한 분단이 진정 두렵네. 생각해 보게. 그런 단순한 의미의 통일이라면 결국 기존의 권력을 보유하고 있는 소수는 어떻게 하든 그 기득권을 잃지 않기 위해 각자의 지배 체제를 고수하려 들 텐데, 과연 어떤 결과를 초래할지. 아마 그들이 가장 두려워하는 것은 그에 따라 파생될 필연적인 피가 아니라 오직 자신들에게 돌아올 결과일 걸세.

그리고 바로 그런 이해 타산의 결과로 아직도 분단이 유지되고 있는 것이며, 어쩌면 이런 상황이 앞으로도 계속될지 모르는데…….
그래서 나는 차라리 서로의 기득권을 인정해 주는 공존의 길이 가장 우선적인 방법이라 생각하네. 그렇게 서로의 기득권을 인정해 줌으로써 우선 적대감을 덜 수 있고, 그렇게 교류를 넓혀 가는 가운데 서로 민족이라는 의식을 지켜 간다면 언젠가는 우리가 바라는 진정한 통일의 문이 열리지 않을까 하네.」
「안 되네, 그렇게 기득권을 타파하지 않고 적당한 타협으로 민족의 열망인 통일을 무작정 미룬다는 건 결코 용납될 수 없는 역사에 대한 책임 회피일세. 우리는 우리 세대가 자초한 이 분단에 반드시 책임을 져야 하네.」
「그게 바로 욕심이라는 걸세. 물론 자네의 말도 그르지는 않아. 그렇지만 전쟁과 분단의 일차적 책임을 져야 할 우리 세대이기에 오히려 더 겸허해져야 되지 않을까, 나는 생각하네. 우리가 저질렀다고 우리가 원상으로 돌려 놓아야 한다는 그 생각, 쉽게 생각하자면 당연히 옳은 듯하지만 한편으로 보면 우리들의 섣부른 욕심이 아닌가 하는 생각도 드네. 결국은 역사에 대한 책임이 아니라 당장 우리가 아쉬워서 서두르는 것이 아닌가. 그리고 그렇게 무턱대고 서두르기만 해서 잘되기나 할 것인가. 어쨌거나 그렇게 잘 이뤄지기라도 한다면 그나마 다행이겠지. 그런데 그게 잘될 것 같은가? 이건 패배주의적 발상이 아닐세. 생각해 보게. 우리는 직접 총부리를 맞대고 피를 흘린 세대야. 그 감정도 헐어 버리기 어려운데 어느 한쪽이 균형을 잃고 무너지면서 지난 모든 일들의 책임을 한쪽에 묻는다면? ……지금 이렇게 서로 마음을 열어 놓지 못하는 가장 큰 까닭도, 아마 바로 그것일 걸세.」

「결국 자네는 통일을 반대하고 있구먼?」

「허허, 자네마저도 그렇게 생각하나? 하지만 나는 그렇게 통일을 반대하는 민족의 배신자라고 욕을 먹어도 좋네. 그러나 동족 간의 살육을 막으려면, 그리고 진정 먼 앞날을 내다보는 민족 번영을 위해서라면 나는 이 길이 옳다고 생각하네. 우리 세대는 우리가 저지른 아픔을 가슴에 안은 채로 물러나고, 다음 세대에서 자연스러운 통합이 이루어지도록 교류와 나눔의 바탕만 만들어 놓자는 것일세. 당장은 아프고 억울하겠지만 우리 후손들의 영원한 미래를 위해서 서로가 약속해, 통일이라는 거창한 구호에 앞서 마음의 벽부터 허물어 내자는 것이지. 그래야만이 서로 믿고 교류할 수 있는 발판이 마련될 테니 말일세.」

「물론 또다시 동족 간에 피 흘리는 일을 되풀이해서는 안 되겠지만, 그렇다고 그렇게 통일을 외면해서도 또한 안 될 일일세.」

말은 완고했지만 영식의 억양은 제법 누그러져, 어느 정도 수긍하는 듯도 보였다. 윤 박사가 여태껏 말이 없는 재열을 돌아보며 너털웃음을 터뜨렸다.

「허허…… 어떤가? 이 친구는 이제 그 옛날의 혁명적 통일론은 버렸을 것 같은데 자네는 여전히 흡수 통일론인가?」

「그렇게 단선적으로 흡수 통일론이라고 말하지는 말게. 나는 도탄에 빠진 북녘 동포를 우선 생각하는 것뿐일세.」

「결국 자네야말로 가장 제국주의적이고 파쇼적인 통일론자구먼그래.」

영식은 노골적인 비난을 감추지 않았다. 그러나 재열은 초연했다.

「그래, 뭐라고 비난해도 좋네. 그리고 길은 다르지만 그렇게 외곬으로 평생을 걸고 있는 자네의 용기에 한편으론 머리 숙이고 공감도 하네. 하지만 언젠가는 지금 내가 걷고 있는 이 길도 또 다른 용기의 소산으로 평가될 날이 있으리라 믿네. 다만 그 평가가 지금 자네 같은 처지에서 받는 것이 아니기를 바랄 뿐이네. 그것은 나 또한 자네만큼의 열정으로 자네가 사랑하는 그 모든 것을 사랑하는 까닭일세.」

재열은 이제 영식에 대한 미련을 포기한 것이었다. 처음부터 그의 사상을 무너뜨리고 이념의 우월을 내세울 생각은 없었지만 한번쯤은 시각의 전환을 기대했고, 무엇보다도 어머니와 자식 간의 또 다른 장벽 앞에서 그가 양보하기를 기대하는 마음도 있었다. 그러나 그는 돌아설 수 없는 외곬의 벽이었고 이제 그에게는 거리낄 것도 없었다. 어쩔 수 없는 운명이고 아픔이있다.

「허허, 그래. 내 자네는 영원히 그럴 줄 알았지. 어떤가? 걷는 길이 다를 뿐 가슴속의 뜨거운 민족애는 마찬가지군. 그래도 영식이 자네는 나와 함께할 수 있는 공통점이 있는데.」

「뭘 말하는 건가?」

「우선 동족 간에 다시 피를 흘려서는 안 된다고 믿는 그 마음으로 함께 일을 하자는 걸세. 자네가 앞장서 준다면 남쪽의 많은 인사들이 공감하고 힘을 합쳐 줄 텐데.」

「지금 내게 전향을 해서 변절의 기수가 되어 달라는 건가?」

영식의 입가에서 쓸쓸한 미소가 배어 나왔다.

「변절? 그게 왜 변절인가? 오류가 있었거나 더 나은 길이 있다면 당연히 바꿔야지. 그게 더 정직한 것 아닌가? 아니, 설령 변절이라고 하세. 하지만 진정 민족을 위한다면 그까짓 비난이 두려울 게 뭔가.」

「허허, 그래, 자네 말에도 일리는 있네. 하지만 이제 나는 정치적

순결성을 지켜, 너무도 쉽게 변절하는 자들에게 그 긍지나마 보여
주는 게 더 나을 것 같네. 고치기에는 이제 너무 늦은 것도 같고,
무엇보다 우선 내가 너무 허탈해 견뎌 내지 못할 것 같아…….」
영식의 눈빛이 너무도 허전해 보였다.
재열은 문득 시간을 너무 오래 끌었구나 하는 안타까움을 억누르
지 못했다.

영구차에서 내려 먼저 떠난 남편의 옆자리를 찾아가는 작은 상여
의 행렬에 앞장선 상두꾼의 요령 소리가 몹시도 처량했다.

여호 여호 여호 여호 넘고나 넘자 여호 넘자
이제 가면 언제 오나 기약 없는 길이로세
북망산이 멀고 먼데 노자 없이 어이 가리
가자 가자 어서 가자 우리네 갈 길을 어서 가자
술로 먹으면 넘어가고 가다 힘들면 쉬어 가세
명사십리 해당화야 꽃이 진다고 설워 마라
명년 춘삼월 돌아오면 너는 다시 피련마는
우리 인생은 한번 가면 다시 올 줄을 모르더라
가지 마오 가지를 마오 불쌍한 할멈아 가지를 마소
여호 여호 여호 여호 넘거나 넘자 여호 넘자

에고 에고. 어미를 잃은 자식의 슬픔에 어디 차이가 있을까마는
그래도 역시 함께 뒹굴며 쌓아 온 애증이 더 크게 드러나는 모양이
었다. 꼬박 사흘을 지치지도 않고 불러 대는 영순의 구슬픈 곡소리
와 눈물은 그녀를 따르는 주변의 다른 이들마저 절로 눈물을 자아내

게 만들었다.

「삼촌!」

그새 정이 들었던가. 열한 살 파란 눈의 낯선 소녀는 제 어머니와 아버지 사이를 뛰며 오가다 문득 하얗게 머리 센 할아버지 같은 늙은 외삼촌 앞으로 다가와 생긋이 미소 지으며 손에 든 무엇인가를 내밀었다.

「그래, 애니야. 덥지?」

영식은 까만 원피스가 앙증스러운 작은 소녀의 손에 들린 삼베 상장(喪章)을 받아 다시 가슴에 달아 줬다.

「이게 뭐야?」

「응, 이건 돌아가신 할머니를 애도하는 슬픔의 표지란다.」

아이가 그게 무슨 뜻인지 알아들을 리는 없었지만, 그래도 영식은 정성스레 설명해 주었고, 그 애 또한 고개를 끄덕였다.

그래서 핏줄인가. 낯선 산천에, 생경한 장례 의식까지, 도무지 적응하지 못할 것 같던 어린 이방인 소녀는 단 하룻밤 사이에 쭈뼛거리기는커녕 스스럼없이 제 어미의 핏줄들을 슬며시 건드려 보기도 하고 빙그레 웃는 미소로 눈을 맞추기도 하며 제법 곰살궂은 정을 붙이며 쏘다녔다. 그중에서도 특히 외삼촌 영식에게는 누런 상복과 두건, 행전이나 상장까지 만져 보며 정겹게 말을 걸어 와 사람들의 고개를 절로 끄덕이게 했다. 어머니가 세상을 뜨니 이제는 조카가 정을 대신한다느니, 북에 두고 온 딸자식에 대한 사무친 그리움 때문이라느니 하는 수군거림과 함께.

영식은 애니에게 정이 가기는 했지만 어쩐지 가슴 한구석이 허물어지는 듯한 허탈감에, 움켜잡았던 손을 슬며시 놓으며 어색한 눈웃음으로 미안함을 대신했다.

영원한 적

　그렇듯 집요하게 추적해 오리라고는 미처 생각지 못했었다. 더구나 조선도 아닌 그 넓은 중국 땅, 그처럼 보잘것없는 작은 찬팅에까지 들이닥칠 줄이야. 그래도 천운이었다. 고단한 꿈결에 그녀가 무슨 신음 소리를 내며 뒤척였던 것도 같았고 자동차 소리를 들었던 듯도 싶었다. 아무튼 그렇게 새벽바람에 뛰쳐나와 또다시 정처 없는 발길을 내디뎌 멀리 남쪽 지난(齊南)까지의 천 리 길을 보름 넘게 걸어 도착하니 벌써 10월이었다.

　그녀는 놀란 가슴을 억누르지 못해 밤마다 허우적거리다 소스라쳐 잠에서 깨며 때로는 아버지를, 때로는 어머니와 할머니를 외쳐 부르기 일쑤였다. 그래도 사랑이 큰 위안이 되었던지, 넓은 들녘의 빈 창고나 도심 변두리의 공사장 한편에서 차가운 밤이슬을 피해 고단한 눈을 붙일 때면 언제나 어린아이처럼 장혁의 품으로 파고들었다.

　지난에 도착한 장혁은 다시 노동판의 막일로나마 얼마간의 돈을 만들어야만 했다. 갈 길은 멀고 바빴지만 기차를 탈 수 없어 지난까지 걸어오는 동안에 몇 푼 남아 있던 돈마저 바닥나 이제는 당장 한

끼 요기조차 하지 못할 처지가 되었던 것이다.

그렇게 한 달여를 머물며 돈을 만들어 다시 쉬저우(徐州)를 거쳐 난징(南京)에 이른 장혁은 그곳에서 곧바로 상하이(上海)로 방향을 바꾸었다. 베이징의 한국 대사관을 포기한 도주자의 다음 행로가 선전일 것이라고 짐작한다면 그 직행의 길목은 위험할 것이므로 일단 시간을 끌어 볼 생각에서였다. 또한 돈도 절실히 필요했다.

그날 톈진에서 진천항운 남자를 통해 들은 바에 의하면 경제 특구 선전으로 들어갈 수 있는 공안의 허가증을 구하려면 허가증값 2백 위안과 광저우에서 선전까지의 차비를 포함한 운전사 알선료 1백 위안을 합쳐 1인당 3백 위안이 든다는 것이었다. 그리고 광저우까지의 열차비와 다른 비용을 포함하면 이림잡이 2천 위안은 족히 드는 막대한 돈이었다. 더구나 신분증 하나 없이 불법 취업을 해야 하는 그들로서는 겨우 1백~3백 위안가량 받는 하층민들 월급의 절반밖에 받을 수 없었다.

사회주의 국가라고는 하지만 중국도 경제만은 자본주의 체제와 다르지 않았다. 처음에는 배급 체제의 사회주의가 문득문득 그립기도 하였었다. 태어나서 처음으로 겪는 생존과 경쟁이라는 부대낌이 한때는 쫓기고 있다는 초조와 긴장보다 더 두려웠다. 그러나 동북의 변방 작은 곳이기는 하지만 옌볜에서의 생활로 이미 그런 경제 체제에 제법 익숙한 지숙이 있었기에 장혁은 그나마 수월히 고비를 넘기며 점점 경쟁 체제에 적응해 나갈 수 있었다.

창 강(長江)이라는 또 다른 이름에 걸맞은 장장 5천8백 킬로미터의 양쯔 강(揚子江)이 중국 대륙 중앙부를 횡단해 황해로 흘러드는 강 하구의 직할시. 지난 1842년 아편전쟁의 패배로 맺은 난징 조약에 따라 무역항으로 개항된 뒤, 역사 속 수많은 서구 열강의 각축 속에서 국제적 도시로 변모한, 휘황하고 활력 넘치는 중국 제1의 도시 상하이. 그 역사의 흔적처럼 아직도 유럽 전통의 고딕과 바로크 양식 건물들이 빼곡히 시가지를 이루고 있었고, 특히 도심을 가로질러 흐르는 황푸 강(黃浦江) 연안의 황푸 구(黃浦區) 일대는 더욱 화려했다.

장혁은 그 황푸 강변의 천구 광장(陳毅廣場)에서 벌써 한 달째 양러우촨을 구워 파는 노점상을 하고 있었다. 그것은 지숙의 생각이었다. 그녀는 자신이 일하는 한족 반점 주방장의 도움을 얻어 작은 이동식 조리대를 비롯한 도구 일체와 재료까지 모두 준비해 주었다.

처음 상하이에 도착했을 때에는 그저 눈앞이 캄캄할 따름이었다. 그러나 역시 지숙은 발빠르게 행동했다. 그녀는 불과 일주일도 되지 않아 역시 별도의 숙소를 제공받는 조건으로 한족 반점에서 일자리를 구했다. 싹싹하고 밝은 천성에 타고난 미모도 있었지만 무엇보다 중국인에 다름없는 유창한 중국어 솜씨로 그런 여러 일들을 수월하게 해내는 것이었다.

물론 공안의 단속은 매우 엄했다. 근처의 상하이 인민영웅기념탑을 비롯한 도심 한가운데의 1급 관광지라 할 수 있는 곳에서, 희뿌연 연기까지 마구 뿜어 올리는 노점상이었으니 그대로 두고 볼 리 만무했다. 고기를 굽는 희뿌연 연기는 금세 눈에 띄어 계속 쫓겨 다녀야 했고, 조리대를 잃어버릴 뻔한 적도 여러 번 있었다. 그러나 그사이에 모은 돈은 어느새 지숙의 한 달치 월급을 훨씬 넘는 제법 큰돈이 되었다.

또한 장혁의 중국말도 그동안 사람들을 상대해 장사하는 사이 절로 늘어 이제는 간단한 대화는 스스럼없이 나눌 정도가 되었다. 가끔씩 낯선 장사꾼을 어찌해 보려는 지역의 젊은 무리들이 시비를 걸어 온 적도 있었지만, 생사를 건 길 위에 서 있는 장혁의 눈빛에 질려서인지 몇 번의 짧은 주먹다짐을 끝으로 더는 괴롭히지 않았다. 물론 그것이 그들의 수익에 크게 영향을 미치는 것도 아닐뿐더러 수시로 나타나는 공안들 때문에 다툼은 더 지속될 수도 없었다.

「이 꼬마 녀석, 멀리 안 꺼져!」

과자 봉지가 몇 개 놓인 작은 좌판을 어깨에 멘 꾀죄죄한 어린 소년은 오늘도 변함없이 장혁 곁으로 숨어들어 말없는 눈빛으로 도움을 청했다. 벌써 사흘째였다. 사흘 전 저녁 무렵부터 황푸 강변에 나타난 소년은 그날 술 냄새까지 풍기며 행패를 부리는 서너 명의 거친 사내들을 피해 장혁의 등 뒤로 숨어들었다. 마침 장혁도 몇 번 다투는 사이 안면이 익은 깡패들인지라 좋은 말로 달래 돌려보냈는데, 그 뒤부터 소년은 아예 대놓고 장혁을 찾아들었다.

「너 이 자식, 진짜 혼이 나야 정신을 차릴 거야?」

「그만둬라. 어린아이가 오죽 딱한 처지였으면 이럴까.」

「너는 빠져라. 네가 이 황푸 지역의 보스야?」

「내가 보스 짓을 하려는 게 아니라 너무 불쌍해서 그러는 거다.」

「미친놈, 네 앞날이나 걱정해라.」

사내들의 야릇한 미소가 무엇을 의미하는지 장혁은 미처 깨닫지 못했다. 처음 그 소년의 등장은 우연이었지만 처음부터 사내들이 노린 것은 바로 눈엣가시 장혁이었다.

뭔가 심상치 않은 눈빛에 눌려 섣불리 건드리지 못하고 주춤 물러났었다. 못내 자존심이 상했지만 뭔가 분명한 꼬투리를 잡으려 했는데, 마침 그 기회가 찾아온 것이었다.

장혁을 의식한 사내들이 계속 어린아이를 괴롭혔다.

「요런 겁 없는 새끼가!」

「아악!」

장혁이 양러우촨을 굽느라 잠시 눈을 돌린 틈이었다. 와지끈 소리와 함께 어깨에 메어 있던 나무 좌판이 길바닥에 팽개쳐져 부서지는가 싶더니, 그들의 우악스러운 발길질에 소년은 찢어지는 비명을 내지르며 데구루루 공처럼 길 위로 나뒹굴었다.

「그만 해라, 이놈들아.」

「넌 뭐야?」

기다리고 있었던 듯 우르르 여기저기에서 모여드는 사내들이 족히 열은 넘어 보였다. 어쩔 수 없었다. 말로 상대하기에는 벌써 늦어 버린 것이었다. 인민학교 시절 동급생들과의 사소한 다툼이 그가 해 본 싸움의 전부였다. 그러나 국경을 넘어 쫓기는 걸음이 되면서부터는 마치 잘 훈련된 병사처럼 날렵하고 거칠어졌다. 죽지 않으려면 이겨야 한다는 생존의 법칙 때문인가. 때로는 스스로도 섬뜩하리만치 살인마가 된 느낌이었다. 눈에서는 광기가 번뜩이고, 건드리면 죽여 버리고 말겠다는 충동들이 문득문득 떠올랐다.

쭉 뻗는 장혁의 발길질에 우두둑 턱뼈가 바스러지는 소리와 함께 짧은 머리의 사내가 나뒹굴었고, 거친 주먹을 휘두르며 달려들던 잿빛 셔츠의 사내는 아랫배에 꽂히는 살기 서린 주먹질에 훅, 가쁜 숨을 몰아쉬며 그대로 길바닥에 널브러져 버렸다.

그러나 어차피 작심한 무리였다. 또한 머릿수로도 도저히 이겨 낼 수 없는 상대였다. 그리 오래지 않아 퍽 하는 둔탁한 소리가 어깨 위에 떨어지자 장혁은 그만 휘청하면서 반쯤 꼬꾸라졌다. 그 틈에 우악스러운 주먹질과 발길, 몽둥이 세례가 퍼부어졌다.

장혁은 자꾸만 정신이 아득히 멀어지는 느낌이었다. 이럴 생각은 없었는데…… 그저 등신처럼 매를 맞더라도 짐승처럼 바닥을 기더

라도 살아남아야 하는데…… 선전을 거쳐 홍콩으로만 들어갈 수 있
다면…… 바보같이 참지 못하고, 한 번만 비겁해지면 그것으로 그
만인데…….

　싸늘한 리형철의 눈빛만으로도 강경수는 하얗게 질려 얼음처럼
굳어졌다.
「머저리 같은 놈, 이게 벌써 몇 달째야!」
「면, 면목 없습니다. 동지.」
「벌써 넘어간 거 아니야, 그 반동 간나새끼들?」
「아, 아닙니다. 남조선 대사관으로는 절대 들어가지 못했습니다.
저희가 철저히…….」
「꼭 대사관으로 들어간다는 보장이라도 있나?」
「그런 건 아닙니다만…….」
「베이징만 막으면 뭘 하오. 홍콩도 있는데, 홍콩!」
자신 역시 질책받을 것이 확연한지라 웨펑이 슬며시 끼어들었다.
「그쪽은 염려 마시오. 우리 아이들이 철저히 막고 있소.」
「뭘 염려 말라는 거요. 지난번에도 그렇게 큰소리쳐 놓고 바로 눈
앞에서 놓쳤는데.」
「그건 한국 대사관의 참사라는 자가 권총을 빼들었기 때문 아니
오?」
「당신들은 총이 없었소?」
「뭐요? 아니, 그럼 우리들에게 백주 대낮에 남의 나라 외교관과 총
격전이라도 벌이라는 말이오?」
스스로 생각하기에도 너무 지나친 억지였던지라 리형철은 슬며시
입을 다물었다. 암살이라면 몰라도 그런 상황에서는 여차하면 조중

간의 외교 문제로 불똥이 튈 수도 있는 일이었다.

「누구를 죽이려고…….」

「그렇지만 선전도 꽤 넓은 도시인데 그곳을 어떻게 다 막는다는 말이오?」

「염려 마시오. 아무리 지역이 넓고, 날고 뛰는 놈이라 할지라도 어차피 홍콩으로 넘어갈 수 있는 길은 서너 군데뿐이오. 그리고 선전은 무엇보다 내 구역이오. 또 베이징에서처럼 사람이 적은 것도 아니고. 설령 홍콩으로 넘어간다 해도 그리 염려할 건 없소. 그쪽에서는 우리 사람들이 훨씬 수월하게 동태를 파악할 수 있으니까.」

딴은 그랬다. 광둥 지역에 본거지를 두고 홍콩과 마카오의 삼각지대를 주 활동 무대로 삼는 그들이었으니 베이징에서의 능력에 비교할 바는 아닐 것이었다. 그러나 문제는 그들이 다시 한국 대사관에 나타나거나 홍콩으로 가기 위해 선전에 들어오기만을 무작정 기다릴 수는 없다는 점이었다. 시간이 흐르면 아무래도 관심도 흐려지고 힘도 빠질 수밖에 없지 않은가.

「톈진에서는 그들이 틀림없었나?」

「예, 분명합니다. 사진 속의 김지숙이 틀림없다고 확인했습니다.」

「보상금이나 타먹자고 그 조선족이 거짓말한 건 아니야?」

「아닙니다. 그 뒤 연놈들이 다시 나타나지 않은 걸 봐도…….」

「그럼 다시 조선족과 접촉을 하지는 않겠구먼.」

「예?」

「그럴 것 아니야? 뭔가 눈치를 채고 미리 튀었다니 우리 조교들이 신고를 한다는 건 이미 알았을 테고…….」

「예, 그렇습니다.」

강경수는 또다시 부동자세로 바짝 굳어졌다. 그가 뜨끔한 것은, 톈진에서의 그날 새벽 일을 그들이 그 전날 눈치 채고 도망간 뒤였다고 허위로 보고했기 때문이었다.

「그럼 웨펑께서 한 번 더 손을 써줘야겠소.」

「무슨……?」

「이제는 여자보다 남자를 찾는 데 더 집중합시다. 여자는 중국말이 유창하니 한족이라고 거짓말하고 숨어 버린다면 쉽지가 않을 거요. 그렇지만 사내놈은 중국말을 못하니까 쉽게 드러나는 데다, 일자리를 구하더라도 공사판 같은 곳으로 한정될 거요. 그러니 그런 쪽을 중심으로 사람을 풀어 수소문하면……. 홍콩으로 넘어가는 길목인 칭다오(靑島), 난징, 상하이, 난창, 광저우 등을 중심으로 말이오.」

「그거 좋은 생각이오. 내가 즉시 애들을 풀어 공사판은 물론이고 부두 노무자나 공원 노숙자 따위를 상대로 찾아보도록 조치를 하겠소.」

「아, 그리고 남조선 기업의 공장들도 빠뜨리지 말고, 가능하면 길거리 작은 노점들까지 조사하도록 해주시오.」

「길거리 노점을 말이오?」

「그렇소. 김지숙이 중국말을 잘하니까 혹시 둘이서 장사를 할지도 모르지 않소?」

「그럴 수도 있겠소.」

리형철은 좀 더 자세한 세부 사항까지 일일이 지시를 내리고 싶었지만 그것으로 끝냈다. 상대는 보스임을 내세우는 자존심 강한 사내였다. 또한 이미 계약금에 해당하는 상당량의 아편까지 넘긴 처지에서 아쉬운 건 자신들일 뿐이었다.

　장혁의 상처도 이제는 거의 다 아물었고 대륙의 대이동 춘절(春節: 설날)이 바로 눈앞이었다. 지숙은 다른 복무원들처럼 고향으로 휴가를 떠나지는 못해도 보름씩이나 되는 긴 춘절 휴가를 앞두고 장진(奬金)이라는 상여금까지 받아 몹시 기분이 좋은 낯빛이었다.

「계속 이렇게만 된다면 이천 위안 정도는 금방 모이겠습니다.」

「그래요. 나도 내일부터는 다시 장사를 나가야겠어요.」

「무슨 말씀입니까. 아직 몸도 성치 않으면서.」

　푸르스름한 멍이 아직도 남아 있는 앞가슴 상처 부위에 약을 발라 마사지를 해주던 지숙이 펄쩍 뛸 듯이 손사래를 치며 말렸다.

「아닙니다. 몸도 이만하면 견딜 만하고 지숙 씨 혼자서 고생할 수는 없지요.」

「그런 말씀 마세요. 고생은 이게 무슨 고생입니까. 나는 아무렇지도 않습니다.」

「하루라도 빨리 중국 땅을 벗어나야 안심하고 살 수 있지 않겠소.」

「하지만 장사는 이제 그만 하세요. 좀 늦더라도 위험하지 않은 일로 살아가야지…….」

「그렇게 해서 언제 이천 위안을 다 모으겠습니까. 역시 장사라는 게 재미는 있더군요.」

　한 달 남짓 장사해서 모은 돈이 지숙의 두 달 월급과 낮 동안 틈틈이 일한 장혁의 노동 품삯보다도 훨씬 많았으니 욕심을 부리는 것도 무리는 아니었다. 그렇다고 중국 땅에서 모든 장사가 다 그렇게 수지맞는 것은 물론 아니었다. 어쩌면 물정 모르고 겁없이 황푸 강변 공원에서 장사를 시작한 덕인지도 몰랐다. 그곳은 공안의 잦은 단속과 심한 텃세 때문에 누구도 선뜻 나서지 못하는 지역이어서 장혁이 거의 독점하다시피 한 셈이었다.

「이제는 황푸 공원에도 들어가지 못하는데 어디서 장사를 하려고
그럽니까?」

「아니, 왜 못 들어간다는 겁니까? 그까짓 놈들 두렵지 않습니다.」

「안 됩니다, 장혁 씨. 장혁 씨는 이제 혼자가 아닙니다. 절대 다시
몸을 다쳐서는 안 됩니다.」

그녀가 정색을 했다. 장혁은 문득 사랑이란, 부부란 이런 것이구
나, 가슴이 뭉클했다.

「그래요, 그럼……. 아, 마침 춘절이라 상하이 역 앞에 기차를 타
려는 사람들이 많을 테니 역 앞에서 장사를 하면 잘되겠습니다.」

그러나 반색을 하는 장혁과 달리 지숙은 어이없다는 표정으로 누
워 있는 장혁의 얼굴을 빤히 내려다볼 뿐이었다.

「왜 그렇게 봅니까?」

「아니, 지금 상하이 역 앞에 그런 장사가 어디 한둘이겠습니까?」

「장사꾼이 많다고 나만 안 될 건 또 뭐 있겠습니까. 바쁘게 하고
열심히 하면 되는 거지.」

「그런 것이 아니라, 그렇게 목이 좋은 곳이니 텃세가 보통 심하겠
습니까? 그리고 또 지금 역에는 공안들이 득실거릴 텐데 신분증명
서 하나 없이 어떻게 하려고 그럽니까?」

역시 지숙이 더 신중했다. 어떡하든 하루빨리 홍콩으로 탈출해야
겠다는 생각에 장혁은 미처 세심한 곳까지 주의를 기울이지 못했던
것이었다.

「저…….」

뭔가 꺼내기 어려운 말이 있는 듯 지숙이 머뭇거렸다.

「저, 아무래도, 아기가 생긴 것 같습니다.」

「예?」

벌떡 자리를 차고 일어나 앉은 장혁이 욱신거리는 가슴의 통증도 잊은 채 믿기지 않는다는 듯 덥석 지숙의 두 손을 움켜잡았다.

「저, 정말, 그게 정말입니까?」

「예, 벌써 두 달째…… 그리고 입쓰리(입덧)도 조금씩…….」

「아…… 지숙 씨!」

와락 그녀를 껴안은 장혁의 눈가에 눈물이 맺혔다.

새 생명. 그 간난의 길 위에서도 이렇듯 생명은 잉태되어 새 세상을 꿈꾸는 것이었다. 참으로 놀랍고 신비로웠다. 그래서 생명은 성스러운 것인가. 세상의 어떤 고난과 억압도 그것을 방해하지 못했던 것이다. 아무런 축복 없이 맺어진 서러운 부부의 인연이 이제 더할 수 없는 기쁨으로 이렇게 경하받는 것이리라. 진작부터도 부부였지만 이제는 진정 소중한, 세상 그 무엇과도 바꿀 수 없는 한 몸이었다.

으스러져라 껴안은 남자의 따스한 눈물에서 여자는 사랑을 절감했다. 지숙은 그가 탈출과 귀순만을 목말라 해 행여라도 아기를 거부하지는 않을까 두려웠었는데, 그는 너무나 기뻐하고 있었다. 이제는 온전히 믿으리라. 두 번 다시는 털끝만큼의 의심도 가슴에 품지 않으리라. 변치 않는 마음으로 영원히 사랑하리라.

「그럼 황푸 공원 건너편 난징 동로(南京東路) 골목에서라도 장사를 하겠습니다. 내일부터 당장.」

「장혁 씨…….」

품에 안긴 지숙은 여전히 걱정스러운 눈빛이었지만 장혁은 결연했다.

「아닙니다. 우리 아기는 따뜻한 세상에서 태어나야 합니다. 절대 이렇게 쫓기는 세상에서 태어나서는 안 됩니다. 절대로.」

아직 초저녁인데 난징 동로의 허핑(和平) 반점 뒷골목은 벌써 사람의 흔적이 뜸했다. 저마다 고향을 찾아 떠나는 춘절 대이동의 뒤끝인 탓이었다. 지숙도 이제 내일 저녁만 지나면 보름 동안의 휴가였다. 대부분의 복무원이 휴가를 떠난 어제저녁에도 혼자 많은 손님들을 대하느라 수고했다며 주인이 집어 준 5위안짜리 지폐 한 장을 꺼내 보이며 지숙은 몹시 흐뭇해했었다.

장혁은 새별군의 고향이 생각났다. 설 명절이라고 해봐야 김일성 생일인 4·15 태양절에 나오는 돼지고기나 소주 한 병도 없이 그저 하루 휴가가 전부인 북조선. 설이 되면 아버지는 잠시 남쪽 하늘을 우러르고 옛 고향에서의 설날을 떠올리며 처연해하셨다. 그러고는 동네의 벗들과 어울려 윷놀이를 즐기며 잠시 시름을 잊기도 하셨다.

아버지, 어쩌면 벌써 세상을 등져 끝내 불귀의 혼이 되었을지도 모르는 일이었다. 야트막한 뒷동산 언덕에 묻혀 고요한 어둠 속에서 편히 쉬시기라도 하면 좋으련만. 어쩐지 산속 깊은 곳에 아무렇게나 버려져 있을 것만 같은 불길한 예감에 장혁은 진저리를 치며 눈물을 훔쳤다.

이렇게 혼자서라도 살아야 하는 것인가. 그래도 살아야 했다. 아버지는 그토록 외로운 형벌을 자청하며 자신을 떠밀지 않았는가. 사랑하는 사람을 얻고 새로운 생명을 만들어 영원히 아버지를 잊지 말라고.

골목 입구에 한 무리의 사내들이 들어서고 있었다. 황푸 강변에서의 그놈들이었다. 그제 저녁 다시 장사를 나오던 날 마주친 뒤로 어제까지도 빈둥거리며 주위를 배회했었다. 오늘도 그렇게 주변에서 빈둥거리며 시빗거리를 찾으리라.

「흐흐…….」

　음산한 웃음소리를 신호로 사내들이 장혁의 주위를 에워쌌다. 낯선 사내도 한둘 섞여 열 명 남짓이나 되었다. 장혁은 모르는 척 사내들을 외면하고 양러우촨 꼬치를 뒤적였다.

「권, 장혁.」

섬뜩한, 조선말의 억양이 또렷했다.

「누, 누구……?」

하얗게 질린 장혁의 눈빛에는 체념과 분노가 한꺼번에 어렸다.

「조용히 앞장서서 김지숙에게 가자.」

장혁의 손이 벌건 숯불이 담긴 조리대를 향하는 순간 강경수는 허리춤에서 권총을 빼들었다.

「네놈 골통에 바람구멍을 내줄까?」

「에잇!」

우당탕, 부서질 듯 나뒹구는 조리대의 숯불이 사방으로 불꽃처럼 튀어 오르고, 장혁의 발악 같은 손발짓이 허공에서 춤을 추었지만 그것도 잠시였다. 목덜미를 후려치는 둔탁한 느낌을 끝으로 장혁은 맥없이 사그라졌다.

「간나새끼…… 갑시다.」

아무런 의식 없이 축 늘어진 장혁의 몸뚱이가 한 사내의 어깨 위에 죽은 짐승처럼 걸쳐졌다.

　하얗게 밤을 지새운 아침이었다. 지숙은 눈물보다 피를 삼키며 기다렸다. 반점의 일을 마치고 돌아오는 길에 아무렇게나 흩어져 나뒹굴던 양러우촨 꼬치를 보는 순간 그녀는 무엇인가를 예감했다. 황푸 강변의 깡패들 짓이 아니었다. 만약 그들이었다면 장혁은 어떻게 해서라도 조리대며 양러우촨 꼬치를 그대로 길바닥에 내버려 두지는 않았을 것이다. 또 설령 죽음의 사신과 함께라 할지라도 기어이 지숙의 품으로 돌아와 눈을 감았을 것이었다.

지숙은 차분히 하나씩 하나씩 짐을 꾸리고 있었다. 짐이라 할 것도 없었지만 또다시 떠나야 할 먼 길에 갈아입을 옷가지 몇 벌은 챙겨 두어야 할 것 같아서였다. 작은 가방 하나가 전부였지만 그래도 정성스레 장혁의 속옷이며 바지와 셔츠 따위를 곱게 접어 차곡차곡 넣고 있었다. 또다시 눈물이 흘렀다. 지숙은 입술을 꾹 깨물며 눈물을 멈추려 두 눈을 감았다.

지숙은 이미 여자가 아니라 어머니였다. 생명의 잉태를 몰랐던 지난날만 같았어도 그토록 강하지는 못했을 것이다. 어쩌면 지레 장혁이 죽었으리라 생각하며 스스로 목숨을 끊었을지도 모르는 일이었다. 그러나 그녀는 그를 믿고 있었다. 아니, 믿으려 애쓰며 이렇게 가방까지 꾸리고 있는 것인지도 몰랐다.

돌아올 것이다. 기어이, 무슨 일이 있더라도 그는 돌아올 것이다. 아무리 처참한 고통을 당해도 반드시 내게로 올 것이다. 네발로 기어 피를 땀처럼 흘려서라도 목숨 건 사랑의 분신인 이 아기를 버려두고 눈을 감지는 않으리라. 죽음이 두려운 것은 아니었다. 다만 다시 혼자가 된다는 것만은 견딜 수 없기에 이렇게 목숨을 걸고 그를 기다리는 것이었다. 이제는 죽음이라도 그와 함께한다면 따르리라. 그와 잉태된 새 생명과 함께라면 어떤 고통도 이제 그녀에게는 모두 기쁨인 것이었다.

얼마나 기다려 찾아낸 놈이던가. 사건이 일어나고 벌써 반년이 더 넘었다. 지난번 웨펑에게 그렇게 지시를 했지만 큰 기대를 하지는 않았다. 노점상보다는 어디 허름한 공사판에서 일하고 있으리라 생각했다. 그런데 뜻밖에 상하이 쪽의 흑사회에서 금세 연락이 왔다. 황푸 강변에서의 다툼으로 이미 그들의 뇌리 속에 깊숙이 기억되어 있었던 것이다. 그사이 강경수는 먼저 상하이로 옮겨 왔고, 다시 며칠 지나 장소를 옮겨 장사하던 권장혁을 발견했다. 아마 춘절 연휴로 텅 빈 거리 사정이 금방 그를 눈에 띄게 했을 것이다.

그러나 실수였다. 좀 더 기다려 그의 뒤를 밟아 추적했더라면 이런 터무니없는 수고는 하지 않아도 되었는데, 강경수와 웨펑의 부하들이 너무 서두른 것이었다.

상대는 이미 사랑에 눈먼 사내였다. 밤새 처참하게 가해지는 갖은 고문에도 사내는 눈 하나 깜박하지 않았다. 죽음을 각오한 순교자처럼 초연했다. 오히려 울안에 갇힌 짐승을 희롱하듯 무자비한 폭력을 퍼붓던 웨펑의 부하들이 먼저 지쳐 헐떡거렸고, 한마디도 없이 지켜보기만 하는 리형철을 의식해 성급하게 날뛰던 강경수도 새벽녘부터는 기계처럼 그저 같은 동작만 반복할 뿐이었다.

머리 위에서부터 퍼부어지는 차가운 물세례에 장혁은 정신이 돌아왔고, 또다시 강경수의 몽둥이질이 이어지려는 순간이었다.

「그만.」

처음으로 들린 리형철의 음성이었다.

머리 위까지 치켜들었던 강경수의 두 팔이 허공에서 멈추었고, 지친 웨펑의 부하들은 기다렸다는 듯 한 발씩 뒤로 물러섰다.

「보기보다는 독종이구나, 권장혁.」

살아 있는 사람의 음성이라고 볼 수 없을 정도로 싸늘했다. 삶을 포기했던 장혁도 새삼 전신을 휘감는 섬뜩함에 두 눈을 부릅떠 긴장의 빛을 나타냈다.

「아마 네놈이 이렇게 소리 없이 사라진다면 김지숙이 홀로 남조선으로 넘어가지는 않을 거야. 그럼 나도 그쯤에서 그년을 포기할 수도 있어. 아니지, 어차피 선전에서는 너희 모두 잡히게 되어 있었어. 거긴 우리 손바닥 안이거든. 호호…… 아무것도 기대할 건 없다, 권장혁. 아마 그년도 이 상하이 바닥을 벗어나기 전에 우리들 손에 잡혀 올 거야. 결국 넌 지금 아무런 승산도 없는 싸움을 혼자 하고 있는 거야. 어때, 나하고 이제 진짜 내기를 한번 하는 게?」

「…….」

「짐작했겠지만, 지금 우리에게 필요한 건 네놈이 아니라 김지숙이 야. 김지숙이를 넘겨주면 넌 살려 주지.」

「흥, 어차피 죽을 목숨…….」

코웃음을 지는 그의 입가로 언뜻 텅 빈 체념의 미소가 스치듯 흘 렀다.

「여자를 사랑한다 이 말이구먼? 그래, 그럴 수 있지. 그런데 넌 사 랑한다면서 여자의 신세를 망쳐 버렸어.」

리형철의 말은 어쩐지 공연한 사념의 말이 아닌 것 같았다. 길가 에 버려진 죽은 개처럼 널브러진 그의 눈빛에 한 점 의혹의 빛이 떠 올랐다.

「나는 애초부터 김지숙이를 죽일 생각이 아니었어. 그런데 네놈이 중간에 나타나서 일을 크게 벌여 놓은 거야. 우연히 그렇게 됐다 고 할 텐가? ……하지만 나는 그렇게 생각할 수가 없지. 왜냐하 면, 김지숙이는 보통 사람들과는 다른 여자거든. 더구나 네놈 아비 는 남조선 괴뢰군 포로 출신의 반동이었고, 집에서 나온 그 단파 라지오만 봐도 남조선의 지령이 있었다고 생각하기에 충분하니 까. 그러나 지금도 아주 늦은 건 아니야. 정말 우연히 만난 거라면 김지숙이를 넘겨주고 혼자서만 죽어. 그러면 여자는 다시 처음으로 되돌아갈 수도 있어. 아니, 어쩌면 네가 생각도 못할 그런 풍족한 생활을 할 수도 있어. 그것도 혁명의 수도 평양에서 말이야!」

겨우 의식만 남아 있을 뿐 이미 죽은 고깃덩어리나 다름없는 상대에게 그런 흥정을 한다는 사실이 몹시 자존심 상했던지 고함 소리와 함께 달려든 리형철이 장혁의 멱살을 잡아 일으키며 미친 듯이 흔들었다.

「못 믿겠니? 내 말이 거짓말로 들리니? 정말이야, 정말이란 말이야, 이 간나새끼야! 사내새끼가 사랑을 했으면 혼자서 죽어야지. 여자는 살려야 될 거 아니야? 말해, 말해라. 지금 김지숙이는 어디 있니, 어디 있어? 말하란 말이야, 이 간나새끼야!」

제 분에 못 이긴 리형철이 다시 바닥으로 메어꽂듯 밀어 넘어뜨리자 장혁은 그 충격에 바람 빠진 공처럼 맥없이 맞은편 벽에 머리를 부딪치며 비스듬히 쓰러졌다.

신축 중인 건물의 지하실인 듯 사방 어디에도 창문 하나 없는 20평 남짓한 공간엔 서너 개 의자만이 덩그마니 놓여 있고 내부는 아직 페인트칠마저 끝나지 않은 상태였다. 장혁이 들어와 묶였던 의자는 이미 산산이 부서져 바닥에 뒹굴었고, 밖으로 나갈 수 있는 유일한 출구인 계단 입구를 지키는 중국인 사내 두 명도 진작부터 지친 표정으로 벽에 등을 기대고 서 있을 뿐이었다. 장혁은 몸뚱이를 의지하느라 바닥을 짚었다가 손끝에 느껴지는 날카로운 감촉의 무엇인가를 퍼뜩 움켜쥐어 감추었다. 묶여 있던 의자가 부서질 때 사방으로 튀며 날았던 한 뼘 길이의 뾰족한 나뭇조각이었다.

아직도 흥분을 삭이지 못한 리형철이 불쑥 품속의 권총을 꺼내 노리쇠를 당겨 실탄을 장전하며 거친 숨을 들이켰다.

「간나새끼…… 자, 이제 그만 말해라. 그래도 마지막으로 김지숙이 얼굴이라도 한 번 보고 죽으려면.」

「정말, 지숙 씨를 살려 주는 겁니까?」

힘겹게 흘러나오는 장혁의 소리에 리형철의 눈빛이 단번에 밝아
졌다.

「뭐? 그래, 살려 준다. 틀림없이 약속한다.」

「아, 아버지는?」

「살아 있다. 네놈 아비도 아직은 살아 있다.」

「어, 어디에?」

「관리소, 지금은 관리소에 있다.」

한 줄기 뜨거운 눈물이 장혁의 뺨 위로 흘렀다. 리형철의 말이 사
실이라면 아버지는 아직 눈조차 감지 못한 채 악명 높은 회령 22호
관리소에 수용되어 갖은 고초를 겪으며 죽음만도 못한 고통의 삶을
이어 가고 있을 것이었다.

「그렇지만 네 아비도 즉시 풀어 주겠다.」

「…….」

「약속한다. 지도자 동지의 광폭 정치와 인덕 정치의 정신으로 즉
시 풀어 주마.」

도저히 믿을 수 없다는 장혁의 눈빛에 리형철은, 대담하고 통 크게
한다는 광폭 정치와 인민에 대한 수령의 숭고한 사랑을 내세우는 인
덕 정치 정신까지 들먹이며 장혁에게 바짝 다가섰다.

장혁은 마지막 유언이라도 하는 사람처럼 처연한 눈빛으로 주변
을 둘러보았다. 계단 입구의 두 명을 제외하고도 강경수를 포함한
여섯 명의 사내들이 서너 걸음 더 떨어진 주변을 에워싼 채 흥미롭
다는 듯 눈빛을 반짝이고 있었다.

「자, 말해라. 이 리형철이, 약속은 틀림없이 지킨다. 담배라도 하나

피우겠니?」

「나는 도저히…….」

와이셔츠 주머니에서 담뱃갑을 꺼내는 리형철을 바라보며 처연한 웃음을 머금은 장혁이 말을 계속했다.

「하긴, 보위부원이 두 사람이나 죽었는데…… 담배나 하나…….」

「자, 여기…….」

그는 서두르고 있었다. 벽에 등을 기대앉은 장혁의 입에 엉거주춤 쭈그려 담배를 물려 주며 라이터의 불을 켜는 리형철의 자세가 몹시 위태했다.

「고맙…….」

왼손에 옮겨 쥔 권총의 총구가 바닥을 향하는 순간이었다. 마지막 혼신의 힘까지 끌어 모은 장혁의 오른손이 리형철의 눈동자로 향했다.

「아악!」

순식간이었다. 찢어지는 비명 소리와 함께 권총은 어느새 장혁의 손으로 옮겨졌다.

「꼼짝 맛!」

시뻘건 핏물이 분수처럼 뿜어져 나오는 리형철의 한쪽 눈동자에는 날카로운 나뭇조각이 화살처럼 꽂혀 있었다. 리형철의 목덜미를 바짝 움켜 안은 장혁이 그의 머리에 총구를 들이댄 채 악을 쓰듯 소리쳤다.

「그대로 있어! 움직이면 다 죽는다!」

「아악, 내 눈!」

주춤주춤 힘겨운 뒷걸음질로 계단에 다가선 장혁이 눈자위를 움켜쥐고 발버둥치는 리형철을 그대로 바닥에 팽개쳤다.

아무도 어쩌지 못했다. 엉금엉금 기다시피 계단을 올라가는 장혁을 제지하기는커녕, 바닥을 뒹구는 리형철의 고통스러운 비명에도 모두 얼어붙어 움직이지 못했다. 장탄이 된 권총의 총구도 그랬지만 마치 미친 악귀의 놀음 같은 그 순식간의 일에 모두 넋이 나간 것 같았다. 그렇게 다시 기를 쓰리라고는 누구도 생각하지 못했던 것이다.

아버지의 눈물

　김포공항 제2청사 1층 입국 게이트 옆의 검은 전광게시판에 도착을 알리는 빨간 불빛이 깜박거리기 시작했다. 로스앤젤레스 발 서울행 대한항공 KE017편.

　최정숙은 기대앉아 있던 휴게석을 털고 일어나 입국 게이트를 향해 움직였다. 찾아야 할 짐이 없더라도 입국 심사를 거치려면 좀 더 기다려야 했지만 그만큼 마음이 바빴던 것이다. 그러나 그리 오래지 않아 게이트를 빠져나오는 그녀의 모습이 눈에 띄었다. 그녀 역시 억누를 길 없는 궁금함에 몹시 서둘렀으리라.

　흰색 가는 세로줄 무늬를 넣은 검은 바지에 칼라와 단추만 까만 하얀색 재킷을 걸친 영애였다.

　「어서 오세요. 고단하시죠?」

　먼저 그녀를 알아본 최정숙이 다가가 인사를 건넸다.

　「안녕하세요.」

　그녀는 지금 며칠 전 갑작스레 미국으로 걸려 온 최정숙의 전화를 받고 부랴부랴 예정에 없던 서울행 비행기에 몸을 실었던 것이다.

그저 오빠와 관련된 중요한 일이 있으니 당장 들어왔으면 좋겠다고만 했다. 무슨 일인가 싶어 영순 언니에게 전화를 걸어 물어봤지만 그녀는 그저 건강만 염려할 뿐, 고집쟁이 오빠가 무슨 딴마음이라도 먹겠느냐며 시큰둥해할 뿐이었다.

「저, 그런데 무슨 일이죠?」

영애는 앞장서는 정숙을 무시한 채 우뚝 멈춰 서서 질문부터 시작했다. 그러나 정숙은 그저 싱긋 웃음을 머금을 뿐이었다. 어쩐지 그 웃음에서 걱정의 빛이 비쳤다.

「오빠에게 무슨 일이라도?」

「아무 일 없어요. 걱정하지 마세요. 자세한 이야기는 가서 하도록 해요.」

익숙하지 않은 사이지만 정숙은 스스럼없이 대했고, 영애도 그런 그녀에게 친근감을 느껴 차분히 마음을 추슬렀다.

「지난 천구백팔십팔년, 삼십사 년이라는 비전향 장기수 생활 끝에 출소했던 리인모 노인이 오늘 마침내 대한민국 정부의 뜨거운 동포애를 우선한 결정에 따라 판문점을 통해 북측으로 송환됐습니다. 오늘 판문점 북측 구역에는 송환되는 리인모 노인을 환영하기 위해 수많은 사람들이 운집했으며……..」

물끄러미 텔레비전 속보를 지켜보고 있던 재열이 슬며시 창밖으로 고개를 돌려 외면했다.

「왜, 영식이 생각 때문에?」

리모컨을 들어 텔레비전을 끄는 윤 박사의 표정도 어둡기는 마찬가지였다.

「어떠한 이념도 통일에 우선하지는 못한다고 취임사에서 말하더니…… 그런데 이건 아니야. 보내 주는 건 좋다고 해도 이건 너무 일방적이야. 우리도 송환받아야 할 사람들이 얼마나 많은데. 한 건의 치적에 눈이 멀었어.」

「허허, 너무 그렇게 단정하지 말고 좀 기다려 보세. 이걸로 북쪽과 무슨 물꼬가 트일는지 모르지.」

「무슨 물꼬? 남북정상회담을 말하는가?」

「그것도 한 방편이겠지.」

「결국은 그것도 서로 정치적 공세로 이용하다가 끝나고 말걸?」

「하긴, 김 대통령이 정치 구 단이라면 김일성도 그만큼, 아니 십 단은 될 테니까.」

윤 박사가 또다시 벽에 걸린 시계를 향해 눈길을 돌렸다. 재열이 들어서던 그때부터 지금까지 점점 그 간격을 좁히며 연방 힐끔거리고 있었다.

「왜, 무슨 약속이라도 있나?」

「응, 손님이 오기로 했지.」

「사람, 점심이나 하자더니만. 그럼 난 건너가 보겠네.」

「앉아, 이 사람아. 자네도 아는 사람들이야.」

일어서려고 움찔하는 재열을 윤 박사가 제지했다. 세종로 넓은 길 하나를 사이로 서로 마주 보고 있는 처지에도 두 사람의 교류는 몹시 뜸했다. 그것은 정보 기관 출신답게 사람들의 접촉에 신중한 재열의 성품 탓이었다.

「누군데 그래?」

엉거주춤 의자에서 한 뼘쯤 일어선 채로 재열은 못마땅한 표정을 감추지 않았다.

「앉아, 글쎄. 이제 금방 들어설 거야.」

「허, 참, 이 친구…….」

그때 노크 소리가 들리더니 조심스레 문이 열리며 최정숙이 들어섰다.

「그래, 잘 도착했소?」

「예, 그럼요.」

「수고했소, 최 여사.」

이미 두 사람 사이에 무슨 약속이 있었던 모양이었다. 재열은 문득 이상한 느낌이 들었지만 가릴 사람들은 아니었기에 슬그머니 다시 의자에 등을 붙여 앉으며 최정숙을 향해 가벼운 목례로 인사를 대신했다.

「오랜만입니다, 유 소장님.」

「예.」

「모시고 들어와요.」

최정숙을 향한 어색한 눈인사가 끝나기도 전에 재열의 두 눈이 휘둥그레졌다.

「아니, 영애야.」

재열로서는 너무도 뜻밖의 일이었다. 그러나 문득 떠오르는 기억이 있었다. 지난여름 경복궁에서 최정숙과 나누었던 이야기였다. 그렇지만 최정숙이 영애와 이처럼 밀접한 관계였나 새삼 의아했다. 꿀꺽, 전에 없이 마른침까지 한 모금 삼킨 재열은 긴장감에 꼿꼿이 등을 펴 허리를 세웠다.

「자, 최 여사, 말씀하세요.」

평소같이 마른 너털웃음 한 번 없이 윤 박사가 최정숙을 돌아봤다.

「죄송해요. 제가 잠시 윤 박사님 사무실을 빌려 자리를 만들었습니다. 먼저 영애 씨와의 관계부터 말씀드리죠. 영애 씨는 미국에

서 제가 먼저 찾아가 만났었어요. 제가 관여하고 있는 국제적십자
사에 청원을 낸 일로요.」

재열은 자신을 향한 최정숙의 눈길에도 아무런 반응을 보이지 않
았다. 그 정도는 짐작할 수 있었던 것이다.

최정숙이 영애를 향해 눈길을 돌렸다.

「그동안 적십자사와 국제사면위원회에서 무슨 답변이 있었어요?」

영애의 낯빛에도 긴장과 기대와 두려움이 뒤섞인 형언할 수 없는
감정의 혼란이 가득 떠올랐다.

「아니, 없었어요.」

「지금껏, 한 통도?」

「예.」

「근래에 방북 비자도 신청을 했죠?」

「예? 아, 예…….」

그녀가 무슨 죄라도 지은 사람처럼 더듬거리며 대답했다.

「그래, 발급 가능성은 있어 보여요?」

「글쎄, 아직은…….」

「비자가 나오면 들어가실 건가요, 평양에?」

그녀는 마치 신문하듯이 물었지만 영애는 아무런 거북함도 느끼
지 않고 그저 잠시 주저할 뿐이었다.

「물론 가셔야겠죠, 비자가 나온다면?」

「예. 그건 아무래도…… 그런데 무슨 일로 그러시죠?」

「예. 저…….」

잠시 말을 끊은 최정숙이 힐끔 재열을 돌아보았다. 그러나 그는
어느새 두 눈을 꼭 감은 채 이미 모든 것을 포기한 표정이었다.

「북으로부터 비자가 나오기는 어려울 것 같습니다. 슬픈 소식입니

286

다만…….」

최정숙이 잠깐 말을 멈추고 숨을 고르는 순간 재열이 또다시 꿀꺽 마른침을 삼켰다.

「김영식 씨 부인 되시는 최은실 씨는…… 이미 지난 천구백팔십팔년에 세상을 뜨셨습니다. 북쪽 정부의 박해가 없었던 건 분명한 것 같은데 자세한 사망 원인은 알 수가 없었어요. 단지 함흥시 오봉산 기슭에서 동사체로 발견됐다는 이야기밖에는요.」

재열의 입에서 슬픔의 빛을 감추지 못하는 낮은 탄성이 터져 나왔다. 아마 영애도 모르고 있을 그 슬픈 오봉산의 이야기는 재열의 가슴을 눈물로 미어지게 했다.

최정숙이 이야기를 계속했다.

「그런데 따님 김지숙 씨의 행적이 지금 문젭니다. 북쪽에서도 바짝 긴장한 채…….」

번쩍 재열의 두 눈이 빛을 발하며 커졌다.

「그 뒤를 쫓고 있습니다. 자세히는 모르지만 벌써 지난 천구백구십일년부터 중국 옌지의 이모님 댁으로 나와 있던 지숙 씨가 본국 보위부원들에게 끌려 송환되던 중에 큰 사건에 연루된 모양입니다. 알려진 바로는 보위부원이 두 명이나 죽었다는데 일설에는 멀리 중국 내륙 지방으로 숨어들었다는 소식도 있어요.」

「아, 오빠…….」

충격이었다. 영애는 놀란 가슴을 억누르지 못한 채 눈물부터 터뜨렸고 재열은 선뜻 믿기지 않는 사실에 우선 그 정보의 진위가 궁금해졌다.

「최 여사, 미안하지만 그 정보원을 내게 알려 줄 수 없겠소.」

최정숙의 표정에 난처한 기색이 역력했다. 물론 그것은 서로간의 불문율이었다. 그러나 어쩔 수 없는 일이었다.

「미안합니다. 나름대로 나도 길을 찾아보고 싶어서요. 원칙은 지키겠소.」

「좋아요. 북쪽의 정보는 함흥시의 어떤 무역회사 소속이고, 중국 쪽은 공안국 소속과 또 다른 북쪽 사람이에요.」

「고맙소.」

재열이 가만히 고개를 끄덕였다. 함흥시의 사람은 분명 무역 일꾼일 것이고, 중국의 또 다른 북쪽 사람은 어쩌면 대사관 소속의 인물일지도 모르는 일이었다. 중국 공안국에서도 이미 알고 있는 일이라면 어쩌면 우리 외교 라인에서도 어느 만큼은 파악하고 있을 것이었다. 그렇다면 정보의 진위는 충분히 가릴 수 있는 것이었다. 재열은 얼마 전 스쳐 들었던 베이징 대사관 김석기 참사의 귀국 소식을 떠올렸다.

「어떻게 하는 게 좋을까요? 앞으로 김영애 씨 행보를?」

최정숙의 질문에 영애도 재열에게 눈길을 돌리며 그의 대답을 기다렸다.

멤버스 클럽 '실크로드'의 별실이 담배 연기로 자욱했다. 평생을 살아오며 오늘처럼 간절하고 목말라 본 적이 있었던가. 자리에 없다는 김석기에게 메모를 남기고도 채 10분을 기다리지 못해 다시 수화기 들기를 여러 번. 마침내 그에게서 전화가 걸려 와 약속을 하고서도 30분이나 먼저 도착해 초조히 기다리고 있는 중이었다.

그러고 보면 소홀히 들어 넘겼던 그의 귀국은 뭔가 이상했다. 이제 막 시작된 한중 간의 외교 업무에서 수교의 핵심 역할을 했던 그가 아닌가.

「안녕하십니까, 국장님.」

「반갑소. 오랜만이오.」

굳은 악수를 나눈 두 사람이 서로 자리를 권하며 마주 앉았다.

「국장님은 여전하십니다.」

「그래요? 고맙소, 김 실장.」

「사모님은 잘 계시죠? 아드님 소식은 듣고 있습니다.」

「그렇소? 관심을 기울여 주니 고맙군.」

「아직도 핀란드에 그대로 근무하죠?」

「아직 임기가 남아 있으니까.」

술잔이 몇 차례 오갔다. 내내 초조한 기색으로 성급하게 술을 마시던 재열의 얼굴이 어느새 빨개졌다.

「그래, 중국에선 왜 갑작스레?」

「허허, 그거야 수교도 끝났고 해서 그랬겠죠. 저야 발령이 나면 그저 따라야죠.」

「무슨 소리요, 수교 초기가 더욱 중요하고 김 실장의 능력이 필요할 텐데.」

「허허…….」

어차피 쉽사리 털어놓을 이야기가 아니었다. 재열은 이미 퇴직한 전임 상사였다.

「그래요. 그럼 지금 베이징 대사관에는 누가 있소?」

「국장님은 아마 잘 모르실 겁니다. 서준식이라고 저와 함께 있던 서기관이었습니다.」

얼핏 들은 기억이 있지만 자세히 떠오르지는 않는 인물이었다. 그리고 베이징 대사관의 참사 자리를 아직도 서기관이 대신한다는 것은 분명 공석으로 비워 두고 있다는 의미였다. 언젠가는 다시 김석기가 부임해야 할 자리였다. 재열은 그를 믿었다. 몇 번인가 함께 근무하며 지켜보았지만 가슴이 따뜻하고 신뢰할 만한 요원이었다.

「그럼 언젠가는 다시 부임하겠구먼.」

「글쎄요…….」

김석기도 그가 무엇인가 망설이고 있음을 한눈에 알 수 있었다.

「중국에서 유지하는 선은 아직 그대로 있소?」

「…….」

「그렇다면 날 좀 도와줘야겠소.」

불쑥 던진 난처한 질문을 얼버무리기도 전에 재열이 다그쳤다.

「무슨……?」

「사람을 찾고 있소. 김지숙이라고 북에서 넘어온 여자요.」

「예? 김지숙이라고 하셨습니까?」

「왜, 알고 있소?」

놀란 것은 김석기가 아니라 재열이었다. 단 한 번 듣고 그 이름을 되묻는다면 분명 머릿속에 또렷이 기억하고 있다는 것이었다.

「무슨 일로? 아니, 그 여자가 누구기에…….」

더 이상의 계산은 필요없었다. 솔직하게 털어놓고 풀어야 할 일이었다.

「내 친구의 딸이오. 지금 우리 쪽에서 삼십 년 넘게 장기수로 수감 생활을 하고 있는 김영식이라는 내 친구. 지난 천구백육십이년에 간첩으로 검거되어 무기 징역을 선고받았소.」

비로소 의문의 실마리가 풀리기 시작했다. 보위부의 고위 간부가 직접 나서서 진두지휘하고, 흑사회까지 동원하여 그토록 집요하게 여자를 추적했던 까닭을. 비전향 장기수의 딸, 아직도 살아 있는 남조선 혁명 투쟁의 산 증인, 바로 그것이었다.

　김석기가 그간의 일을 차분히 설명하기 시작했다. 사건의 경위와 북한의 움직임과 권장혁의 신분, 대사관에서의 일과 흑사회와의 충돌까지.

　재열은 지숙의 기구한 운명에 가슴이 미어져 할 말을 잃었다. 아버지가 이렇듯 남쪽 하늘 아래에서 사랑하는 아내와 얼굴조차 모르는 딸자식을 그리며 얼마나 눈물짓는지도 모른 채…… . 이것은 분단의 아픔이 아니라 이념이라는 광기의 횡포였고, 욕심 많은 위정자들이 벌인 더러운 잔치의 슬픈 뒤끝이었다.

　술잔 위로 떨어지는 눈물을 삼키며 재열은 폭발할 것 같은 분노의 격정을 억눌렀다.

「권상혁…… 국군 포로의 아들이라 했소?」

「예.」

「그 기록이나 가족들은 찾아봤소?」

「우리 국방부에는 전사자로 처리돼 있더군요. 그리고 가족은 아직 수소문 중입니다.」

「전사? 허, 조국을 지키라며 전쟁터로 내몰 때는 언제고, 한 하늘 아래 멀쩡히 살아 있는 사람을 전사자라고. 그리고 언젠가는 돌아오겠지, 눈이 빠져라 기다리는 그 부모 형제에게는 기껏 전사 통지서나 한 장 보냈겠지. 그러고도 뻔뻔스럽게 조국을 들먹이고 민족을 내세우다니.」

「…….」

「김 실장, 어떻게 하면 되겠소? 내가 중국에 가 누구를 만나면 되겠소?」

　그것은 사정이었고 애원이었다.

「국장님, 잘 아시면서…… 너무 흥분하지 마십시오. 제가 최선을 다해 보겠습니다.」

「동남아 전 대사관의 소속 요원들에게 협조를 요청해 주시오. 그런 사람들이 나타나면 즉시 최선을 다해 귀순을 시키라고. 그리고 중국에는 내가 직접 들어가겠소.」

「그것은 오히려 사건을 더 악화시킬 뿐입니다. 아직도 북은 혈안이 되어 있을 겁니다. 그런데 우리 공관에 공식적으로 전문을 보냈다가 혹시 그들에게 알려진다면…….」

「그럼 내가 모든 나라로 직접 다니겠소. 그래서 전 요원들을 직접 만나 부탁하겠소.」

「국장님, 지금은 정권이 바뀌어 서로 눈치를 보고 있는 중입니다. 여차하면 금방 소문이 퍼질 수도 있습니다.」

재열도 모르지는 않았다.

「그럼 어떡하면 좋겠소?」

「머지않아 중국으로 복귀할 겁니다. 그때까지는 별도 라인으로 제가 조치를 취하겠습니다. 그리고 홍콩 영사관의 우리 요원은 믿을 만한 사람이니 미리 연락해 두겠습니다.」

「홍콩을 염두에 둔다면 선전도 신경을 써주시오. 특히 흑사회 쪽을 중심으로 말이오. 그리고 만일의 송환에 대비해 옌지 쪽도 좀 신경을 써주고…….」

「알겠습니다.」

「중국 공안국에는 김 실장이 부임하기 전까지 우선 내가 선을 넣어 보겠소. 그런데 태국도 미리 연락을 취해 놓는 게 어떻겠소?」

「그들이 태국까지 내려가는 것은 불가능할 겁니다. 차라리 내몽고와 같은 중국 내륙 지역에 손을 쓰는 편이 오히려…….」

좀 뜻밖이기는 했지만 전혀 예상치 않았던 것은 아니었다. 언젠가 격하게 부딪칠 날이 있으리라 각오하고 있었기에 영식은 차라리 담담했다. 그렇지만 이렇게 아침 일찍부터 찾아와 특별 면회실로 불러놓고 우두커니 노려보기만 하다가 불쑥 아무런 말도 없이 종이 한 장을 꺼내 탁자 위에 올려놓는 것은 또 무슨 뜻인가.

「써.」

「허허……..」

「써, 당장.」

「허허, 뭔데 그렇게 무작정 쓰라는 건가?」

「그걸 몰라서 묻나?」

「글쎄……..」

「그래, 내 입으로 말해 주지. 전향설세, 전향서!」

「전향서? 허허, 난 그게 뭔지도 모르니 그만 일어나겠네.」

「앉아!」

슬며시 자리에서 일어서려는 영식의 멱살을 거칠게 틀어쥐며 재열이 고함을 내질렀다.

「뭐야? 도대체 그 잘난 이념이 부모 형제보다도, 처자식보다도 더 소중한 까닭이 뭐야? 너희는 인간이 아니야? 어머니 뱃속에서 나지 않고 이념의 뱃속에서 태어났어?」

이렇게 격한 까닭이 무엇일까. 영식은 아무리 더듬어도 어머니마저 세상을 떠난 지금에 그보다 더한 큰일은 없을 테니, 도무지 그 까닭을 알 수가 없었다.

「자네가 이렇게 흥분을 다 하다니. 무슨 까닭인지는 몰라도 뜻밖이군.」

「까닭? 그래, 아주 특별한 까닭이 있지. 그걸 듣고 싶으면 이것 먼저 써. 그렇지 않으면 넌 영원히 비겁자가 될 거야.」

「허허, 모를 소리로군.」

「네가 그토록 소중히 생각한다는 그것, 나 또한 존중한다. 하지만 인간의 판단에는 반드시 오류가 있다. 그리고 그것이 오류인지 알면서도 수정하지 못한다면 그건 비겁자거나 못된 고집일 뿐이다. 기회가 왔을 때 스스로 그 기회를 받아들여 수정해라. 그렇지 않으면 결국 네 자신의 삶이 무참해질 뿐이다.」

「자네는 마치 오늘 반드시 전향을 하게 하리라 작정이라도 한 듯 말하는군.」

「그래. 넌 반드시 오늘 전향한다. 아니, 해야 된다. 그래서 내가 이렇게 미리 나서는 거다. 너에게도 오류는 있다. 이미 너도 얼마만큼의 오류는 스스로 인정하고 있을 거다. 수정해라. 그리고 나가자. 나가서 윤 박사와 같이하든 아니면 자네 혼자 또 다른 노선으로 하든, 진정한 민족주의자로 통일 운동을 펼쳐라. 이제는 네 길이 다르다고 또다시 박해하는 그런 세상이 아니다.」

영식은 뭔가 불길했다. 그렇다고 북에 두고 온 가족에까지 생각이 미친 것은 아니었지만 재열의 태도가 그만큼 심상찮게 느껴졌던 것이다.

「그만 해라. 나는 인간으로 살고 싶다.」

「인간? 그래, 네 눈에는 이렇게 살아가는 우리의 모습은 인간처럼 보이지도 않는다는 말이냐?」

「각자 생각하는 바에 따라 걸어가는 길이 다를 뿐이지.」

「그래도 결국 추구하는 것은 하나야.」

「하지만 인간에게 있어 중요한 건 목표가 아니라 다가가는 길, 즉 방법일 수도 있어. 난 그걸 더 소중히 생각해.」

「무슨 방법? 전쟁을 일으키고, 동족을 죽이고, 또 끝내는 인민을 기만해 그토록 학대하며 정권을 세습하는 걸 말하나?」

「몇 사람의 오류가 전부인 것처럼은 생각하지 말게. 지도자의 오류는 조선뿐만이 아니라 여기 남쪽도, 또 다른 나라들도 정도만 다를 뿐 모두 마찬가지야. 그렇지만 그런 오류 때문에 바탕을 바꿀 수는 없네. 나는 세상의 어떤 진보와 발전보다도 중요한 건 정의와 사상이라고 생각하는 사람이야. 그런 바탕에서 나는 남쪽과는 결코 타협할 수가 없다네. 내 뜻대로 살다가 죽도록 그냥 내버려 두게.」

「고집불통…….」

「허허…….」

쓸쓸했다. 영식도 재열도, 어쩌지 못하는 한계에 부딪치는 허탈함에 그저 허망한 표정일 뿐이었다.

「그럼 자네에게 가족은 뭔가?」

「가족? ……허허, 이미 다 끝난걸.」

영식은 분명 어머니를 말하고 있음이었다.

「그래, 다 끝났다고 생각할 수 있겠지. 그렇다면 자네는 참 이기적인 인간일세.」

「이기적? 내가? 허허…… 그래, 그렇게 보아도 좋네. 하지만 가족이라면 그렇게 함께 같은 길을 걸어야 하는 게 아닌가? 난 그래서 어머니도 기꺼이 보낼 수 있었네. 안타깝고 힘겨운 세월이기는 했어도, 내가 걷는 길이 옳다고 믿고 함께하셨기에 영 불행하지는 않았다고 생각하네.」

「허, 허, 허허…….」

기가 막히다는 듯이 재열은 어이없는 웃음을 터뜨렸다.

「이제 내 뜻을 알았을 테니 들어가겠네. 그리고 이런 면회 이제 다시는 없기를 바라네.」

「앉게. 이제 중요한 까닭을 들어야지.」

일어서려던 영식이 주춤 멈췄다.

「앉아.」

어쩔 수 없었다. 설령 스스로 선택하지 않은 강요된 전향이 평생의 멍에로 그의 짐이 된다 할지라도 이젠 아비의 길이 더 먼저였다.

「요즘도 자네 처는 날마다 오봉산 기슭에서 자네를 기다리고 있나?」

불길했다. 영식은 덜컹 가슴이 내려앉는 섬뜩한 두려움을 온몸으로 절감했다.

「어쩌면 벌써 그 꿈은 끝났을지도 모르는데……. 왜냐하면 자네 처는…… 지난 팔십팔년에 이미 세상을 버렸거든. 그것도 눈 덮인 오봉산 기슭에서 누군가를 기다리다 얼어붙은 동사체로…….」

영식은 머릿속이 하얗게 지워지는 듯했다. 아, 그랬구나. 그래서 이제는 꿈에서도 그 모습이 나타나지 않았구나. 그렇게 가다니. 차라리 날 잊고 새 삶이나 꾸리지 않고…….

「그래도 이런 자네의 투쟁 덕분에 박해받은 흔적은 없다니 다행이지 않은가? 허허, 참 대단한 일을 했네그려.」

그때 문득 딸 지숙이 떠올랐다.

「지, 지숙이는? 지숙이에게, 우리 지숙이에게, 무슨 일이라도 있는 건가?」

「이제 생각났나, 하나뿐인 딸자식이?」

어느새 재열의 눈동자에 눈물이 그렁했다.

「자, 보게나.」

김석기에게 받은 사진이었다. 품 안의 지갑 속에 곱게 갈무리해 두었던 그 사진을 꺼내 건네자, 영식은 어쩔 줄 몰라 했다.

「아…….」

탄식을 터뜨리는 그의 눈에서 주르륵 눈물이 흘렀다. 어느새 어린 딸은 어엿한 처녀로 성장해 있었다. 갸름한 얼굴에 동그란 눈, 오똑한 코, 작은 입술. 천상 제 어미의 얼굴 그대로인 참으로 곱고 예쁜 천사의 모습이었다. 우연히 길을 가다 마주쳐도 그대로 내 딸이구나 알아볼 수 있을, 눈에 익은 얼굴이었다.

뚫어져라 사진 속 딸의 모습에서 눈을 떼지 못하던 영식이 부르르 떨며 재열을 돌아봤다.

「뭔가? 어떻게 된 건가?」

「지금 쫓기고 있네, 북의 사람들에게.」

하얗게 굳어지는 영식을 외면한 채 재열은 천천히 입을 열기 시작했다.

영식은 마치 의식이라도 끊긴 사람처럼 아무런 미동도 없이 그저 소리 없이 눈물만 흘렸다.

얼마나 흘렀을까. 부스럭 소리와 함께 책상 위의 서류를 끌어당긴 영식이 재열을 돌아보았다. 그는 여전히 희뿌연 천장을 향해 두 눈을 꼭 감고 고개를 젖힌 모습 그대로였다.

「이것을 쓰지 않으면 내 딸 지숙이는 이 땅에 들어오지 못하는 건가?」

「그렇지는 않을 걸세만…….」

「만……?」

재열이 번쩍 두 눈을 부릅뜨고 영식을 노려봤다.

「자넨 아직도 망설임이 남아 있나?」

「허…….」

허탈한 한숨이 나지막이 새어 나왔다.

「그 아이에게도 지금 자네의 모습을 보여 줄 텐가? 내가 이렇게
위대한 투쟁을 하고 있다. 그래서, 자네 말처럼 영 외롭지는 않았
던 어머니의 그 길을 딸도 되밟게 할 텐가? 자유는 이렇게 누리는
것이다, 혁명은 이렇게 하는 것이다, 하며? 스스로 오류를 인정한
다면 수정해라. 설마하니 자네가 거절한다고 이 나라가 달라질 건
없을 테니.」

그래, 무엇보다 지숙이를 이 길에 앞세울 수는 없다. 혁명은, 투쟁
은, 좌절은, 이렇게 나 한 사람으로 끝내자. 그 아이에게는 그 아이의
인생이 있으니 나는 이제 기다리며 지켜볼 수밖에. 세상이 모두 오류
덩어리가 아니라면 언젠가는 내 길도 그르지 않았음을 사람들은 알
리라……. 그래도 허탈했다. 뭔가 아쉽고 허전하고, 한편 억울했다.
그러나 어쩔 수 없잖은가. 아버지와 어머니가 내게 당신의 길을 강요
하지 않았듯이 나 또한 딸에게 내 길을 강요할 수는 없는 일이니.

펜을 든 그의 손이 힘없이 떨렸다.

'사상 전향서.'

종이 위에 인쇄된 굵은 글자가 한눈에 들어왔다.

성명, 김영식.

생년월일, 1927년…….

자기의 죄를 인정하는가? ……예.

공산주의와 사회주의를 어떻게 생각하는가? ……망설였다. 아니,
너무 유치해 뭐라 써야 할까 생각이 정리되지 않았다.

뚝, 굵은 눈물방울 하나가 종이 위에 떨어져 검은 잉크 글씨가 묽
게 얼룩져 번지고 있었다.

끝없는 시련

이제 헤어지는 것만 아니라면 죽음조차 두렵지 않았다. 그녀는 자신의 믿음대로 돌아와 준 장혁을 부둥켜안고서야 마침내 소리 내어 울 수 있었다. 이렇게 살아 돌아올 가능성은 털끝만큼도 생각지 않았다. 분명 자신을 찾으려는 그들의 잔인한 고문에 참혹하게 죽어 다시는 볼 수 없으리라. 만에 하나라도 그가 처절한 고문을 견디지 못하고 그들과 함께 들이닥치더라도 아무런 원망 없이 웃으며 그의 품에서 혀를 깨물리라. 그리고 끝내 돌아오지 않더라도 새 생명이 있기에 영원히 떠나는 길 외롭지 않으리라 생각하며 죽음을 준비했다. 그런데 그는 기어이 돌아왔다. 그리고 그녀의 품에서 잠시 의식의 끈을 놓았다.

이제는 그녀 차례였다. 지금껏 자신을 위해 목숨을 걸었던 사랑하는 이를 위한 길에서 그녀는 어떤 두려움도 느끼지 못했다. 미친 듯 거리로 뛰쳐나가 약국을 뒤졌고, 한 발도 내딛지 못하는 그를 부둥켜안아 택시에 태웠다. 운전사에게는 또 뭐라고 거짓말을 둘러대었던지……. 항저우(杭州)로 향하던 택시를 도중 자광(嘉光)에서 세워 내린 뒤, 다시 그곳에서 선전과는 방향이 다른 내륙 쪽 후저우(湖州)를 향해 달리면서 그들의 추적을 따돌렸다. 그러고도 마음이 놓이지 않아 더 깊숙한 서쪽 내륙 우한(武漢)으로 길을 바꾼 뒤에야 비로소 마음을 놓았다.

보름이나 되는 춘절 휴가가 그들에게는 천운인 셈이었다. 상처와 피투성이인 장혁의 몰골을 보고도 사람들은 명절의 들뜬 기분에 취했는지 의심하기보다는 동정의 눈빛을 보냈고, 버스를 수십 번 갈아타는 동안에도 공안은 눈에 띄지조차 않았다. 개방의 영향으로 곳곳에 들어선 수많은 공사장은 휴가 기간 동안 그대로 안전한 잠자리가 되어 그들을 쉬게 했고, 명절을 맞은 후한 인심 덕에 허기도 손쉽게 면할 수 있었다. 날씨 또한 따뜻했다. 그곳 사람들에게는 1, 2월의 밤기운이 춥게 느껴질지 몰라도 영하의 매운 찬바람에 더 익숙한 두 사람에게는 따스한 봄 같았다.

연휴가 끝나고 다시 도시에 활기가 돌기 시작할 때쯤엔 장혁도 거의 기운을 회복해 제 발로 우한 시(武漢市)에 들어섰다.

「지숙 씨…….」

아직도 쑥스러워 사랑한다는 말은 입 밖으로 꺼내지 못했지만 두 눈에 가득 고인 눈물은 백 마디 말보다 더 간절한 사랑의 고백이었다. 으스러져라 그녀를 껴안은 장혁이 한참 동안 흐르는 눈물을 주체하지 못했다.

「고맙습니다. 혹시라도 지숙 씨가 떠나고 없으면 어떡하나, 몹시 두려웠습니다.」

「아닙니다. 나는 떠나지 않습니다. 이 지숙이는 언제까지나 장혁 씨와 함께 있습니다.」

「그래요. 나도 절대 지숙 씨를 떠나지 않습니다. 어디에서 무슨 일이 있더라도 나는 반드시 지숙 씨에게 돌아옵니다. 이렇게…….」

「예, 나도 그렇게 믿었습니다. 하지만 이제 다시는 헤어지지 맙시다. 차라리 배를 곯고 추위에 얼어 죽는 한이 있더라도 둘이 함께 있다가 그리워하는 일 없이 눈을 감읍시다. 무서웠습니다. 장혁 씨 얼굴도 보지 못하고 우리 아기와 둘이서만 눈을 감는 건 아닐까, 정말 무서웠습니다.」

「그럽시다. 우리 세 사람, 이제 다시는 잠시도 헤어지지 맙시다.」

다시 먼 여정이 시작됐다. 다급하게 쫓기는 걸음의 뒤끝인지라 그나마 상하이에서 모아 두었던 얼마간의 돈도 바닥을 보이고 있었다. 하루 일해 하루를 버텨 나가는 고단하고 아득한 여정. 그러나 그것은 잠시도 게을리 할 수 없고 범출 수 없는 운명의 길이었디.

지숙에게는 차마 말하지 못했지만, 거짓으로 들리지 않던 리형철의 그 말처럼 아직 아버지가 살아서 관리소에 수용되어 있다면, 그것은 분명 자신의 마지막 소식을 듣기 위해 발악하며 생을 이어 가고 있는 것이리라. 죽음마저 두려워하지 않던 아버지, 오직 평생을 그리운 남쪽 하늘에만 의지했던 애절한 삶. 어쩌면, 반동 간나 네 아들놈이 남조선으로 넘어갔다며 닦달을 받고서야 눈을 감으려고 버티는 것인지도 몰랐다. 하루가, 한순간이 다급했다. 남쪽으로 넘어가 하루라도 빨리 아버지의 눈을 감겨 드려야 하는 기막힌 운명이라니…….

그러나 선전을 거쳐 홍콩으로 들어가려던 계획은 포기해야 했다. 지숙에 대한 집착도 그랬지만, 집에서 발견된 단파 라디오를 빌미로 자신의 탈출에 다른 의혹을 품고 있는 리형철이 그쯤에서 포기할 리가 없었다. 아니, 오히려 한쪽 눈마저 잃은 지금 그는 더욱 날뛸 것이었다. 더구나 선전과 홍콩은 흑사회의 바닥이라지 않았던가.

한편 지숙이 아무리 보통 사람들과 다른 혁명 열사 유자녀라지만 리형철의 도를 넘은 듯한 집착과 평양에서의 호화로운 생활 운운하던 이야기의 배경은 새로운 의문이었다. 그러나 그런 생각을 깊게 하기에는 상황이 너무도 급박했다.

그들에게는 모든 것이 경이로웠다. 가도 가도 끝이 없는 드넓은 벌판. 어느 길은 누렇게 익은 벼이삭이 바람결에 파도처럼 출렁이는 황금빛인가 하면, 또 어디는 새로 낸 어린 모가 햇살을 받아 초록빛으로 빛나고 있었다.

홍콩을 포기하고 지도를 통해 타이를 새로운 목적지로 잡아 향하는 길에 만난 중국 남쪽 지역은 1년에도 두세 번씩 농작물을 수확하는 땅이었다. 먹을거리는 지천으로 널려 있었다. 배가 고프면 주인이 있을 것 같지 않은 곳곳의 바나나며 수박이며 이름 모를 온갖 과일들로 요기하면 되었고, 마실 물이 없는 들판 한가운데서는 사탕수수를 씹어 해갈을 했다. 잠자리도 하늘이 이불이면 들판 풀잎은 그대로 요가 됐다. 남쪽 하늘에서 금방이라도 쏟아져 내릴 것 같은 별자리를 등불로 삼고 팔베개로 그녀와 나란히 누우면 이것이 행복인가 싶어 나른한 안온함이 저절로 느껴졌다.

이제 흑사회의 추적은 느껴지지 않았다. 가야 할 곳은 있어도 기다리는 사람이 없는 처량한 신세가 여정을 더욱 고단하게 했지만, 사랑하는 사람이 곁에 있었기에 외롭지도 슬프지도 않았다. 어쩌다 운 좋게 들판에서 날품팔이할 자리라도 만나면 몇 날이고 일을 해 얼마간은 차를 탔고, 여비가 떨어지면 다시 일자리를 얻을 때까지 걸었다.

우한에서 후난 성(湖南省) 창사(長沙)를 거쳐 광시좡 족(廣西壯族) 자치구의 구도(區都) 난닝(南寧)까지. 다시 계속 서쪽으로 길을 잡아 바이써(百色)를 거쳐 윈난 성(雲南省)의 시솽반나(西雙版納) 주도(州

都) 징훙(景洪)까지. 거의 2천5백여 킬로미터에 가까운 길을 지나오니 어느덧 9월에 접어들어 장혁이 북을 떠난 지 1년이 훨씬 넘어 있었다.

시솽반나는 윈난 성의 최남단에 위치한 라오스, 미얀마와의 국경 지대로 소수 민족 타이(傣) 족의 자치주였다. 장혁이 이곳으로 방향을 잡아 먼 길을 찾아온 까닭은 그곳을 흐르는 메콩 강을 따라 미얀마, 라오스와 함께 골든 트라이앵글을 이루는 타이로 들어가려는 계획에서였다. 오는 동안 난닝에서 가까운 베트남을 돌아보지 않은 것도 바로 북조선과 가까운 사회주의 국가이기 때문이었다.

장장 4천 킬로미터가 넘는 메콩 강은 멀리 티베트에서 발원해 중국과 미얀마, 라오스, 캄보디아를 거쳐 마침내 베트남에서 남중국해로 흘러드는 동남아시아 최장의 강이다. 중국에서는 그 메콩 강을 란창 강(瀾滄江)이라 불렀다.

야자나무와 분꽃 모양의 빨간 부겐빌레아꽃이 도시 곳곳에 아름답게 널린 그 징훙 시내를 가로질러 란창 강이 흐르고 있었다. 장혁은 강변에 주저앉아 무릎 위에 지도를 펼쳐 놓고 길을 찾기에 골몰했다.

「여기가 란창 강입니까?」

「예. 이 강이 미얀마와 라오스의 국경으로 흘러들면 그때부터 메콩 강으로 불립니다.」

「우리도 저 사람들처럼 배를 타고 흘러갈 수는 없을까요?」

지숙이 강물 위에 떠 있는 작은 유람선 한 척을 부러운 듯 지켜보며 혼잣말처럼 중얼거렸다.

「이제 얼마 남지 않았어요. 조금만 더 고생하면 우리도 저들처럼 자유롭게 살 수 있는 날이 있을 겁니다. 하늘을 나는 새처럼 훨훨 아주 자유롭게 말입니다.」

장혁의 안쓰러운 눈빛에 지숙은 얼른 손사래를 치며 환하게 낯빛
을 바꾸었다.

「아닙니다. 공연히 한번 해본 소립니다. 그래, 어디로 갈지 이제 길
은 정했습니까?」

「아무래도 중국에서 곧바로 강을 타고 국경을 넘어가기는 위험할
것 같으니, 이쪽 모한(磨憨)이라는 곳에서 라오스 국경을 넘어 메
콩 강을 타도록 합시다.」

「아니, 라오스는 조선과 국교가 있는 곳이 아닙니까?」

「그렇지만 거기에서 멀지 않은 곳에 메콩 강이 흐르니 국경을 넘
은 뒤 강을 따라 내려가면 태국으로 들어갈 수 있을 겁니다.」

「그곳보다는 여기 다뤄전진(打洛鎭)이 차라리……?」

물론 징훙 시에서 서남쪽 1백20킬로미터 정도 떨어진 곳에 있는
다루어진은 북조선과는 국교가 없는 미얀마와 연결되는 국경이었으
니 오히려 라오스와 연결되는 모한보다는 안전할 수도 있었다. 그러
나 그곳은 마약왕 쿤사가 장악하는 샨 족 지역으로 미얀마 정부군의
손길이 제대로 미치지 않아 매우 위험하다는 것이었다. 더구나 지난
1,2월에는 쿤사의 사병들이 1백여 명이 넘는 양민을 학살한 데다, 골
든 트라이앵글을 중심으로 미얀마 정부군과 쿤사 사병들 간의 긴장
이 고조되어 직접 타이로 들어가려면 어쩔 수 없이 또 한 번 위험을
각오해야만 하는 것이었다.

드디어 국경이었다. 빨갛고 하얀 줄이 촘촘히 칠해진 긴 쇠막대기
하나가 누런 황톳길 좁은 도로를 가로막는, 허망하게도 오직 그것뿐
인 국경. 산중에 난 좁은 도로를 가로막은 긴 쇠막대기를 중심으로

오른편으로는 산 아래에서부터 중턱까지 민둥산으로 발갛게 풀을 베어 내 사계를 청소하고, 도로 위의 긴 쇠막대기 끝이 닿을 만한 곳에는 하얗고 빨간 타일을 붙여 만든 작은 초소 하나와 그 옆 국경 안쪽으로 2층 건물 입구에 붙어 있는 '모한 커우안(口岸)'의 작은 팻말.

커우안은 육로로 연결되는 나라 사이의 국경 출입국 검사소를 의미하는 말이었다. 그곳에서는 간단한 출국 심사를 거쳐 여권 위에 스탬프를 찍으면 그것으로 전부였다. 더구나 국경 인근이라 그 지역 사람들은 간단한 생필품이나 곡식을 거래하기 위해 무시로 넘나들며 여권도 아닌 변경통행증이라는 이름의 간이신분증만으로 충분한 게 아닌가.

먼발치에서 모한 커우안을 바라보는 장혁의 심정은 기가 막혔다. 복잡할 것도 엄격할 것도 없이 그저 이웃을 넘나들듯 하는 그들의 밝은 표정. 삶이란 바로 이런 것이 아닌가. 저마다의 희망과 이상을 좇아 아무런 거리낌없이 어떤 곳이나 들고나며, 마주치는 사람마다 마음을 나누는 그런 삶. 그런데 저 국경이라는 보이지 않는 장벽은 도대체 무엇을 위해 누가 쌓은 것인가. 더구나 북조선 어두운 땅에서 태어났다는 운명 때문에 모두가 누리는 작은 자유조차 그저 바라보아야만 하다니.

장혁과 지숙은 1백여 미터 전방으로 빤히 보이는 라오스 쪽 커우안과 마을을 흘끔거리며 근처 다른 동네에서 장이라도 보러 온 사람들처럼 어슬렁거렸다.

도로 왼편에는 두 길 남짓한 밑동 굵은 야자수가 한 그루 서 있었고, 그 옆으로 중국에서 라오스로 흘러드는 작은 개울에 촘촘히 기둥을 박아 복개한 다리 위에는 또 다른 2층짜리 건물이 서 있었다. 1층은 기념품과 생필품을 파는 가게였고, 2층은 식당이었다.

복개된 다리 밑으로 흘러 잠시 고여 있는 검은 개울물에는 식당에서 마구 버린 온갖 지저분한 음식 찌꺼기와 그 음식을 주워 먹기 위해 모여들었다 물에 빠져 죽은 쥐새끼들이 여기저기 수북했다. 그 개울 옆쪽의 산 역시 사계 청소를 하느라 중턱까지 발갛게 민둥산을 만들어 볼썽사납기는 마찬가지였다. 아마 사계 청소가 되지 않은 그 위쪽 산 정상 언저리로는 별도의 경계가 없더라도 열대 밀림의 수두룩한 독충이나 뱀 따위들로 사람의 접근이 허락되지 않으리라.

도로 오른편의 산자락은 중국이나 라오스 양국 어느 쪽의 커우안에서도 빤히 올려다보여 도저히 안 될 것 같았다. 그러나 반대쪽은 개울가의 수초로 인해 그늘져 있었고, 중국 쪽 개울 옆 산 아래에는 커우안이나, 낡고 엉성하지만 동네 사람들이 무슨 창고로 쓰는 듯한 제법 큰 건물 여러 채가 듬성듬성 세워져 있었다. 저녁 무렵에 그곳 어딘가에 숨어들어 있다가 밤이 깊어진 뒤 개울가 수초 그늘을 타 국경을 넘으면 가능할 것도 같았다.

'멈춤', '검사'라는 붉은색 글씨가 라오 어와 나란히 씌어 있는 경고판 아래에서 지숙이 태연스레 고개를 끄덕였다.

「라오스 쪽도 마을이 별로 크지는 않아 국경만 넘으면 안전하겠어요.」

「그래요. 그럼 해 질 무렵까지는 마을을 벗어나 눈에 띄지 않는 숲속에 숨어 있도록 합시다.」

그렇게 다시 밤을 기다린 그들이 라오스 국경을 향해 출발한 것은 커우안 건물에만 전등이 환하게 켜져 있을 뿐 초소의 공안을 제외하고는 아무런 인기척도 느껴지지 않는 깊은 밤이 되어서였다.

낮에 익혀 둔 눈짐작과 으스름달빛에 의지해 그래도 눈에 띌까 엉금엉금 바닥을 기며 수초 그늘을 밟아 나가자니 두려움과 초조함이 이루 말할 수 없었다. 그래도 라오스 쪽 커우안의 불빛이 보일 때까지는 아무런 위험도 찾아들지 않았다.

기어가다가 멈추고 숨을 고른 장혁이 가만히 귀를 기울여 라오스 쪽의 동정을 살폈지만 고요한 정적뿐이었다.

「자, 가요.」

들릴 듯 말 듯한 소리로 지숙의 귀에 대고 속삭인 장혁이 또다시 앞장서 엉금엉금 무릎걸음을 내딛기 시작했다. 한 걸음, 또 한 걸음…… 숨소리마저 죽인 걸음으로 드디어 라오스 쪽 커우안의 옆을 스칠 때였다.

타, 타, 타, 타……!

갑작스레 귀청을 찢는 요란한 총소리와 함께 굵은 탄환이 허공을 가르며 소나기처럼 쏟아지기 시작했다. 수초의 흔들림을 보았는지 정확히 두 사람을 겨냥해 퍼부어지는 그 총탄은 기관총의 탄환임이 분명했다.

힐끗 커우안 건물 위쪽에서 뿜어지는 시뻘건 불똥을 돌아본 장혁이 덮치듯 지숙의 등을 가리며 오던 길을 향해 내처 기었다.

「빨리!」

놀란 지숙이 벌떡 일어서려 등을 세웠지만 장혁의 몸이 그녀를 덮쳐 눌렀다.

「그대로 빨리 기어요!」

그들은 손으로 땅바닥을 헤집으며 죽을힘을 다해서 앞으로 나아갔다.

픽! 둔탁한 소리와 느낌이 한꺼번에 찾아들며 장혁은 왼쪽 어깨가 불에 덴 듯 뜨거웠다.

「허억.」

「장…… 흡!」

그녀의 놀란 비명 소리는 장혁의 손바닥에 가려 입 안에서 멈췄다.

「조용히, 소리내서는 안 돼.」

필사의 몸부림이 이어졌다.

얼마 뒤 총소리도 멎었고, 그들은 라오스의 커우안에서도 제법 떨어진 곳에 이르렀다. 그러나 더는 오갈 데가 없었다. 벌써 앞쪽 중국의 커우안에서도 여기저기 환하게 불빛을 밝히고 여러 명의 공안들이 나와 어둠 속을 기웃거리며 웅성거리는 모습이 보였다. 어느 쪽으로든 한 발짝도 움직일 수 없는 위기였다.

「으으…….」

죽은 듯 미동도 없이 바닥에 납작 엎드린 장혁의 입에서 신음 소리가 낮게 새어 나왔다.

지숙은 얼른 장혁의 허리춤에 매여 있던 가방을 풀어 옷가지들을 꺼냈다. 상처는 깊었다. 총알이 박히지는 않았지만 어깨를 관통한 상처에서 흘러나오는 피가 장혁의 상반신을 흥건히 적시고 있었다.

지숙은 다급한 대로 그 옷가지들로 상처 부위를 지혈시켰다. 그러나 이미 흘린 피도 만만치 않은 데다 통증 또한 여간한 것이 아니었다. 하지만 방법이 없었다. 발각만 되면 그것으로 죽음이었다.

하늘에 모든 것을 맡기고 그저 기다려야만 했다. 아직 어느 쪽에서도 수색을 나오지 않고 있었으니 그나마 다행이었다.

진정 하늘이 도운 것일까. 새벽이 다 되도록 두런거리며 커우안 근처를 서성대던 중국 쪽 공안들이 어느 순간 거짓말처럼 우르르 건물 안으로 들어갔고 다시 지난밤의 그 정적으로 돌아왔다.

그 틈을 타서 조심스럽게 엉금엉금 기어 국경을 넘고, 다시 커우안 지역을 벗어나도록 얼마간을 더 그렇게 갔을까. 마침내 뿌옇게 여명이 밝아 올 무렵에는 모한 커우안에서는 제법 멀리 떨어진 큰길까지 나왔고 두 사람은 그 길을 따라 걸음을 재촉했다. 그러나 목전에 이르렀던 죽음의 긴장이 조금씩 풀리며 장혁은 서서히 무너지기 시작했다. 하얗게 변한 얼굴에는 금방이라도 사신이 들이닥칠 것 같은 기운이 감돌았다. 지숙은 안타까웠다. 오던 길에 보았던 상융(尚勇)이라는 마을이 지척이었지만 새벽이라 약국도 문을 열지 않았을 것이고 섣불리 도움을 청할 수도 없는 일이었다. 막막했다. 의식을 잃은 장혁의 숨결은 점점 가늘어만 갔다.

마을이 한눈에 내려다보이는 야트막한 언덕 위 풀숲에서 그렇게 앉아 얼마나 기다렸을까, 문득 인기척에 놀라 지숙이 화들짝 고개를 돌렸다.

「누, 누구……?」

소년이었다. 특이하게도 주홍빛 얇은 천으로 머리끝부터 온몸을 휘감은, 아직 한 번도 본 적 없는 복장의 일고여덟 살쯤 되어 보이는 어린 소년이었다. 몇 발짝 떨어진 길목에서 두 사람을 지켜보는 소년의 눈에는 측은함과 놀라움이 한꺼번에 엉켜 있었다.

「쉬잇…….」

지숙은 손가락을 세워 입술에 갖다 대며 소년을 향해 간절한 눈빛으로 애원했다. 그러나 주춤주춤 몇 걸음 뒤로 물러나던 소년은 휑하니 뒤돌아 다시 언덕 아래를 향해 쏜살같이 달려갔다.

무슨 일이 벌어지든 당장은 어떻게 해볼 도리가 없었다. 이제는 도저히 한 발짝도 움직일 수 없을 것 같았다. 가뜩이나 임신으로 무거운 몸에, 장혁은 아무런 의식도 없이 늘어져 점점 생명의 불꽃이 꺼져 가고 있었으니……. 차라리 이대로 모든 것이 끝났으면. 어차피 기다리는 사람도 만나야 할 사람도 없는 고독한 길, 이쯤에서 끝나더라도 함께 있기에 이 남자도 별 미련은 없으리라. 그래, 어차피 진작에 죽었어야 할 목숨, 덤으로 얻은 삶인데 별나게 다른 무엇이 있을까. 체념의 뒤끝은 뜻밖에도 날아갈 듯 홀가분했다.

「저기요, 저기!」

달려 내려갔던 소년의 뒤를 따라 주홍색과 짙은 밤색의 복장을 한 민둥머리 두 사람이 그들을 향해 다가오고 있었다. 기어이 마지막이 오는구나……. 지숙은 허망한 느낌에 그만 전신에서 기운이 빠지는 나른함을 느끼며 깊은 잠 속으로 빠져들었다.

강한 향이 코끝을 자극했다. 중국 어디에서나 즐겨 먹는 샹차이 (香菜)의 향과도 비슷했고 마른 향나무가 타는 냄새인 것도 같았다. 얼마나 깊이 잤는지 몸은 날아갈 듯 가뿐했고 머리는 투명한 물빛처럼 맑았다. 이런 것이 죽음인가. 스치는 바람 소리를 타고 멀리서 들려오는 두런거리는 소리도 평화로웠다. 가만히 그 사람들 소리에 귀 기울이며 기억을 더듬었다.

「장, 장혁 씨!」

지숙이 벌떡 자리를 박차고 일어났다.

아무도 없는 텅 빈 공간이었다. 다만 그녀가 누워 있던 마룻바닥 돗자리 위에 깔린 얇은 요 한 장과 베개, 그리고 이불 한 채가 전부였다. 벽에는 탱화들이 걸려 있었다. 불교 사원 같은데, 아직 지숙에게는 모든 것이 생경했다.

지숙의 말소리를 들었는지 문밖에서 인기척이 났다.

「이제 일어나셨어요?」

「누, 누구?」

「헤헤, 그럼 잠깐 밖으로 나오세요.」

어린아이의 목소리였다. 처음 자신들을 발견했던 그 소년인 듯싶었다.

지숙은 바쁜 마음에 몸가축을 돌아볼 겨를도 없이 그대로 문을 열고 밖으로 나섰다. 역시 그 소년이었다.

「장혁 씨는? 아니, 어깨를 다쳤던 그 아저씨는?」

소년은 그저 빙그레 천진한 웃음으로 대답했다.

「걱정 마시고 어서 따라오세요. 스님이 일어나시면 모셔 오라고 하셨어요.」

「스님?」

「예, 우리 사원의 큰스님요. 아서씨는 큰스님이 보실피고 계세요.」

지숙은 그제야 마음을 놓았다. 북조선에서는 중이라 불리는 이들이 여기에서는 스님이라 불리는 모양이었다. 그러고 보니 소년의 머리도 까까머리였다. 사회주의 나라에서 이렇게 공공연히 종교 활동을 한다는 것이 조금은 뜻밖이었지만 아무튼 아직 공안에 신고를 하지 않은 것만은 분명하다는 생각이 들자 절로 한숨이 나왔다.

오른쪽으로 제법 커다란 규모의 2층 건물이 있었다. 건축 양식은 달라도 그곳이 부처를 모시는 절이라는 것은 한눈에 알 수 있었다. 북조선에 있을 때 텔레비전에서 가끔 보았던 금강산이나 묘향산 등지의 절들도 모두 그와 비슷해서 눈에 설지 않았던 것이다.

「들어오세요.」

앞장선 소년이 지숙을 안내한 곳은 그 사원 바로 옆에 자리한 전통 타이 족 건축 양식의 주거 건물이었다. 뱀과 같은 야생 동물의 침입이나 우기(雨期)에 쏟아지는 집중 호우의 피해를 막기 위해 지상보다 일정한 높이 위에 주거 공간을 만든 일종의 다락집이었다.

계단을 올라가 집 안으로 들어서는 지숙을 향해 어느새 정신을 차린 장혁이 힘겹지만 반가운 눈웃음을 지었다.

「아, 장혁 씨…….」

지숙은 또 후두두 눈물을 쏟아 냈다.

「됐어요, 이제. 지숙 씨만 건강하면 나는 아무래도 괜찮아요.」

서로 위로하며 의지하는 모습에 스님도 빙그레 웃음을 머금었다. 그러잖아도 여자를 찾는 듯한 외침과 함께 남자가 눈을 떴을 때, 놀라우리만큼 빠르게 의식을 회복한 것도 사랑의 힘이 아닌가 생각하던 참이었다.

두 사람의 눈물이 잦아들기를 기다려 스님이 궁금했던 것들을 묻기 시작했다.

「어떻게 된 거요? 국경을 넘다가 그랬소?」

온후한 스님의 눈빛에도 장혁은 잠시 망설여졌다. 그러나 총상까지 입은 자신들을 공안에 신고하기는커녕 오히려 사람이 많이 드나드는 사원을 피해 은신까지 시켰으니…….

「예, 그렇습니다.」

「보아하니 우리 중국 사람은 아닌 것 같은데, 어디서 오는 길이며 어디로 가려는 것이었소?」

장혁이 문득 그녀를 돌아봤다. 어쩌면 다시 위험을 자초하는 일이 될 수도 있었지만 왠지 스님의 맑은 눈빛 앞에서 거짓을 말하기가 망설여졌다. 지숙도 그런 그의 마음을 아는지 묵묵히 고개를 끄덕였다.

「예, 저희는 북조선 사람들입니다.」

「조선공화국 말이오?」

너무 먼 곳이라 생각되었던지 스님이 믿기지 않는다는 눈빛으로 되물었다.

「예.」

「그런데 여기까지 어쩐 일로?」

「남조선으로 가려는 겁니다. 한국, 서울이 있는 코리아.」

스님은 그 까닭을 짐작하는지 무겁게 고개를 끄덕였다.

「그런데 한국에 간다면서 여기까지는 무슨 일이오?」

장혁은 대략 그간의 사정과 메콩 강을 타고 타이로 가기 위해 어쩔 수 없이 한국과는 수교도 없는 라오스의 길목을 택한 까닭을 설명했다.

묵묵히 듣고 있던 스님이 고개를 내저었다.

「길을 잘못 잡았소. 더구나 당신들은 신분증도 없는 사람들인데 그 엄숭한 검사를 피해 메콩 강을 타고 타이까지 긴다는 긴 도지히 불가능한 일이오. 또 샨 주(州)를 장악하고 있는 쿤사는 외부인의 출입을 엄격히 통제하는 데다, 더욱이 요즘에는 정부군과의 교전이 자주 있어 아마 목숨을 빼앗기기 십상일 거요.」

절망이었다. 이토록 험난한 줄이야. 그러나 장혁에게는 어떤 난관이 있더라도 결코 포기할 수 없는 숙명의 길이 아니던가.

「스님, 다른 길은 없습니까? 제발 도와주십시오. 저희는 꼭 가야 합니다. 목숨을 바쳐서라도, 꼭 가야만 하는 길입니다.」

간절한 장혁의 애원에 스님은 잠시 눈을 감고 생각에 잠겼다. 어차피 가야 할 사람들이었다. 더구나 이곳에 머물도록 도와줄 방법이 있는 것도 아니었다. 이렇게 총상을 입은 특별한 신분의 사람을 감춰 치료를 해준 것만으로도 크게 문제가 될 수 있었다. 그러나 그 정도 일이야 이곳 타이 족 사람들을 믿을 수 있으니 별것 아니었지만 또다시 먼 길을 돌아가는 그들에게 부처님의 가르침대로 온전한 자비를 베풀려면 누군가에게 소개장이라도 한 장 써주어야 하는데, 그것이야말로 마음에 걸리는 위험한 일이었다.

만약 이들이 도중에 중국 공안에게 잡혀 소개장이 발각된다면. 그러나 스님은 오래지 않아 마음을 정했다. 가르침대로 따를 뿐, 모든 것은 부처님의 뜻이 아니던가.

「그럼 천천히 쉬다가 몸이 다 낫거든 서쪽 더훙타이 족(德宏傣族) 자치주의 루이리 커우안(瑞麗口岸)으로 가도록 하시오. 그곳은 미얀마의 샨 주와 카친 주의 접경이라 어쩌면 미얀마로 안전하게 들어갈 수 있을지도 모르겠소.」

「그곳은 또 여기서 얼마나 됩니까?」

지숙이 또다시 가야 할 길이 두려운지 먼저 거리부터 물었다.

「꽤 먼 곳이오. 징훙과 다리 시(大理市)를 거쳐 루시(潞西)로 해서 가야 하니 아마 족히 천삼백 공리(킬로미터)가 넘을 것이오.」

「예……?」

또다시 1천3백 킬로미터. 도대체 얼마를 더 가야 한단 말인가. 북을 떠나 이곳까지 천신만고 끝에 7천여 킬로나 되는 먼 길을 찾아왔더니, 이제 또 3천 리가 넘는 길을 가야 한다니.

그래도 장혁은 기어이 다시 그 먼 길을 갈 모양이었다.

「그럼 그곳에선 정말 안전하게 넘을 수가 있을까요, 스님?」

「루이리의 더훙타이 족도 우리들 시쌍반나타이 족과 마찬가지로 불교 신자들이오. 또 그쪽도 사원의 스님들이 사실상 촌장을 맡고 있으니 내가 그 스님에게 소개장을 한 장 써드리겠소. 아마 그걸 가지고 가면 최대한 도와주실 거요.」

「스님께서 소개장을요?」

장혁은 이제는 됐구나 안심하고 불안한 낯빛의 지숙을 돌아보며 활짝 미소를 지었다. 지숙도 그제야 불안이 가시는지 긴 한숨을 토해 냈다.
　「예. 안심하시고 푹 쉬면서 몸조리나 잘하도록 하시오.」
　「고맙습니다. 정말 고맙습니다, 스님.」
　「다 부처님의 뜻입니다. 관세음보살…….」

길 없는 사람들 ①

초판 1쇄 발행일 · 2003년 8월 5일
초판 2쇄 발행일 · 2003년 8월 8일
지은이 · 김정현
펴낸이 · 임성규
펴낸곳 · 문이당

등록 · 1988. 11. 5. 제 1-832호
주소 · 서울시 성북구 동소문동 4가 111번지
전화 · 928-8741~3(영) 927-4991~2(편)
팩스 · 925-5406
ⓒ 김정현, 2003

홈페이지 http://www.munidang.com
전자우편 webmaster@munidang.com

ISBN 89-7456-226-X 04810
ISBN 89-7456-225-1 04810 (전3권)